Lili Hayward
Weihnachten auf Samtpfoten

PIPER

Zu diesem Buch

Die junge Autorin Jess mietet ein kleines uriges Cottage in Cornwall, um sich voll und ganz auf ihren neuen Roman konzentrieren zu können. Bis zum Abgabedatum an Weihnachten hat sie nur noch wenige Monate Zeit. Wenn sie gerade nicht an ihrem Manuskript arbeitet, streunt Jess zusammen mit der Katze Perrin durchs Haus und entdeckt nach und nach die verborgenen Geheimnisse: Seit Langem tobt ein Streit um das Gebäude und die Ländereien. Die Familie Tremennor und die Familie Roscarrow erheben Ansprüche, wobei erstere das Gebäude abreißen lassen will. Die vorherige Besitzerin, Thomasina Roscarrow, hat allerdings verfügt, dass das Cottage in der Familie bleibt, solange eine Katze dort wohnt, und der jeweilige Mieter muss sich um sie kümmern. Jess ist wild entschlossen, das Cottage und somit Perrins Zuhause zu bewahren. Wird es ihr gelingen?

Lili Hayward kommt aus dem Süden von London und hat eine Schwäche für alles Verborgene, Verlorene und Historische. Wenn sie nicht gerade schreibt oder liest, stöbert sie in Buchläden, beschimpft das Unkraut in ihrem Garten oder beteiligt sich an Urban Gardening Projekten. Sie lebt mit ihrem Lebensgefährten im Südwesten Englands, wo sie zwei wunderbaren und eigensinnigen ehemaligen Straßenkatzen Gesellschaft leisten.

Lili Hayward

Weihnachten auf Samtpfoten

Roman

Übersetzung aus dem Englischen
von Susanne Keller

PIPER

Mehr über unsere Autoren und Bücher:
www.piper.de

Das Zitat von Christopher Smart stammt aus:
»Die Katze, der Regen, das Totenreich« von Joachim Kalka, Berenberg Verlag, Berlin 2012.
Mit freundlicher Genehmigung des Berenberg Verlags.

MIX
Papier aus verantwortungsvollen Quellen
FSC® C083411

Deutsche Erstausgabe
ISBN 978-3-492-31255-4
Oktober 2018

Titel der englischen Originalausgabe:
»The Cat of Yule Cottage«, Hodder & Stoughton, London 2016

Umschlaggestaltung und -abbildung: Johannes Wiebel | punchdesign unter Verwendung von Motiven von shutterstock.com
Satz: Satz für Satz, Wangen im Allgäu
Gesetzt aus der Adobe Garamond
Druck und Bindung: CPI books GmbH, Leck
Printed in the EU

»Denn jede Familie hatte mindestens
eine Katze im Sacke.«

Christopher Smart,
»Denn ich will achthaben auf meinen Kater Jeoffry«
aus *Jubilate Agno*

Das Haus heißt Enysyule.

Enysyule. Das Wort fließt mir über die Lippen wie Honig. Enysyule: Grau und Grün. Alte Steine. Alte Bäume. Das Strohdach ockergelb, von Flechten überzogen. Eine winzige Wiese mit hüfthohem Gras, voller Sonnenlicht, und ein Bach, dessen klares Wasser dem Meer entgegensprudelt. Es gibt nur ein Haus hier in diesem tiefen Tal. Es liegt wie in eine Armbeuge geschmiegt, wie etwas Kostbares, das man schützen möchte.

Unter meinen Füßen knirschen die zersprungenen Steine des alten gepflasterten Wegs, der mich zum Haus führt. Die Baumwipfel über mir wölben sich zu einem Bogen. Ihr Blätterkleid ist schon reichlich fadenscheinig und abgetragen, aber noch malt es Tupfen in das Licht, das auf den Boden fällt. Es fühlt sich seltsam an, mit nichts als einer Tasche auf dem Rücken und einem Koffer in der Hand in diese Stille zu kommen. Nach dem Schmutz der Stadt machen meine Schuhsohlen nun Bekanntschaft mit dem Staub und der Erde der freien Natur.

Der Weg endet an der Stufe zur Haustür. Ich halte inne und lausche dem versprengten Vogelgezwitscher. Minuten oder Sekunden vergehen: Sie scheinen hier nicht zu existieren, nur Jahreszeiten und Jahrhunderte, die in Schösslingen und gestürzten Bäumen rechnen. Sogar der Schlüssel ist alt. Er ist massiv und schwer, blank poliert von ungezählten Hosentaschen. Schließlich gebe ich mir einen Ruck und stecke ihn in das Schloss. Als ich ihn drehe, gibt er ein leises und dumpfes *Klong* von sich. Auf der anderen Seite der Tür erwartet mich ein neues Leben.

Ich hole tief Luft und stoße die Tür auf.

Dunkelheit empfängt mich, als sie sich mit Schwung öffnet und mit einem scharrenden Geräusch zum Stehen kommt. Aus dem Haus strömt die Luft, die monatelang gestanden hat, und umhüllt mich. Ich schließe die Augen und atme sie ein. Abgenutzter Steinboden und kalte Asche, eine Ahnung von gebackenem Brot, der süße Geruch von Holzbalken. Und da ist noch etwas, etwas, das ich nicht benennen kann – ein Hauch von Gewürzen und grünen Zweigen und Schnee, und so schnell, wie es kam, ist es auch schon wieder verflogen …

Ich warte, bis meine Augen sich an das Dunkel gewöhnt haben. Vor mir liegt ein langer Raum mit niedriger Decke, dessen Ende von einem riesigen offenen Kamin verschluckt wird, groß wie der Schlund eines Ungeheuers. Abgewetzte Teppiche bedecken die Steinfliesen, in einer Ecke steht, in sich zusammengesunken, ein durchgesessener Ohrensessel, sein Bezug zerschlissen und voller Risse. Es gibt nicht viel Mobiliar, nur einen langen Tisch, einen dunklen Büfettschrank, daneben einen Hocker. Die Gerüche, die mich willkommen geheißen haben, werden von anderen, weniger angenehmen verdrängt. Staub und Feuchtigkeit. Schimmel und Moder, Verfall und Rost. Nichts rührt sich im Haus. Ich spähe auf die Wiese vor dem Haus. Nichts. Nur eine flache Schale vor der Haustür, in der grünliches Wasser steht.

Ich lasse meine Tasche fallen, dumpf schlägt sie auf dem Boden auf.

Was habe ich getan?

Tief im Schatten der betagten Stechpalmen bewegt sich etwas. Zwei Augen erwachen zum Leben, blinzeln. Sie sind gelb wie Talg, gelb wie Mais. Es sind alte Augen, wild wie die eines Falken, und ihr Blick fällt auf das Cottage.

Ich streife mit einem Fuß über den Boden. Staub wirbelt empor und tanzt im Licht. Ich sehe mir den Raum genauer an, was seinen Zustand nicht rosiger erscheinen lässt. Der vom Kaminrauch geschwärzte Putz bröckelt von den Wänden. Die Bodenfliesen sind voller Risse. Einige der rautenförmigen Scheiben in den Sprossenfenstern, die auf dem Foto so idyllisch wirkten, sind zerbrochen, die Lücken in den Rahmen notdürftig mit Lumpen zugestopft.

Schuld ist der alte Mann. Wäre er nicht im Büro des Immobilienmaklers gewesen, hätte er mich nicht herausgefordert ... Ursprünglich wollte ich mir das Haus nur einmal ansehen, einen kurzen Blick darauf werfen, mehr nicht. Das war der Plan. Womit ich nicht gerechnet hatte, war, auf einen wutschnaubenden Einheimischen zu treffen, der gerade einen Tobsuchtsanfall erleidet, weil das Haus seiner Tante vermietet werden soll. Roscarrow war sein Name. Roscarrow. Er hatte ein Gesicht wie eine Saatkartoffel.

»Kann schon sein, dass das alte Mädchen mir das Haus nicht vererbt hat«, hatte er getobt. *»Und wenn schon! Aber ich werde ganz sicher nicht dabei zusehen, wie Stadtleute hier hereinstolzieren und alles Wertvolle zertrampeln – die setzen sich ins gemachte Nest, in unser Vermächtnis, und lassen es dann elf Monate leer stehen. Aber nicht mit Enysyule ...«*

Die Maklerin hatte versucht, mir zu Hilfe zu kommen. Vielleicht war es ihr peinlich, dass ich den weiten Weg aus London auf mich genommen hatte, um mir dann von einem alten Mann eine Moralpredigt anzuhören. Sie erklärte ihm, dass das Cottage nicht als Ferienhaus vermietet würde, sondern – wie im Testament seiner Tante festgelegt – als ständiger Wohnsitz, aber das besänftigte ihn nicht.

»Scavel-an-gow, alles Augenwischerei«, schnaubte er in meine Richtung. *»Wie soll sie denn da überhaupt wohnen? Ich kenne das Haus. Sie hält da keine Nacht durch.«*

Und schon hatte ich angebissen. Bevor ich wusste, was ich tat, verkündete ich der Maklerin, dass ich das Cottage nehmen würde. Ich hatte gedacht, der alte Mann würde daraufhin ein Gegenangebot machen, und wäre nicht im Traum darauf gekommen, dass es ihm nur darum ging, seinen Ärger an jemandem auszulassen. Als die Maklerin dann etwas von »Vorbehalten« und »Bedingungen« bezüglich der Immobilie murmelte, war ich so verblüfft, dass ich nur zustimmend nickte. Im nächsten Moment reichte sie mir einen Kugelschreiber, schüttelte mir die Hand und ehe ich mich versah … hatte ich ein Cottage gemietet. Mein Blick wandert von der fleckigen Zimmerdecke zu den schmutzigen Fenstern und durch die offene Haustür auf das Tal hinaus, über das nun die Abendkühle fällt. Das ist jetzt mein Cottage.

Ächzend stemme ich mich aus dem durchgesessenen Polstersessel und mache mich an die Bestandsaufnahme des Erdgeschosses. In der Anzeige war das Haus als »möbliert« bezeichnet worden, aber abgesehen von einer neuen Matratze und einer vollen Gasflasche scheint das nur zu bedeuten, dass es noch nie entrümpelt wurde. Auf den Regalbrettern stehen Bücher, Bilder hängen an den Wänden. Das weitaus größte Möbelstück ist der Küchentisch. Er ist riesig und sieht mitgenommen aus, die Zeit hat tiefe Spuren auf seiner Oberfläche hinterlassen. Wie viele Teller, Schüsseln und Ellbogen hat er schon getragen? Wie viele Stoffbahnen wurden auf ihm zurechtgeschnitten, wie viele Briefe geschrieben, wie viele aufgeschürfte Knie verarztet?

Wenn es stimmt, was die Maklerin sagt, bin ich die erste Fremde, die je in diesem Haus gewohnt hat. Im Laufe seiner fünfhundertjährigen Geschichte hat es nur zwei Familien gehört. Und nun komme ich, eine blauäugige Schriftstellerin aus der großen Stadt, die bisher nicht einmal einen Garten hatte, geschweige denn ein ganzes Tal.

Nebenan ist ein Raum, der früher wohl eine Spülküche gewesen ist. Auf den Regalen stehen noch Dosen und Einmachgläser. In fast allen ist Fisch: gepökelte Sardinen, Sardinen in Tomatensoße, Thunfisch. Ganz hinten auf einem Brett stehen zwei Flaschen mit dunklem, klebrigem Inhalt. Ich drehe eine um. Auf das Etikett ist mit zittriger Hand *Brombeerwein* geschrieben, darunter ein Datum, das zwei Jahre zurückliegt.

Ich stelle die Flasche zurück und fühle mich mit einem Mal mutterseelenallein in diesem tiefen Tal, zur Gesellschaft nur einige wenige Spuren aus dem Leben einer alten Frau. Wie gern würde ich gerade mit jemandem sprechen, nur ganz kurz, aber hier gibt es kein Handynetz, und selbst wenn, wen sollte ich anrufen? Meine Mutter, meine Schwester? Sie finden, dass es eine verrückte Idee war, so weit wegzuziehen, und dabei habe ich ihnen nicht einmal die Wahrheit über das Haus gesagt. Ich habe behauptet, ich hätte es besichtigt, bevor ich unterschrieben habe. Mit blumigen Worten habe ich von dem Kamin, dem Garten, dem herrlichen Strohdach und der Idylle im Grünen geschwärmt, wo ich *endlich zum Schreiben käme*. Wenn sie wüssten, dass ich mir nach kurzem Blick auf ein körniges Foto einen Mietvertrag für ein ganzes Jahr aufgehalst habe; wenn sie von den ungewöhnlichen Bedingungen erführen, die Teil der Vereinbarung waren … Ich möchte lieber nicht darüber nachdenken.

Die Armatur am Spülstein ist an den Rändern von Rost zerfressen, völlig morsch, wie alles hier. Gedankenverloren drehe ich an den Griffen. Einige Sekunden lang rührt sich nichts. Dann ertönt aus der Tiefe der Rohrleitungen ein Gurgeln und aus dem Hahn stürzt stotternd braunes Wasser mit Sand und Dreck. Nach einer Weile fließt es ruhiger und wird klarer. Ich halte die Hände unter das eisige Wasser.

Ein schmutzverschmiertes Fenster geht auf den Garten hinaus, von dort sieht man die handtuchgroße Wiese und in den dahinterliegenden Wald. Ich beuge den Kopf, spritze Wasser auf meine müden Augen. Als ich sie trocken blinzele, könnte ich schwören, dass sich ganz am Rand meines Blickfelds etwas bewegt. *Sicher nur ein Vogel,* sage ich mir. Dennoch kann ich den Gedanken, dass dort draußen jemand – oder etwas – sein könnte und mich beobachtet, nicht ganz abschütteln und die Nackenhaare stellen sich mir auf.

Leichter als Schnee, der vom Himmel fällt, bewegen sich Schritte um das Haus, hinein in das dichte Brombeergestrüpp, das neben ihm wuchert. Die Stacheln stechen nicht und die letzten Früchte, schwer wie die Nacht, lassen keine Flecken auf dem Fell, das durch die Sträucher gleitet. Abendkühle legt sich auf die Wiese. Die Fledermäuse werden unruhig. Die Dunkelheit ist nicht mehr weit.

Frustriert lasse ich den Lappen fallen und sehe mich im verblassenden Tageslicht um. Die reinste Sisyphusarbeit. Ich hatte mir schon gedacht, dass es wohl einen Grund für die günstige Miete geben müsse, aber dass »gemietet wie gesehen« *so etwas* bedeuten könnte, war mir nicht in den Sinn gekommen.

Eine dicke Schicht Staub hat sich auf allen Oberflächen angesammelt, Heerscharen toter Fliegen und Wespen liegen auf den Fensterbrettern oder fallen wie Konfetti aus den Vorhängen, wenn ich sie schüttele. Die Putzutensilien, die ich mitgebracht habe, sind ein Witz: Geschirrspülmittel, ein Schwamm, ein paar Geschirrtücher. Was habe ich mir bloß dabei gedacht? *Gar nichts hast du gedacht,* klärt mich meine innere Stimme besserwisserisch auf, *du hast einfach darauf vertraut, dass alles großartig wird.*

Mit einer Mischung aus Trotz und Beharrlichkeit wende ich mich dem stattlichen, dunklen Büfettschrank zu, der von seiner Ecke aus fast bedrohlich wirkt. Sauber machen ist immer noch besser, als vor mich hin zu starren, während meine Fantasie mit mir durchgeht. Ich wische mit einem der Geschirrtücher den Staub von den Regalen und den Büchern, die dort stehen. Die meisten sind in Leder gebunden, die Jahre haben sie krumm und schief werden lassen. Ich lese vertraute Titel und schon geht es mir besser: Es ist, wie fern der Heimat alten Freunden zu begegnen. Ich befreie einige Bände von Dickens und Hardy von Staub, es gibt auch eine Bibel, die schon auseinanderfällt, einige zerfranste Jahrbücher. Ein schmales, schlicht gebundenes Büchlein weckt meine Neugier und ich ziehe es heraus und klappe es auf. Es sieht aus wie ein Skizzenbuch und die erste Seite ziert ein mit Tinte geschriebener Namenszug:

Thomasina Roscarrow.

Eine plötzliche Bewegung an der offenen Tür schreckt mich auf und ich lasse beinahe das Buch fallen. Flügelflattern, dunkle Schatten. Vorsichtig nähere ich mich der Tür. Draußen bricht die Nacht herein, und vor einem Himmel, dessen lila-grüne Farbe an Taubenfedern erinnert, ziehen Fledermäuse kreuz und quer ihr unstetes Netz. Unwillkürlich muss ich schmunzeln, als ich ihre kleinen, spitzen Schreie höre. Ich gehe wieder hinein und taste nach dem Lichtschalter. Er ist gleich neben der Tür, altmodisch und unförmig. Ich drücke den Hebel herunter. Nichts geschieht. Ich bewege ihn wieder nach oben und wieder herunter, rauf, runter, rauf, runter. Nicht der Hauch eines Funkens.

Beklommenheit macht sich in meinem Magen breit. Ich durchwühle meine Tasche auf der Suche nach dem Aufladegerät für mein Mobiltelefon. In der Wand ist eine Steckdose. Sie sieht aus, als stamme sie aus den Siebzigern, aber ich stecke das Gerät trotzdem ein und blicke mit einem raschen Stoßgebet auf mein Handy.

KEIN NETZ, sagt das Display. Und kein Strom. Das kann

einfach nicht wahr sein. *Denk nach*, ermahne ich mich streng. *Irgendwo muss es doch einen Sicherungskasten geben*. Das letzte Tageslicht schwindet gerade, die Schatten der Dunkelheit fließen in das Cottage wie die Flut in eine felsige Bucht. Nach längerem Suchen finde ich den Sicherungskasten in der Spülküche. Eine Spinne fällt mir aus dem brüchigen Kunststoffgehäuse entgegen, aber ausnahmsweise bin ich viel zu angespannt, um hysterisch zu werden. Ich streife sie einfach ab und drücke den Schalter.

Er rastet ein, aber nichts passiert.

Panik überfällt mich, all die angestauten Emotionen der letzten Monate stürzen gleichzeitig auf mich ein. Die Maklerin hat mir eine Notfallnummer gegeben, aber ich habe kein Netz. Ich habe kein Auto, mit dem ich ins Dorf fahren könnte. Selbst wenn ich sicher wäre, in welche Richtung ich laufen müsste – was nicht der Fall ist –, ich habe keine Taschenlampe, und die Nacht hier ist stockfinster. Nicht die laternenbeleuchtete Dunkelheit der Stadt, die ich gewohnt bin. Hier auf dem Land herrscht vollständige Finsternis, die vor nächtlichem Leben vibriert und die Menschen im Ganzen verschlingt.

Reiß dich zusammen. Mach Feuer. Irgendwo müssen Kerzen sein. Wenn es erst wieder hell ist, sieht alles schon wieder ganz anders aus. Mit zitternden Händen öffne ich die Türen und Schubladen der Schränke in der Spülküche, wühle mich durch klebriges Besteck und Teller, die sich nicht sauber anfühlen. Keine Kerzen. Ich stolpere die Stufen zum Schlafzimmer hoch und sehe kaum, wohin ich trete. Ein großes, dunkles Bett steht da, nur Gestell und Matratze, eine Decke hängt schlaff an der Wand daneben. Am Fußende des Betts befindet sich eine Truhe, aber sie ist abgeschlossen.

Mit einigem Kraftaufwand gelingt es mir, die Tür zu dem zweiten Raum zu öffnen. Er dient als Rumpelkammer, ich kann einige Kartons und eine kaputte Lampe erkennen. Es wird immer dunkler, bald werde ich gar nichts mehr sehen. Schnell laufe ich die knarrenden Stufen wieder hinunter. Die Schubladen des Büfettschranks klemmen. Endlich geben sie mit einem Ruck nach, einige Bücher fallen von den Regalbrettern.

Meine Finger ertasten Papier und Plastik, Schnur und Glas, aber irgendwann berühren sie etwas Kühles, etwas, das sich wie Wachs anfühlt. Mir schießen vor Erleichterung fast die Tränen in die Augen, als ich eine Kerze aus der Schublade ziehe. Streichhölzer liegen auf dem Kaminsims. Ich halte die Luft an und hoffe inständig, dass sie sich noch anzünden lassen. Auf den Gedanken, selbst welche mitzubringen, bin ich gar nicht erst gekommen. Einfach idiotisch. Das erste Streichholz bricht mir in meiner Aufregung ab, aber beim zweiten Versuch entsteht eine wunderschöne, helle Flamme und gleich darauf erhellt ein warmer goldener Lichtschein die Zimmerecke. Ich halte die Kerze mit beiden Händen, wie einen Glücksbringer, einen heiligen Gegenstand, der mich vor der Dunkelheit schützt.

Ich kenne das Haus. Ich kann die Stimme des alten Mannes wieder hören. *Sie hält da keine Nacht durch.*

Ich merke, wie ich zittere, sowohl vor Kälte als auch vor Angst. Die Haustür steht immer noch offen. Rasch werfe ich sie zu, drehe den Schlüssel um. Was auch immer da draußen ist, soll auch da bleiben. Ich *werde* die Nacht durchhalten, ganz allein. Der Alte hat sich gründlich in mir geirrt. Ich halte mich an diesem Gedanken fest, vielleicht sorgt mein Zorn auf diesen Mann wenigstens für innere Hitze.

Meine ersten Versuche, Feuer zu machen, scheitern kläglich, es entsteht nichts als Qualm. Schließlich aber fängt ein Holzspan Feuer, dann ein Scheit, Flammen züngeln an ihm empor. Triumphierend lasse ich mich auf die Fersen zurücksinken. Draußen ist es jetzt vollkommen dunkel. Ich ziehe die stockfleckigen Vorhänge zu und erhasche für einen winzigen Moment den Blick auf etwas, das hinter dem Fenster vorbeischleicht, ein Schatten im Schatten. Ich lege noch ein Scheit nach und das Feuer lodert hell auf.

Bei den Flammen fühle ich mich sicher, ich werde mich hier nicht wegbewegen. Nicht heute Nacht. Ich zerre den alten Ohrensessel zum Kamin, breite meinen Schlafsack darauf aus und kuschele mich hinein. Ich versuche, ein Buch zu lesen, mich in dem leisen Knistern des brennenden Holzes zu verlieren. Ich versuche, nicht auf die knarrenden, ächzenden Geräusche des Hauses zu achten und den einsamen Ruf einer Eule auszublenden, die in der Dunkelheit klingt wie ein Geist.

Irgendwann halte ich es nicht mehr aus. Ich nehme eine der Kerzen. Sie flackert in meiner Hand, während sie mir den Weg zur Spülküche leuchtet. Wo der Kamin nicht wärmt, ist der Fliesenboden kalt und feucht. Ohne durch das Fenster zu sehen, greife ich rasch nach einer der Flaschen, die ich vorher gefunden habe, und rette mich gleich wieder zurück zu Licht und Wärme.

Der Inhalt der Flasche schimmert rubinrot gegen das Licht des Feuers. Ich öffne den Schraubverschluss und nehme einen vorsichtigen Schluck. Süßer Wein flutet meinen Mund. Ich schließe die Augen und schmecke dichte Hecken, schwer beladen mit prallen, dunklen Beeren, die in der Sonne glänzen. Langsam trinke ich einen zweiten Schluck Brombeerwein und denke an die alte Frau, die ihn gemacht haben muss. Ob ich wohl die Sorte Mieter bin, die sie im Sinn hatte, als sie ihr Testament aufsetzte, oder wäre sie enttäuscht, mich hier sitzen zu sehen? Die Wärme des Feuers und der Wein machen mich schläfrig und ich merke, wie ich allmählich eindöse.

Kaum bin ich eingeschlafen, weckt mich ein Geräusch. Ich starre in die Dunkelheit und versuche herauszufinden, was es ist. Es kommt von der Haustür, ein Kratzen, das Scharren von Krallen auf Holz. Da ist etwas und es will ins Haus. Augenblicklich schießen mir Sagen und Legenden durch den Kopf, Geschichten von verlorenen Seelen, Elfen und Höllenhunde, von Gespenstern, dazu verdammt, für alle Ewigkeit durch die Nacht zu streifen … Ich fürchte mich viel zu sehr, um die Tür zu öffnen und nachzusehen, ich fürchte mich so sehr, dass ich nichts tun kann, als mir den Schlafsack über den Kopf zu ziehen, mir die Ohren zuzuhalten und darauf zu warten, dass es endlich aufhört.

So muss ich eingeschlafen sein, in meinen Schlafsack gewickelt wie ein Kind, denn ich träume. Keinen Traum von Orten oder Menschen. Ich träume von einem Lied. Es dringt in mein Bewusstsein, sacht wie die Morgendämmerung, tief wie das Erz, das in der Erde verborgen liegt. Das Lied hat keine Worte, die ich wiedergeben, keine Melodie, die ich summen könnte. Doch auf unerklärliche Weise weiß ich, was es bedeutet.

Das Lied beginnt mit dem Winter. Ich höre das Wispern der Schneeflocken, das leise Kichern des Frosts, als er über den Boden kriecht. Ich höre, wie Gras unter den Füßen knirscht, das Krachen von Eis in einem Bach. Ich fühle, wie mein Blut langsamer fließt, sich Kristalle in meinen Adern festsetzen, und gerade als ich fürchte zu erfrieren, wird alles anders. Die Kälte weicht zurück und alles schmilzt, es wird Frühling.

In meinen Ohren dröhnt der Herzschlag neuen Lebens, das sich in tausenderlei Gestalt seinen Weg in die Welt bahnt. Ich höre, wie sich Dunkelheit auf leisen Pfoten an die Fersen des jungen Lebens heftet, bereit zum Angriff, unaufhaltsam wie Ebbe und Flut. Zugleich höre ich, dass dieselben Pfoten tanzen und in den Sommer hineinspringen, um Sonnenstrahlen zu fangen. Das Lied singt von Beeren und Vögeln und ganzen Kaskaden von Blumen, die die kurzen, atemlosen Nächte mit ihrem Duft erfüllen.

Dann kann ich hören, wie alles zum Bersten reif ist, schließlich aufplatzt und raschelnd und schwer im Herbst landet. Das

Lied wird langsamer, tiefer und erzählt von Morgennebel, dann von langen, dunklen Nächten, es verliert an Kraft, je näher das Ende des Jahres rückt. Ich höre, wie die Blätter an den Bäumen trocken werden, vernehme die lodernden Flammen an Allerheiligen. Ich kann Jagdhörner hören, Reiter, die über den Himmel jagen, um das alte Jahr zur Strecke zu bringen. Ich höre eine Nacht, fiebrig und ruhelos, in der die Ordnung der Welt aus den Angeln gehoben ist.

Das Lied strebt seinem Höhepunkt zu und mir wird bewusst, dass alles, was ich bisher gehört habe, darauf hingeführt hat. Die Melodie fällt wieder und gleitet wie leise fallender Schnee in die Weihnachtszeit herab. Eine Nacht, in der sich Alt und Neu in den Flammen der Feuerstelle begegnen, in der sich *heute*, *gestern* und *morgen* nicht unterscheiden, böses Blut vergessen ist und Herzen sich durch ein einziges, geflüstertes Wort verwandeln. Das alles ist so unsagbar schön und ich spüre, wie mir die Tränen kommen. Ich strecke die Hand nach dem Singenden aus …

Und werde wach, die Hand von mir gestreckt. Ich versuche, mich an das Lied zu erinnern, die Melodie festzuhalten, aber zwischen einem Atemzug und dem nächsten verlieren die Noten an Kontur und zerfallen in tausend kleine Stücke. Einen Wimpernschlag lang scheint das Cottage erfüllt von dem Duft von frischem Grün, von Blattwerk und Zweigen, wie eben vom Baum geschnitten. Im nächsten Moment ist auch das verflogen.

Von draußen aus der Dunkelheit dringt ein Laut herein und ich lausche voller Hoffnung. Doch es ist nicht das Lied, dessen Schönheit mit Worten nicht zu beschreiben ist. Es ist nur eine Katze, die den Mond ansingt.

Das Lied erklingt eine ganze Nacht lang. Es wird seit tausend Jahren zu Beginn jeder Jahreszeit gesungen und wird weitere tausend Jahre gesungen werden. Es dauert an, bis sich der Himmel grau färbt, bis die Vögel, die nicht vor der Kälte geflohen sind, vorsichtig ihren Morgengesang anstimmen. Der Singende lauscht. Die Frau schläft.

Blinzelnd öffne ich die Augen. Gedämpftes Licht fällt durch die Vorhänge und von draußen höre ich Vogelgezwitscher, dessen Echo im Tal hin und her geworfen wird. Tageslicht. Ich habe es geschafft. Die längste Nacht meines Lebens, aber ich habe sie überstanden.

Mit steifen und verkrampften Gliedern richte ich mich in dem Ohrensessel auf. Das Feuer ist fast aus, nur hier und da glimmen noch Holzstückchen in der dicken Schicht aus Asche. Ich muss mich auf die Suche nach mehr Holz machen. Und ich muss mich der Herausforderung des Badezimmers hinter dem Haus stellen. Fröstelnd ziehe ich mir die Schuhe an. Überall um mich herum finden sich die Spuren meiner unruhigen Nacht: Die Schubladen des Küchenbüfetts stehen offen, die Kerzen sind heruntergebrannt, Bücher sind von den Regalbrettern gefallen. Bei Tageslicht erscheint mir das plötzlich ziemlich überspannt. Aber die Angst ist noch ganz präsent, genauso wie das Lied, das ich in meinem Traum gehört habe.

Ich öffne die Tür. Draußen erwartet mich ein perfekter Herbstmorgen. Frühnebel hängt tief über dem Tal, das Laub leuchtet in strahlendem Orangegold. Mit einem tiefen Atemzug nehme ich die kühle Morgenluft in mich auf und neue Zuversicht durchströmt mich. Als ich auf den Weg hinaustrete, bewegt sich etwas auf dem Ast eines Baums, ein Schatten, der zu groß ist für einen Vogel. Ich spüre die Augen, die mich beobachten.

»Komm raus«, rufe ich. In der Stille klingt meine Stimme ungewohnt schrill. »Ich weiß, dass du da bist.«

Gleich darauf raschelt es in den Blättern und ein großes, dunkles Etwas landet mit einem Satz vor meinen Füßen auf dem Gartenweg. Sein Fell ist kohlrabenschwarz und buschig gegen die Kälte aufgestellt, einige Blätter und kleinere Zweige haben sich darin verfangen. In der Stadt wäre ich vielleicht auf das Tier zugegangen, hätte beruhigende Laute von mir gegeben und die Hand ausgestreckt, um es zu streicheln, aber hier kommt mir das nicht in den Sinn. Es wäre nicht richtig. Die Katze sieht auf und einen Moment lang erstarre ich unter dem Blick ihrer Augen, gelb wie Talg, gelb wie Mais.

»Dann bist du also die Katze, die hier wohnt?«, zwinge ich mich zu sagen und frage mich, woher dieses Gefühl von Befangenheit kommt.

Die Katze gähnt gleichmütig und beginnt, sich die Pfote zu putzen.

»Ich vermute, dass du das warst gestern Nacht«, fahre ich fort, »das Kratzen an der Tür und das stundenlange Gejaule auf dem Dach, während ich schlafen wollte?«

Das ist offenbar nicht, was sie hören möchte. Ihr Schwanz schlägt auf dem Boden hin und her und sie wendet den Kopf ab.

»Weißt du, wenn wir hier zusammenwohnen, müssen wir uns irgendwie einig werden, ja?«, appelliere ich an ihre Vernunft. »Kein nächtliches Wecken, kein Jaulen auf dem Dach und kein Kratzen an der Tür. Wenn du ins Haus willst, musst du mir das sagen, bevor ich ins Bett gehe.«

Die Katze steht auf und stolziert mit hocherhobenem Schwanz Richtung Wiese davon.

»Erst einen Tag allein«, murmele ich und trotte zum Außenbad, »und schon führe ich Gespräche mit Katzen.«

Ich tue mein Bestes, mich in einen einigermaßen gesellschaftsfähigen Zustand zu bringen, aber natürlich ist der Boiler defekt und ich muss mit kaltem Wasser vorliebnehmen. Bei der Schlüsselübergabe hat die Immobilienmaklerin, Mrs Welwyn, mich für heute zum Lunch in den Pub eingeladen. »Damit die Leute im Dorf Sie gleich willkommen heißen können«, sagte sie. Das ist vermutlich als Ausgleich für die Feindseligkeit gedacht, die Mr Roscarrow an den Tag gelegt hat.

Es ist ein herrlicher Tag für einen Spaziergang, der Herbst, der nur einen Atemzug vom Winter entfernt liegt, leuchtet noch strahlend in all seinen Farben. Ich setze mich auf die Stufen vor der Haustür und falte eine Landkarte auseinander. Ich habe sie gefunden, als ich die Bücher wieder zurück ins Regal gestellt habe. Sie ist mit der Hand gezeichnet und wer weiß wie alt, das Papier ist vergilbt und der Lederrücken, auf den sie geklebt ist, weich und mürbe vom Alter und vielen Gebrauch. *Enysyule* steht am oberen Rand. Ich vertiefe mich in die Zeichnung und stelle kopfschüttelnd fest, dass das kleine Landhaus von vierzehn Morgen Waldgebiet umgeben ist, die sich über die steilen Hänge zu beiden Seiten des Tals erstrecken. Entlang der Ostseite entdecke ich einen Weg zu einem Pfeil, der mit *Lanford* überschrieben ist und in die Richtung weist, in der das Dorf liegen muss. Gleich daneben, dort, wo das Tal endet, ist ein Kreis eingezeichnet, neben den jemand das Wort *Perranstone* geschrieben hat.

Ich gehe zu der Stelle, wo der Weg anfangen soll, am Rand der kleinen Wiese. Durch den nassen Wildwuchs kann ich Pflastersteine erkennen, offenbar Überreste einer Straße, die jahrhundertealt sein muss. Ich zögere. Der Weg ist fast völlig mit Gras und Brennnesseln zugewachsen. Vielleicht sollte ich lieber die lange Strecke nehmen, die den Hügel hinauf und von da über die Landstraße führt. Ich habe das Gefühl, beobachtet zu werden, und blicke mich um. Bestimmt ist die Katze irgendwo in der Nähe. Meine Bemühungen, mich mit ihr anzufreunden, sind bisher fehlgeschlagen. Ich habe für sie eine der Dosen mit Thunfisch aus der Spülküche geöffnet, habe das grüne, schleimige Wasser in der Schüssel weggegossen und sie frisch befüllt, was jedoch mit Nichtachtung gestraft wurde. Etwas später habe ich sie dabei beobachtet, wie sie etwas fraß, das wie eine tote Motte aussah. Mein Blick bleibt an einer schwarzen Silhouette auf dem Strohdach hängen. Die Katze sitzt dort und sonnt sich, während sie prüfend auf mich herabsieht.

Ich verstaue die Landkarte in meiner Tasche, atme tief durch und wage mich entschlossen auf den überwucherten Weg. Das Gebüsch ist voller Insekten und immer wieder streife ich mit Schaudern krabbelnde Tierchen von meinen Ärmeln. Nach ein oder zwei Minuten weicht das hoch stehende Gras zurück und der Weg ist besser zu erkennen. Die Pflastersteine stehen erhaben in Matsch und Moos und führen zielstrebig bergab direkt in den Bach, zu einer Furt. Ich quere die flache Stelle im Wasser und überlege dabei, wie es hier wohl vor vielen Hundert Jahren ausgesehen haben mag.

Meine Füße folgen dem Weg von allein, auch wenn er hier und da unter Baumwurzeln verschwindet oder unterbrochen ist, weil sich die Steine gelöst haben. Gedankenverloren bemerke ich die Lichtung erst, als ich sie schon fast erreicht habe. Dann aber bleibe ich wie angewurzelt stehen und mir stockt der Atem.

In der Mitte eines Stechpalmenhains ragt ein Stein auf. Die Zweige wachsen hier so dicht, dass es aussieht, als wären sie miteinander verwoben, sie bilden eine fast undurchdringliche Mauer, die nur von einer kleinen Lücke auf beiden Seiten unterbrochen ist. Die Stechpalmen hier müssen uralt sein, an manchen Stellen sind sie fast zehn Meter hoch, tiefe Schatten hängen zwischen ihrem glänzenden Blattwerk. Der Stein aber … er wirkt noch viel, viel älter, ramponiert vom Zahn der Zeit. Moos und Flechten hüllen ihn ein wie ein Mantel. Er ist so groß wie ich und so breit wie meine ausgestreckten Arme. In seine Mitte ist ein kreisförmiges Loch gehauen.

Mein ganzer Körper kribbelt. Was um alles in der Welt ist das? Ich ziehe die Landkarte hervor. Da, am Rande des Tals ist der mit

Tinte gezeichnete Kreis und das Wort *Perranstone*. Dieses eigenartige, alte Gebilde markiert die Grenze von Enysyule. Ich gebe mir alle Mühe, das Grummeln in meinem Magen zu ignorieren, und betrete zögernd die Lichtung.

Im gleichen Augenblick rauscht es in meinem Kopf, als wäre ich zu schnell aufgestanden. Mein Blick trübt sich, meine Ohren klingen und für einen Moment ist alles dunkel. Ich höre, wie Zweige vom Sturm gepeitscht werden, Flügelschläge, das Wiehern eines Pferdes und die Schreie einer Frau …

Ich blinzele und es ist vorüber. Das Tal wirkt unverändert, in der Ferne Vogelgezwitscher, Herbstsonne. Ich starre den Stein an, aber er ist, was er ist: ein uralter Stein, der stumm inmitten einer Lichtung steht. Jetzt kann ich erkennen, dass sich der gepflasterte Weg auf der anderen Seite fortsetzt und in den Wald führt. Warum hat Mrs Welwyn nichts davon gesagt? Ein alter Monolith hinter dem Haus ist doch wohl erwähnenswert – wenn es denn einer ist. Vielleicht fand sie es nicht wichtig. Vielleicht weiß sie gar nichts davon … Ohne die Landkarte wäre auch ich nicht auf ihn gestoßen.

Ich gehe am Rand der Lichtung weiter und halte so viel Abstand zum Stein wie möglich. In dem Augenblick, in dem meine Füße den Stechpalmenhain – und damit die Grenze von Enysyule – verlassen, spüre ich eine Veränderung. Es ist, als würde die Zeit um mich herum anschwellen und ich wieder die moderne Welt betreten. Plötzlich höre ich über mir das Dröhnen eines Flugzeugs, der Geruch nach Düngemittel hängt in der Luft und irgendwo in der Nähe bellt ein Hund.

Das Gebell ist sogar ziemlich nah und wird lauter und wilder. Ich sehe auf, als auf einmal ein Hund aus dem bunten Durcheinander aus Blattwerk und dichtem Gehölz schießt und unter wütendem Gebell auf mich zukommt. Instinktiv mache ich einen Schritt zurück.

Der Hund bleibt abrupt stehen. Es ist eine Art Collie, die Ohren hochgestellt, die Schnauze geöffnet, braune Augen starren mich unverwandt an. Er gibt ein gedämpftes *Wuff* von sich und will scheinbar zum Sprung ansetzen, aber dann überlegt er es sich anders und tänzelt halb knurrend, halb winselnd nervös hin und her, genau dort, wo die Lichtung auf den Wald trifft.

»Maggie?« Die Baumstämme werfen das Echo einer Männerstimme zurück. »Maggie!«

Eine Gestalt erscheint. Grüne Jacke, Schirmmütze, über der Schulter ein Gewehr. Ich stöhne im Stillen auf. Das sieht nach Ärger aus. Der Mann bleibt stehen, als er mich bemerkt. Von seiner freien Hand baumelt ein toter Fasan.

»Kann ich Ihnen helfen?«, ruft er. Die Art, wie er spricht, klingt nach Oberschicht.

»Ich bin auf dem Weg ins Dorf«, rufe ich zurück und merke, wie mir die Röte ins Gesicht steigt. »Oder zumindest war ich das. Ihr Hund scheint etwas dagegen zu haben.«

»Nun ja«, sagt er und kommt näher, Blätter rascheln unter seinen Schritten, »das liegt wahrscheinlich daran, dass Sie sich hier unbefugt auf Privatgelände befinden. Was wollen Sie hier?«

»Ich bin keineswegs unbefugt«, gebe ich gereizt zurück. »Das Land gehört zufällig mir. Gewissermaßen jedenfalls.«

Der Mann lacht auf und schiebt seine Mütze aus dem Gesicht. Er ist jung, stelle ich fest, möglicherweise sogar jünger als ich, mit unordentlichem dunkelblondem Haar, grauen Augen und unrasiert.

»Wenn das so ist, bitte ich um Entschuldigung.« Er lächelt mich gewinnend an. »Ich dachte, Sie gehören zu diesen Hobby-Historikern, die hier ohne Erlaubnis herumschnüffeln.«

»Nein. Ich wohne hier. Seit gestern.«

Seine Augen weiten sich. »Dann sind Sie also die berühmt-berüchtigte Miss Pike!« Er schiebt den Fasan unter seinen Arm und reicht mir die Hand. »Sehr erfreut, Sie kennenzulernen. Ich bin Alexander.«

»Ich bin …« Unwillkürlich ergreife ich die hingehaltene Hand, dann erst dringen seine Worte zu mir durch. »Was meinen Sie mit ›berühmt-berüchtigt‹?«

»Lanford ist ein kleiner Ort, Miss Pike. Sie haben schon ganz schön für Wirbel gesorgt.«

Er lässt meine Hand los. An ihrer Stelle spüre ich kalte Luft.

»Ich wüsste nicht, wieso«, protestiere ich. »Ich kenne ja noch nicht einmal irgendwen aus dem Dorf.«

»Es reicht völlig aus, dass Sie hier neu sind.« Er grinst. »Außerdem kennen Sie ja jetzt mich.« Er tritt einen Schritt zurück und mustert mich eindringlich. Mir wird peinlich bewusst, dass ich übernächtigt aussehen muss und meine wilden Locken nur notdürftig gekämmt sind. »Ich muss gestehen, dass ich Sie mir anders vorgestellt hatte.«

»Und warum, wenn ich fragen darf?« Ich versuche, nicht allzu feindselig zu klingen, und vergrabe die Hände tief in meinen Taschen.

»Na, also, *ich* habe gehört, dass Sie in den Ort gerauscht kamen und die Maklerin praktisch bestochen haben, um an das Haus zu kommen, eiskalt und skrupellos …« Offenbar bemerkt er meinen entsetzten Gesichtsausdruck, denn er unterbricht sich und sieht auf einmal verlegen aus. »Das ist natürlich nichts als Klatsch und Tratsch«, fügt er entschuldigend hinzu. »In dem Moment, in dem die Leute hier Sie kennenlernen, werden sie wissen, dass das Unsinn ist.«

»Das hoffe ich.« Ich versuche zu lächeln. »Ich bin übrigens gerade auf dem Weg zum Pub, um ein paar Dorfbewohner zu treffen. Das heißt, ich war es …« Bedeutungsvoll sehe ich zu der Hündin hinüber, die damit beschäftigt ist, die Baumwurzeln zu beschnuppern.

Der Mann lacht laut auf. »O ja. Tut mir leid. Aus irgendeinem Grund kann Maggie das alte Ungetüm nicht ausstehen.« Er deutet mit dem Kinn auf den Stein mit dem Loch. »Man sagt, Tiere wissen mehr als Menschen, nicht wahr?«

Ich denke an die schwarze Katze, daran, wie sie mich vom Dach aus angestarrt und die Nacht über gejault hat, wie sich ihr Geschrei mit meinem Traum vermischt hat …

»Ich bin mir nicht sicher, ob ich das glauben möchte«, murmele ich.

»Ich auch nicht.« Alexander schultert sein Gewehr. »Soll ich Ihnen zeigen, wie Sie zum Dorf kommen? Ich muss in die gleiche Richtung.«

Zum zweiten Mal an diesem Tag überschreite ich die Grenze von Enysyule.

»Sie sind also von hier?«, erkundige ich mich, während wir nebeneinanderher gehen. Das Sonnenlicht fällt durch die Baumkronen, Blätter segeln sacht zu Boden wie Goldflocken.

»Jep«, antwortet der Mann und schwingt den Fasan hin und her. »Ich bin praktisch ein Ureinwohner. Meine Familie ist schon seit einer Ewigkeit hier ansässig.«

»Das gilt hier wohl für alle, außer für mich.« Ein Blatt tänzelt durch die Luft und streift meine Wange. Ich fange es auf. Leuchtend gelb liegt es auf meiner Haut, die dunkler ist als die von Alexander. »Darüber hatte ich vorher nicht nachgedacht.«

»Machen Sie sich keine Sorgen, die werden schon auftauen. Na ja, bis auf den alten Roscarrow, aber der ist ein unverbesserlicher Miesepeter. Irgendetwas geht ihm immer gegen den Strich. Zurzeit ist es eben das Cottage. Es wird nicht lang dauern und er findet etwas Neues, über das er meckern kann, und dann hört er auf …« Er verstummt plötzlich.

»Roscarrow«, sage ich nachdenklich. »Den kenne ich, er war auch in dem Maklerbüro. Womit wird er aufhören?«

»Nichts, das ist dummes Zeug, nichts, worüber Sie sich Gedanken machen müssten.«

»Bitte, sagen Sie es mir.«

Seine Wangen röten sich leicht. »Er hat mit einigen Männern aus dem Dorf eine Wette abgeschlossen«, erzählt er schließlich und nestelt an den Krallen des Fasans herum. »Eine Wette, wie lange Sie es hier aushalten werden. Er will alles Mögliche versuchen, um Sie von hier zu vertreiben.«

Für einen Moment bin ich sprachlos. Ich weiß, es sollte mich nicht überraschen, eine solche Reaktion war zu erwarten, und doch … mit Feindseligkeiten zu rechnen und dann tatsächlich mit ihnen konfrontiert zu werden, sind zweierlei Dinge.

»Miss Pike?«, sagt Alexander. »Alles in Ordnung? Tut mir leid. Ich hätte das nicht erwähnen sollen.«

»Alles bestens.« Ich schlucke meinen Ärger herunter. Damit kann ich mich auch später noch auseinandersetzen. Freundschaften zu schließen steht auf einmal ganz oben auf meiner Prioritätenliste. »Und bitte nennen Sie mich nicht Miss Pike.« Ich lächele. »Mein Name ist Jess. Eigentlich Jessamine, aber so nennt mich nur meine Mutter.«

»Jessamine«, wiederholt er. »Was für ein schöner Name.«

Ich merke, dass er mich im Weitergehen von der Seite mustert.

»Sie sind sicher nicht allein hierhergekommen? Ich vermute, mit Ihrem Freund, Ihrem Lebensgefährten …?«

»Nichts dergleichen.« Ich springe über einen quer liegenden Baumstamm. »Ich bin allein hier.«

»Dann haben Sie jemanden in London zurückgelassen?«

Vor uns rennt Maggie hin und her und bellt fallende Blätter an. Ich hebe einen Stock auf, um ihn für sie zu werfen.

»Meine Familie, aber sonst niemanden. Nur jemanden, den ich lieber nicht wiedersehen will.«

»Oh. Wie bedauerlich.«

Maggie lenkt uns ab, sie bringt uns zum Lachen, als sie sich damit abmüht, einen kleinen Baum mitzuzerren. Nach und nach wird der Baumbewuchs spärlicher, der Weg macht einen Bogen und gleich darauf sehen wir grün schimmerndes Wasser vor uns. Ein Fluss oder eine Flussmündung, ich kann nicht genau erkennen, was es ist. In der Mitte der Wasserstraße schaukeln Boote und das Tuckern eines Außenbordmotors bewegt sich auf uns zu. Bäume stehen bis dicht an den Rand des Wassers und beugen sich über das Ufer, als versuchten sie, ihr Spiegelbild zu sehen.

»Lanford«, sagt Alexander und bleibt neben mir stehen. »Sie müssen nur dem Fluss folgen und die Brücke über den Bach nehmen. Das *Lamm*, so heißt der Pub, ist von da aus gar nicht zu verfehlen.«

Ich antworte nicht, zu sehr bin ich damit beschäftigt, all die Eindrücke zu verarbeiten. Irgendwo hinter uns ist Enysyule. Mir wird erst jetzt so richtig klar, wie abgeschieden es liegt, ein tiefgrünes Tal, verborgen zwischen tiefgrünen Hügeln. Ich drehe mich um, aber natürlich kann ich es von hier aus nicht sehen. Stattdessen erblicke ich Bogenfenster, die gerade ein Sonnenstrahl trifft, und die Spitze eines Turms, der aus den Bäumen herauslugt.

»Was ist das?«, frage ich und zeige darauf.

»Ach das – das ist das Herrenhaus«, antwortet er flüchtig. »Sagen Sie mal, was haben Sie am Freitag vor?«

»Was?« Ich spüre, wie mir die Röte ins Gesicht steigt. »Ich, ähm, nichts Besonderes. Ich meine, ich habe jede Menge zu tun. Also wahrscheinlich arbeiten.«

»Arbeiten? Am Haus?«

»Nein, an einem Buch. Ich bin Schriftstellerin. Ich soll eigentlich bis Weihnachten mein neues Manuskript fertig haben, daher …« Ich lasse den Satz bedeutungsvoll in der Schwebe.

»Eine Schriftstellerin!« Er lächelt. »Das ist toll. Ich frage nur, weil doch Halloween ist. Ich wollte eine kleine Party veranstalten. Ich dachte, vielleicht haben Sie ja Lust dazuzukommen und noch ein paar Einheimische kennenzulernen?«

Wie dumm von mir. *Deswegen* hat er gefragt, natürlich. »Ah, verstehe.«

»Halten Sie mal.« Alexander drückt mir den Fasan in die Hand und ich fühle seine schuppigen Beine. Ein Geruch von Blut geht von ihm aus und mischt sich mit dem des toten Laubs und des kalten grünen Flusses. »Hier«, er kritzelt etwas auf ein Stück Papier, das er gegen den Fasan eintauscht. »Das ist meine Nummer. Rufen Sie mich an, falls Sie es sich noch anders überlegen.«

Ehe ich antworten kann, ist er auch schon weitergegangen – er pfeift nach Maggie und verschwindet in Richtung Wald.

»Da sind Sie ja!«, ruft eine Stimme quer durch den Pub. Im Lokal ist es voll und laut und Dutzende Augenpaare sind auf mich gerichtet, als ich eintrete. Im nächsten Moment kommt Mrs Welwyn, die Immobilienmaklerin, auf mich zugeschossen, und mein Gesicht verfärbt sich vollends dunkelrot.

»Miss Pike.« Eine Parfumwolke hüllt mich ein, als sie mich auf beide Wangen küsst. »Ich freue mich so, dass Sie gekommen sind. Haben Sie den Weg gut gefunden? Wie gefällt Ihnen das Haus? Ich hole Ihnen etwas zu trinken, was hätten Sie gern? Bier, Cider?«

»Ja, danke«, bringe ich heraus, »ich nehme …«

»Großartig!«

Und weg ist sie, während ich wieder schutzlos den neugierigen Blicken der Pub-Besucher ausgesetzt bin. Von ganz hinten sehe ich jemanden winken: Ich erkenne Liza, Mrs Welwyns Assistentin, und arbeite mich durch die Menge zu ihr durch.

Mit seinen niedrigen Decken, den verwinkelten Ecken und gepolsterten Fensterbänken wirkt das *Lamm* sehr gemütlich. Die Wände sind dicht behängt mit Erinnerungsstücken aller Art: Fotos, Gemälden, altem Pferdeschmuck aus Messing und Erinnerungstafeln. Der Duft von Holzfeuer und getrocknetem Hopfen, Braten und Bier erfüllt den Raum. Ob es hier wohl schon immer so gerochen hat?

»Schön, Sie wiederzusehen«, begrüßt mich Liza und schultert ein schlaftrunkenes Baby. »Michaela hat Sie wohl gleich am Eingang überfallen?«

»Ja, das hat sie«, antworte ich lachend und ziehe den Mantel aus. »Sie holt mir etwas zu trinken, jedenfalls hat sie das gesagt.«

»Sie werden sich daran gewöhnen«, grinst Liza. »Michaela war früher Hausmutter in einem Internat und ich fürchte, das hat abgefärbt.«

Sie stellt mir die anderen vor, die um den Tisch sitzen. Ihren Ehemann Dan, der mich anlächelt, ihre kleine Tochter Daisy, die das Gesicht im Hemd ihres Vaters vergräbt. Michaelas Ehemann Geoff, der kurz von seiner Zeitung aufsieht und mir zunickt, ihre Freundin Julie, Cousin Pete … Ich murmele Begrüßungen in alle Richtungen und versuche, mir die Namen einzuprägen.

»Das ist Miss Pike«, verkündet Liza, »die Mieterin von Enysyule.«

Bilde ich es mir ein oder sinkt der Lärmpegel im Pub für einen Moment? Michaelas Mann betrachtet mich mit neuem Interesse.

»Bitte, nennen Sie mich Jess«, sage ich und setze mich. Der Lärm schwillt wieder an, Gläserklirren, Stimmengewirr und Gelächter klingen durch das Lokal.

»Also, Jess«, setzt Liza mit leicht besorgtem Blick an. »Wie ist das Cottage?«

»Es ist … nun ja, es ist etwas rustikaler, als ich es erwartet hatte«, gebe ich zu. »Außerdem gibt es keinen Strom.«

»Das ist ja auch kein Wunder«, meldet sich Cousin Pete zu Wort. »Nicht zu glauben, dass ihr ihr das Haus in dem Zustand vermietet habt, Liz. Da ist ja seit zwanzig Jahren nichts mehr gemacht worden, stimmt's, Geoff?«

»Zwanzig Jahre nicht«, nickt Geoff und widmet sich wieder der Zeitung.

»Die alte Miss Roscarrow war ein bisschen plemplem«, erzählt Pete augenzwinkernd in übertriebenem Flüsterton.

»Gar nicht wahr«, protestiert Julie, »sie war nur ein bisschen eigen. Wie alle Roscarrows.«

»Als Kinder dachten wir, sie sei eine Hexe«, ergänzt Dan mit einem Lächeln über Daisys Kopf hinweg. »Wir haben uns immer gegenseitig herausgefordert und gewettet, wer todesmutig genug wäre, zu *Allantide* runter nach Enysyule zu gehen. Aber keiner von uns hat sich das je wirklich getraut.«

»Allantide?«, frage ich, erleichtert, das Gespräch von mir abzulenken.

»Das Fest des heiligen Alain oder Halloween«, erklärt Liza, »und erzählt ihr jetzt bloß keine Geschichten von Hexen und Geistern, sie ist gerade erst angekommen.«

»Von wegen Halloween!«, entgegnet Dan mit gespielter Entrüstung. »*Nos Kalan Gwav!* Die erste Nacht des Winters, wenn die Geister sich auf der Erde zeigen und wir unsere Feuer entzünden, um die kommende Dunkelheit zu vertreiben.« Er haucht ein geisterhaftes *Huaa* in Daisys Ohr, die entzückt auflacht.

Ich muss schmunzeln, obwohl ich mich noch ganz gut an die Angst erinnere, die ich gestern Nacht ausgestanden habe, an das Gefühl, gestrandet zu sein, in der Dunkelheit auf mich allein gestellt, während mich etwas im Schatten Verborgenes beobachtete. Ich will das Gespräch gerade wieder auf das Thema »Strom«

lenken, da kommt Michaela mit zwei randvollen Gläsern an den Tisch zurück.

»War nicht sicher, was Sie möchten«, schnauft sie, »Ale oder Cider. Ich habe mal beides mitgebracht.«

Die nächsten Minuten vergehen im allgemeinen Durcheinander, während Essen bestellt und Besteck verteilt wird. Ich probiere einen Schluck Cider. Er ist trüb und sein säuerlicher Geschmack erinnert mich an die Äpfel, die ich als Kind beim Nachbarn vom Baum geholt habe und die klein und hart wie Golfbälle waren. Als die allgemeine Ruhe wiederhergestellt ist, lehnt sich Michaela in ihrem Stuhl zurück und betrachtet mich prüfend über ihre knallpinke Brille hinweg.

»Und?«, fragt sie. »Haben Sie schon Bekanntschaft mit der Katze gemacht?«

Alle Blicke ruhen auf mir.

»Ja«, antworte ich zögernd – was haben sie denn alle auf einmal? »Allerdings scheint sie nicht besonders zutraulich zu sein.«

Michaela und Liza sehen sich an. »Machen Sie sich mal keine Gedanken«, murmelt Michaela. »Sie werden sich schon noch aneinander gewöhnen.«

»Uns bleibt wohl nichts anderes übrig.« Ich nehme noch einen Schluck. »Was bedeutet denn die Klausel im Mietvertrag *genau*? Ich meine, sie stört mich nicht, aber ich kenne mich überhaupt nicht mit Katzen aus. Ich hatte noch nie eine. Gibt es nicht vielleicht einen Verwandten oder jemand anderen, der …«

»Nein«, sagt Pete.

»Der Punkt ist …«, setzt Michaela an.

»In Enysyule hat es immer schon eine Katze gegeben«, verkündet Dan im selben Moment. Er läuft rot an, als sich alle zu ihm umdrehen. »Was denn?«, fragt er. »Ist doch so!«

»Ich fürchte, es ist einfach Bestandteil der Vereinbarung«, erklärt Liza und wirft den anderen einen bedeutungsvollen Blick zu. »Es war Miss Roscarrows ausdrücklicher Wunsch, dass, wer immer das Haus mietet, sich auch um die Katze kümmert. Das war ihr sehr wichtig.«

Pete schnaubt verächtlich. »Wenn sie gekonnt hätte, hätte sie das ganze verdammte Haus der Katze vermacht. Versucht hat sie es ja. Ich sage ja, die war völlig …« Julie versetzt ihm einen Hieb auf den Arm. »Autsch!«

»Sie wollte ihr Haus einer *Katze* vererben?«, hake ich ungläubig nach.

»Nun, die Sache war sicher ein wenig … unorthodox«, räumt Michaela leicht nervös ein. »Es war zwar nicht möglich, die Katze als Erbin einzusetzen, aber Miss Roscarrow konnte in ihrem Testament festlegen, dass das Haus nur vermietet und nicht verkauft werden darf. Auf diese Weise ist das Tier bis an sein Lebensende versorgt.«

»Und wenn die Katze stirbt …?«

Unbehaglich setzt sich Michaela auf ihrem Stuhl zurecht. »Dann wäre der Mietvertrag natürlich null und nichtig. An Ihrer Stelle würde ich mir darüber keine Gedanken machen.«

Genau das tue ich aber, wenn auch vermutlich ein bisschen spät. Immerhin habe ich den Vertrag für ein ganzes Jahr abgeschlossen.

»Wie heißt die Katze?«, frage ich stattdessen. »Womöglich freunden wir uns leichter an, wenn ich ihren Namen kenne.«

»Perrin«, antworten alle im Chor.

»Perrin«, wiederhole ich und bemühe mich, meine Tischgenossen nicht anzustarren.

Ich werde das Gefühl nicht los, dass sie mir etwas verheimlichen, aber da wird schon das Essen serviert und bringt mich augenblicklich auf andere Gedanken. Ich merke, dass ich kurz vor dem Verhungern bin, nachdem ich seit gestern nur von Äpfeln und Keksen gelebt habe. Roastbeef in einer herrlich sämigen, glänzenden Soße mit knusprig gebratenen Kartoffeln und Möhren, die schmecken, als hätte man sie erst am Morgen aus der Erde gezogen.

»Gut möglich«, lacht Liza, »die sind bestimmt vom Bauernhof deines Kumpels, stimmt's, Pete?«

»Jep.« Pete spießt ein Stück Möhre auf seine Gabel und betrachtet es bedauernd. »Das sind die letzten für dieses Jahr.«

Trotz ihres verdächtigen Benehmens erweisen sich meine neuen Bekannten als gut gelaunte Truppe und allmählich beginne ich, mich in ihrer Gesellschaft zu entspannen. Ich erfahre, dass Dan Grundschullehrer im Ort ist. Julie arbeitet als Krankenschwester, Michaelas Mann leitet das Heimatmuseum und das Besucherzentrum. Pete murmelt etwas von »Unrat« und verschwindet in Richtung Theke.

»Er sammelt Strandgut«, lässt mich Michaela leise von der Seite wissen. »Er kennt die besten Stellen für Wrackteile und alles, was bei Sturm angeschwemmt wird.«

»Ist das nicht verboten?« Ich habe das Gefühl, dass sie mich aufziehen wollen.

»Gute alte Tradition in Cornwall«, meint Dan und zwinkert mir zu.

Der Nachtisch wird serviert – Bickbeeren-Crumble, wie man mir erklärt. Was auch immer Bickbeeren sein mögen, sie schmecken köstlich. Ihr dunkler Saft sickert in die dicke Eiercreme. Lizas und Dans Tochter Daisy gelingt es binnen kürzester Zeit, sich über und über zu bekleckern.

Nach einer Weile drehen sich die Gespräche am Tisch um Angelegenheiten im Dorf. Der Pub hat sich etwas geleert und am anderen Ende des Raumes kann ich den Kamin erkennen, in dem Holzscheite leise knacken. Um ihn herum steht eine Gruppe betagter Ledersessel, die von einer Gruppe ähnlich betagter, knorriger Männer besetzt ist, die sich in gedämpftem, leicht polterndem Singsang unterhalten. Als ich gerade meinen Blick abwenden will, bemerke ich, dass mich einer von ihnen beobachtet – ein Mann, der gut vierzig Jahre jünger ist als der Rest der Runde. Stark gebaut, mit dunklem Bart. Möglicherweise hat mich das zweite Glas Cider mutig gemacht, jedenfalls halte ich seinem Blick stand.

»Wer ist das?«, frage ich meinen Tisch.

Es sieht aus, als sei der Mann eben erst hereingekommen. Die Wollmütze verdeckt seine Haare und sein Gesicht ist von der Herbstluft gerötet.

»Das ist Jack«, sagt Dan und hebt eine Hand, um ihn zu grüßen. Dunkles Haar kommt zum Vorschein, als der Neuankömmling die Mütze herunterzieht. Mit einem verlegenen Nicken erwidert er den Gruß und wendet sich schließlich ab. »Jack Roscarr…«

Lizas Ellbogen trifft seine Rippen zu spät.

»Roscarrow?«, frage ich verblüfft. »Roscarrow wie Miss Roscarrow, der Enysyule gehört hat? Roscarrow wie Mr Roscarrow, der in Ihrem Büro so ruppig zu mir war?«

»Daisy braucht wohl eine frische Windel«, brummt Dan und weg ist er.

»Schon«, sagt Liza zögernd. »Jack ist Mr Roscarrows Enkel. Sie arbeiten beide in der Werft.«

Gespannt beobachten alle, wie ich reagiere. Ich könnte es dabei bewenden lassen. Ich könnte die Sache mit einem Schulterzucken abtun und warten, bis sich alle im Dorf an mich gewöhnt haben, bis ihre Neugier und der Klatsch über die neue junge Frau im Ort abgeklungen sind.

Er hat mit einigen Männern aus dem Dorf eine Wette abgeschlossen. Eine Wette, wie lange Sie es hier aushalten werden. Er will alles Mögliche versuchen, um Sie von hier zu vertreiben.

»Entschuldigen Sie mich bitte.« Bevor jemand am Tisch etwas

sagen kann, bin ich schon aufgestanden und gehe langsam zu den alten Männern am Feuer hinüber.

»Verzeihen Sie die Störung«, rufe ich betont unbeschwert. »Ich habe mich nur gerade gefragt, ob Mr Roscarrow seinem Großvater wohl etwas ausrichten könnte.« Überraschte Augenpaare starren mich an. Der Dunkelhaarige schweigt und betrachtet mich mit leichtem Misstrauen. Seine Augen sind von einem klaren Hellbraun, kastanienfarben, und bringen mich für einen Moment aus dem Konzept. Doch ich kann nicht mehr zurück. »Bitte sagen Sie Ihrem Großvater doch, dass ich von seiner albernen Wette weiß«, verkünde ich laut und deutlich. »Und sagen Sie ihm bitte auch, dass ich ihn enttäuschen muss. Ich lasse mich nicht vertreiben.« Mein Blick streift die ganze Runde. »Besten Dank auch für den herzlichen Empfang.«

Auf meinem Weg zurück zum Tisch fühle ich die Hitze in meinem Gesicht aufsteigen – innerlich zittere ich, so nervös bin ich.

»Bravo«, lacht Pete, »das hat gesessen.«

»Tut mir leid, Jess«, fügt Liza kleinlaut hinzu, »wir wollten Sie damit nicht belasten.«

»Schon in Ordnung.« Ich greife nach meinem Glas und leere es bis auf den letzten Tropfen.

Michaela zieht ihren Mantel über und gibt ein mürrisches Brummen von sich. »Ich werde mal ein paar Wörtchen mit Mel Roscarrow wechseln.«

»Wir müssen ohnehin mit ihm sprechen, wenn das Cottage ohne Strom ist«, stellt Liza stirnrunzelnd fest. »Er ist nämlich Ihr nächster Nachbar«, erklärt sie. »Die Trafostation befindet sich auf seinem Grundstück.«

»Wir werden das schon mit ihm klären.« Michaela klopft mir auf die Schulter. »Sie kommen doch noch ein oder zwei Tage ohne Licht klar?«

Auf dem Weg zur Tür bemerke ich Jack Roscarrow, der mir von seinem Platz am Kamin aus nachsieht.

»Aber natürlich«, antworte ich laut genug, dass er mich hören kann. »Nichts leichter als das.«

Der Weg zurück nach Enysyule fühlt sich kälter an als der Hinweg, trotz des wärmenden Essens und des Ciders in meinem Bauch. Der Tag neigt sich bereits seinem Ende zu, der Himmel ist perlmuttfarben, die Luft erfüllt vom Rauch der Kamine aus dem Dorf. Im Wald folge ich einem Trampelpfad, der in etwa wie ein Weg aussieht, und hoffe, dass es derselbe ist, den ich mit Alexander gekommen bin. Ich habe kaum darauf geachtet, wie wir gegangen sind.

Seltsam, heute Morgen konnte ich es kaum erwarten, unter Leute zu kommen, menschliche Stimmen und Autos zu hören, Handyempfang zu haben. Aber jetzt möchte ich wieder in die Stille der Natur eintauchen, Feuer machen, am Kamin sitzen und mir ganz langsam der Tatsache bewusst werden, dass ich tatsächlich Besitzerin eines Cottage bin.

Völlig unvermittelt taucht wieder der gewaltige *Perranstone* in der dichter werdenden Abenddämmerung vor mir auf. Ich zögere, mit einem Fuß in der Gegenwart und dem anderen auf der Schwelle zum Tal von Enysyule, wo die Zeit nicht fließend ist, sondern sich sammelt und die alte in die neue dringt … Ich mache einen Schritt und lasse die Welt hinter mir.

Die Oberfläche des Steins scheint sich im schwindenden Licht zu verändern, sie wirkt bleich und schimmert. Sie zieht mich unwillkürlich an – meine Hände möchten sie berühren, ich möchte mich hinunterbeugen, durch die Öffnung in der Mitte des Steins spähen und in eine andere Wirklichkeit blicken. Nein, nicht.

Noch nicht. Außerdem wartet das Haus auf mich und ich muss noch Holz hereinholen, wenn ich die Nacht nicht frierend und im Dunkeln verbringen will. Ich stehe am Rand der Wiese und betrachte das Cottage, das still im Abendlicht daliegt. Ich kann nicht glauben, dass das mein Zuhause ist.

»Guten Abend«, flüstere ich ihm zu, ihm und dem ganzen Tal.

Die Antwort ist ein Rascheln in den Zweigen und eine fast unmerkliche Bewegung im Schatten – die Katze tritt aus dem Dornengestrüpp. Ihre Augen leuchten im Halbdunkel.

»Da bist du ja wieder«, begrüße ich sie und gehe über den Weg auf sie zu. »Man hat mir von dir erzählt. Dein Name ist Perrin. Ich heiße Jessamine.«

Die Katze lässt sich würdevoll auf der Stufe zur Haustür nieder, als wolle sie einen Gast empfangen. Nach einem kurzen Moment folgt ein *Miau*. Ich muss grinsen. Wir machen Fortschritte.

»Warte«, sage ich und krame in meiner Tasche. »Ich habe an dein Abendessen gedacht.«

Ich ziehe die in eine Serviette gewickelten Stücke Fisch hervor, die die kleine Tochter von Liza und Dan nicht mehr geschafft hat. Ich lege sie auf den Boden. Die Katze sieht mich prüfend an und beschnuppert den Fisch misstrauisch. Ich mache mich daran, das Haus aufzuschließen und im Holzschuppen Scheite zu suchen, die nicht grün von Moos sind. Als ich mich mit voll beladenen Armen mühsam wieder aus dem Schuppen kämpfe, ist die Katze verschwunden. Der Fisch auch. Ich betrete das Haus mit einem Lächeln. Ein Punkt für mich.

Es gab eine Zeit, als jeder dieser knorrigen Bäume ein Schössling war. Als der Bach beinahe ein Fluss war, dessen Wasser rauschend durch das Tal floss, laut wie die Stimme eines Bauernmädchens, das aus vollem Hals singt. Als es lange noch kein Haus gab, nur das Wasser, den Stein und die Augen, die alles sahen. Dann das Haus, gebaut aus Granit und Feldsteinen, die Straße, die Menschen. Die ersten kamen an einem Tag im Herbst, vor vielen Jahren, nicht ahnend, dass ihr Leben diesen Ort für immer verändern würde.

Es ist Spätherbst im Tal, und die Bäume leuchten in allen Farben, ihre Blätter fallen herab wie Seiten eines vergoldeten Buches. Die Mauern des kleinen Hauses sind noch ganz hell, die Steine, aus denen sie errichtet wurden, frisch behauen, das neu gedeckte Strohdach blitzt in der Sonne. Es wartet auf die Menschen, die sich hier ein Zuhause geschaffen haben: ein Mann und eine Frau, die Frau hat kastanienbraune Augen und trägt schwer an dem Kind, das sie bald erwartet.

Sie geht über die Wiese und hinunter zum Wasser, wo der Weg an einer flachen Stelle durch den Bach verläuft. Ihr Gesicht ist gerötet und schmerzverzerrt, sie presst ihre Fäuste in den Bauch, doch es ist nicht das Kind, das sie quält.

Neben dem Bach liegt ein Findling, ein Wegzeichen, das einst Reisenden als Orientierung dienen sollte. Mit Mühe umklammert sie den Stein wie einen Geliebten. Ihre Finger ertasten die mit feiner Klinge eingeritzten Spuren auf seiner Rückseite, sie sind noch ganz frisch. Sie bricht in Tränen aus, als sie die Umrisse fühlt, ein im Frühjahr gegebenes Versprechen, gebrochen, kaum dass die Hundsrosen welk wurden. Stattdessen sollte sie einem anderen die Treue geloben, während sie ein Geheimnis unter dem Herzen trägt, und ihr einziger Trost ist dieses Haus: der Lohn für ihr Schweigen. Sie weiß, das Kind wird nie zum Dorf oder zu dem Mann gehören, den es Vater nennen wird. Es wird das Kind dieses Tals sein, in dem es entstanden ist.

Nach einer Weile ist über die Wiese eine Stimme zu hören, die ihren Namen ruft. Sie reißt sich vom Stein los, wäscht sich das Gesicht, sieht auf und blickt mir geradewegs in die Augen …

Heftig schrecke ich auf. Alles ist dunkel, das Feuer ist nur noch eine schwache rote Glut. Keine Spur von Herbstlaub, keine Frau mit kastanienbraunen Augen. Verwirrt reibe ich mir die Stirn. Von irgendwoher erklingt ein Geräusch. Das Plätschern von Wasser? Eine Stimme, die ruft? Nein, es kommt aus der Nähe. Ich ziehe mir den Schlafsack vom Kopf, um besser hören zu können.

Ein eindringliches Jaulen, dann noch eines. Ich atme heftig aus – ich habe gar nicht bemerkt, dass ich den Atem angehalten hatte. Die Katze. Es ist nur die Katze, die ins Haus will. Ihre Schreie müssen mich geweckt haben. Ich zünde einen Kerzenstummel an und gehe damit vorsichtig zur Tür. Das Licht flackert in der kalten Luft, die hereinströmt, und wie schwarzes Öl gleitet ein Schatten an meinen Knöcheln vorbei. Als ich die Tür wieder verriegelt habe und mich umdrehe, hat sich die Katze schon in meinen noch warmen Schlafsack auf dem Ohrensessel gekuschelt. Sie hebt den Kopf und gibt einen kurzen, hohen Laut von sich, als wollte sie *wie aufmerksam von dir* sagen.

»Das ist mein Bett«, protestiere ich zitternd. »Da kannst du nicht bleiben.«

Sie dreht sich einmal um sich selbst, lässt sich wieder sinken und sieht ungemein zufrieden aus. Jede andere Katze würde ich einfach nehmen und auf den Boden setzen … Ich versuche, mir vom Sesselrand aus das bisschen Platz zu erobern, das die Katze freigelassen hat. Wie sie es schafft, einen so großen Sessel komplett in Beschlag zu nehmen, ist mir ein Rätsel. Schließlich gelingt es mir, mich mit ungefähr einem Viertel des Schlafsacks zuzudecken. Die Katze liegt jetzt etwas eingeengt und sieht mich vorwurfsvoll an.

»Da müssen wir jetzt beide durch«, stelle ich von meiner unbequemen Position aus fest.

Die Katze antwortet, indem sie ihre Krallen tief in den Schlafsack drückt und sofort zu schnurren beginnt. Das leise, rhythmische Geräusch erfüllt den Raum wie das Plätschern eines sanften Regens.

Am nächsten Morgen widme ich mich dem Fensterputzen und versuche, dabei nicht meinen Gedanken nachzuhängen, doch ohne Erfolg. In London drängen sich die Leute jetzt in den Coffeeshops oder hetzen in den neuesten Mantelmodellen von der U-Bahn-Station ins Büro. Ich will nicht an die Menschen denken, die ich zurückgelassen habe, schon gar nicht an meinen Ex, wie er in unserer alten Wohnung seine Sachen umräumt, um die Spuren unserer gemeinsamen Zeit zu vernichten, und dabei um den kleinen Stapel Kartons herumsteigt, in denen mein Leben steckt und die auf Abholung warten. Ich erhöhe den Druck, mit dem ich die Fenster bearbeite, und das Zeitungspapier löst sich zwischen meinen Fingern in Einzelteile auf. Seufzend lasse ich es fallen.

Von dem strahlenden Sonnenschein des Vortages ist keine Spur mehr zu sehen. Der Regen fällt grau und dicht, was bedeutet, dass ich im Haus festsitze, ohne Musik, ohne Radio, mit niemandem zur Gesellschaft außer meinen Gedanken. Und der Katze. Ich muss zugeben, dass ich froh darüber bin, auch wenn sie sich bisher kaum aus dem Schlafsack wegbewegt hat.

»Du hast es gut«, murmele ich, während ich vom Fensterbrett herunterklettere.

Hier im Erdgeschoss sieht es allmählich ganz annehmbar aus. Alle Fenster, die nicht zerbrochen sind, sind geputzt, der riesige, alte Esstisch ist geschrubbt und ich habe einen Besen gefunden, mit dem ich die Asche auf dem Boden wegfegen konnte. *Natürlich* gibt es immer noch keinen Strom, aber ich habe herausgefunden, wie der Gasherd funktioniert. Ich wickele meine Strickjacke enger um mich und lasse Wasser in den Kessel laufen. Ich kann kein Licht machen, mein Handy nicht aufladen und meinen Laptop nicht benutzen, aber ich kann immerhin Tee kochen.

Als ich den Kessel auf den Herd stelle, fällt mir der Traum von letzter Nacht wieder ein. Ich schließe die Augen und versuche, ihn zurückzuholen. Das Geräusch von Wasser, wie es über die flache Stelle im Bach fließt, eine schwangere Frau mit kastanienbraunen Augen, die ihre Arme um einen Markierungsstein schlingt, in Stein geritzte Zeichen.

Ein schrilles Pfeifen reißt mich jäh aus meiner Erinnerung und mit mulmigem Gefühl stelle ich das Gas ab. Am anderen Ende des Raumes rührt sich etwas. Die Katze starrt mich an. *Die Fantasie geht mit mir durch*, denke ich und gieße heißes Wasser in einen Becher, *das kommt davon, wenn du eine Zeit lang nicht schreibst, dann siehst du auf einmal überall Geschichten*. Ich setze mich an den Tisch, hole ein Notizbuch hervor und versuche, mich wieder in die Welt einzufinden, über die ich geschrieben habe, als ich noch in London war. Eine Welt, in der ich mich verlieren konnte, voller Reisen und Geheimnisse, unbegrenzten Möglichkeiten und der Magie vergangener Zeiten …

In meinem Nacken spüre ich ein Kribbeln. War da ein Markierungsstein, wo ich gestern den Bach überquert habe? Ich kann mich nicht erinnern. Nachzusehen würde nicht lange dauern. Ich schiebe den Gedanken beiseite, versuche, an einer neuen Szene zu arbeiten, nur um festzustellen, dass ich über ein Tal schreibe, über einen Mann, der mit einem Messer ein Versprechen in Stein ritzt. Ärgerlich über mich selbst klappe ich das Notizbuch zu.

»Das ist völlig albern«, sage ich zur Katze. Sie streckt eine Pfote aus und gibt einen kaum hörbaren Laut der Zustimmung von sich. »Und du bist keine große Hilfe.«

Ich schimpfe immer noch leise vor mich hin, als ich die Stiefel anziehe und einen Regenmantel über die Strickjacke streife. Auf der Schwelle überläuft mich ein Schauer. Dank des prasselnden Kaminfeuers ist es im Haus gemütlich warm, draußen im Regen dagegen empfindlich kalt. Ich marschiere los, den Weg entlang und hinein ins triefnasse Unterholz.

Die flache Stelle im Bach, wo der Weg kreuzt, sieht anders aus. In meinem Traum strömte hier frisches, klares Wasser entlang und glitzerte in der Sonne, das Ufer zu beiden Seiten war ein bunter Teppich aus Laub. Jetzt ist alles feucht, matschig und rutschig. Meine Stiefel machen schmatzende Geräusche, als ich hinunterstapfe, um mich nach einem Stein umzusehen. Mein Blick bleibt schließlich an etwas hängen, das aus abgestorbenen Brennnesseln und Gras herausragt. Im Traum habe ich einen stolzen, geraden Markierungsstein gesehen, das hier liegt schief und von Unkraut überwuchert am Bachrand.

Zögernd hocke ich mich in das schlammige Gelände, strecke die Hände in das Dickicht und versuche den Gedanken an Schnecken und anderes Getier zu verdrängen. Meine Finger berühren die Oberfläche des Steins, die zwar voller Kratzer und stark verwittert ist, aber keine Spur von Messerkerben trägt. *Natürlich ist da nichts*, schilt mich meine innere Stimme streng, *das kommt bei deinen Verrücktheiten heraus, du bist klitschnass, voller Schlamm und holst dir den Tod für nichts und wieder nichts*.

Ich will die Hand gerade wieder zurückziehen, als ich eine Vertiefung im Stein fühle. Millimeter für Millimeter gehe ich ihr nach und ich spüre eine gerade Linie, einen Bogen, noch einen Bogen – ein Herz, ganz zweifellos. Ich reiße die Hände weg, mein Puls rast, tote Blätter kleben an meinen Fingern. Ich könnte schwören, dass ich durch den Regen ganz schwach – für den Bruchteil einer Sekunde – das Geräusch von Metall auf Stein hörte. Ich bekomme Gänsehaut und in meinem Nacken stellen sich mir die Haare auf. So schnell ich kann, klettere ich die durchnässte Böschung hinauf und wage es nicht, mich noch einmal umzusehen. Ich renne zum Haus, taste hektisch nach dem Türriegel und merke, dass die Tür schon offen steht. Hinter der Tür dreht sich ein Schatten zu mir um und sieht mich an mit kastanienbraunen Augen.

Der Wasserkessel rutscht mir aus der Hand, und Wasser spritzt in alle Richtungen. Jack Roscarrow steht am Kamin und sieht zu, wie ich es mit dem Ärmel aufwische. Er ist genauso durchnässt wie ich, sein dunkles Haar feucht und zerzaust, und auf den Steinfliesen um seine Füße bildet sich eine Pfütze.

»Tut mir leid, dass ich einfach so reingekommen bin«, sagt er. »Ich dachte, Sie hätten bei dem Regen vielleicht mein Klopfen nicht gehört.« Er stockt und starrt ins Feuer. »Ich wollte Sie nicht erschrecken.«

»Schon gut.« Ich vergrabe meine zitternden Hände in meinen Taschen. »Was tun Sie hier?« Übertriebene Höflichkeiten scheinen mir nicht angebracht.

Es wirkt, als gebe er sich einen inneren Ruck, und er sieht mir in die Augen.

»Ich bin gekommen, um mich für meinen Großvater zu entschuldigen, wegen der Sache mit der Wette.« Seine Stimme ist sanft, seine Worte haben eine leichte Cornwall-Färbung. »In letzter Zeit hat er sich verändert. Was natürlich keine Entschuldigung für schlechtes Benehmen ist.«

»Schlechtes Benehmen?«, wiederhole ich ungläubig. »Wetten über eine vollkommen Unbekannte abzuschließen …?«

»Er meint es nicht so.«

»Er wollte, dass ich von hier verschwinde!« Ich gehe einen Schritt auf ihn zu. »Was glauben Sie, wie sich das anfühlt?«

Roscarrow fährt sich mit der Hand durch das regennasse Haar. »Sie müssen das verstehen«, erklärt er. »Dieses Haus bedeutet ihm sehr viel. Er fürchtet, dass es in fremde Hände fallen könnte. Es gehörte seit Generationen unserer Familie.«

»Und woher bitte schön sollte ich das wissen?« Ich wende mich wieder dem Herd zu. »Und selbst wenn, es war Thomasina Roscarrows Entscheidung, das Haus zu vermieten, nicht meine. Ich habe seinen Zorn nicht verdient.«

Ich höre ihn seufzen. »Ich weiß«, sagt er. »Ich werde versuchen, mit ihm zu reden.« Kurz darauf höre ich es rascheln. Ich drehe mich um und sehe, dass er mir eine Papiertüte entgegenstreckt. »Ich – äh – habe ein bisschen Gebäck mitgebracht als Friedensangebot. Safranbrötchen. Dachte, die kennen Sie vielleicht noch nicht.« Er runzelt die Stirn. »Ehrlich gesagt, fürchte ich, dass sie ein bisschen feucht geworden sind …«

Der Tee ist ohnehin gerade fertig, also ist es schlicht eine Frage der Höflichkeit, ihm eine Tasse anzubieten. Wir setzen uns an den Kamin und halten die Brötchen mit alten Gabeln über die Flammen, um sie zu rösten.

»Ich war seit Jahren nicht mehr hier«, sagt Jack Roscarrow, während er ein Brötchen dick mit Butter bestreicht. Er sieht sich um, sein Blick streift den großen Esstisch, die mit Lumpen ausgestopften Fenster. »Hat sich nicht viel verändert.«

Er reicht mir das Brötchen und ich nehme einen ersten Bissen. Es schmeckt irgendwie exotisch und vertraut zugleich.

»Sie war die Tante Ihres Großvaters?«, erkundige ich mich mit vollem Mund. »Thomasina, meine ich.«

»So etwas in der Art. Grandpa war jedenfalls ihr engster Verwandter, also hat er ab und zu nach ihr gesehen. Allerdings hielt sie nicht viel von Besuch. War ein komischer alter Vogel. Wenn sie einen ansah, war das manchmal, als könnte sie bis auf die Knochen durch einen durchsehen.« Er lächelt. »Aber als Kind habe ich hier gern gespielt, habe Segelboote aus Papier an der flachen Stelle im Bach schwimmen lassen.«

»Aber warum hat sie Enysyule dann nicht Ihrem Großvater hinterlassen?«, frage ich. Der Duft von geröstetem Gebäck erfüllt den Raum. »Sie sagten doch, es sei seit Generationen in Familienbesitz gewesen.«

»Schon, mal ja, mal nein«, antwortet Jack. »Hier gibt es noch eine andere alte Familie, die Tremennors.« Er sagt den Namen schnell, als ob er einen schlechten Geschmack im Mund hinterlassen könnte. »Ihnen hat das Haus zwischendurch auch gehört. Es ist über Jahrhunderte hinweg immer wieder zwischen den Familien hin und her gegangen, und keiner weiß, wem es zuerst gehört hat. Und warum Thomasina es nicht meinem Großvater vererbt hat …« Er schüttelt den Kopf. »Kann ich nicht sagen.«

Er nimmt ein heißes Brötchen von der Gabel und wirft es von einer Hand in die andere. Es duftet nach Gewürzen und Rosinen.

»Ich weiß nicht, ob es hilft, aber ich bin froh, dass Sie das Haus gemietet haben.« Er blickt mich an, das Gesicht gerötet von der Hitze des Kamins. »Ich meine, lieber Sie als die Tremennors.«

»Nun ja, Ihr Großvater sieht das offenbar anders«, stelle ich trocken fest und versuche zu ignorieren, dass mir die Wärme in die Wangen steigt.

Jack unterdrückt kauend ein Lachen. »Glauben Sie mir, Sie sind ihm tausendmal lieber als die Tremennors. Vor allem, wenn er sie erst kennengelernt hat.« Er wischt sich ein paar Krümel vom Pullover. »Er ist zwar stur wie ein altes Wiesel, aber ich werde ihn schon überzeugen.«

Ich muss lächeln, dieses Mal kommt es von Herzen.

»Danke, Jack.«

Einige Minuten sitzen wir in entspanntem Schweigen, während draußen ununterbrochen der Regen fällt wie Sand, der durch eine Sanduhr rieselt. Ich spüre, wie Jacks Blick auf mir ruht, und will gerade zu ihm hinübersehen, als ein Geräusch uns zusammenfahren lässt: Krallen auf Holz.

»Oh verd…« Ich rappele mich auf und öffne die Tür. Auf der Eingangsstufe sitzt die Katze, vollkommen durchnässt, ihr Fell steht ab wie Stacheln. »Was denn?!«, frage ich sie, als sie vorwurfsvoll miauend an mir vorbeiläuft. »Ich habe dich gar nicht hinausgehen sehen!«

Als ich mich umdrehe, bemerke ich, wie Jack die Katze mit großen Augen anstarrt. »Alles in Ordnung?«, frage ich.

»Ja, schon … es ist nur … Ich habe sie lange nicht mehr gesehen. Ich hatte nicht erwartet, dass sie so völlig unverändert ist.«

»Was glauben Sie, wie alt sie ist?« Das Kaminfeuer spiegelt sich in dem nassen Katzenfell als orangefarbener Schein.

»Schwer zu sagen.« Er sieht das Tier mit zusammengekniffenen Augen an, als ob er so in die Vergangenheit blicken könnte. »Falls es wirklich noch dieselbe Katze wie damals ist, als ich ein Kind war, muss sie fast zwanzig sein.«

»Das kann nicht sein. So alt werden Katzen nicht.« Ich schnappe mir ein Geschirrtuch. Keine Ahnung, ob sie gern abgetrocknet wird, aber sie tropft alles nass. Sie protestiert nicht, als ich anfange, ihr das Wasser aus dem Fell zu streichen. »Vielleicht ist sie ja schon die neue Generation.«

Ein lautes Schnurren ist zu hören, das beinahe das Geräusch des Regens übertönt. Die Katze schüttelt das Geschirrtuch ab und spaziert Richtung Kamin, um die Butterdose zu inspizieren.

»Ist das so, Perrin?«, frage ich und strecke die Hand aus, um sie zu streicheln.

Funken sprühen, als meine Finger ihr Fell berühren. Sie fliegen meinen Arm hinauf, in meinen Kopf und auf einmal ist alles schwarz und ich höre den Schlag von tausend Herzen. Ich höre

Wesen mit Schuppen, Wesen mit Fell, jedes einzelne Lebewesen im Tal, sogar die Bäume, wie sie sich ächzend ins Licht recken … Erschreckt ziehe ich rasch die Hand zurück.

»Statische Entladung?«, fragt Jack.

Die Katze sieht mich an, gelbe Augen bestätigen stumm, was ich eben erlebt habe.

»Ja.« Mehr bekomme ich nicht heraus. Vorsichtig strecke ich wieder die Hand nach der Katze aus. Ein paar Sekunden später drückt sie ihren Kopf gegen meine Handfläche und ich spüre nichts als ein sanftes Schnurren. Eine ganz normale Katze, was sonst.

Bevor er geht, hilft mir Jack, den Kamin im Schlafzimmer von Schutt zu befreien, damit ich nicht noch eine weitere Nacht im Sessel vor dem Feuer verbringen muss.

»Wenn ich gewusst hätte, dass Sie in einem Sessel schlafen, wäre ich schon früher vorbeigekommen.« Er tritt zurück, Gesicht und Hände voller Staub und Ruß. »So müsste es jetzt gehen.«

Ich bemerke, wie er sich umsieht. Das Zimmer ist noch kahl, meinen Schlafsack habe ich über das Bett geworfen, mein Koffer liegt offen auf dem Fußboden.

»Meine restlichen Sachen kommen erst noch aus London«, beeile ich mich zu erklären. »Allerdings nicht viel. Hauptsächlich Bücher. Bis dahin komme ich auch so zurecht.«

Ich sehe ihm an, dass er etwas fragen will, aber dann nickt er nur und lächelt.

»Geben Sie Bescheid, wenn Sie noch Hilfe brauchen«, sagt er an der Tür. »Ich bin sowieso die meiste Zeit unten am Fluss, wenn Ihnen also mal Werkzeug fehlt …«

»Unten am Fluss?«

»Auf der Schiffswerft. Ich arbeite da zusammen mit Grandpa. Folgen Sie einfach dem Bach bis zum Fluss, wir sind nicht zu verfehlen.« Er zieht sich seine Wollmütze über das zerzauste Haar und grinst schief. »Die Roscarrows vom Ende des Flusses, seit Anbeginn der Zeit.«

»Danke, dass Sie gekommen sind«, sage ich etwas laut, um den Regen zu übertönen. »Tut mir leid, dass ich neulich so unfreundlich war …«

»Kein Problem.« Er grinst erneut und ich stelle fest, dass ich mir wünsche, er würde noch bleiben. Das Cottage ist gemütlicher in seiner Gesellschaft. Er stapft davon, den Weg hinauf, der aus dem Tal führt.

»Bis dann, Jess!«, ruft er über die Schulter.

»Bis dann, Jack«, murmele ich in den Regen hinaus.

Hallo, Mum,

tut mir leid, dass ich dir erst jetzt schreibe. Ich war so damit beschäftigt, mich hier einzurichten, dass ich darüber ganz die Zeit vergessen habe … Außerdem hatte ich anfangs keinen Strom und konnte mein Handy nicht aufladen. Aber immerhin hatte ich Kerzen und den Gasherd. Ich weiß, das wäre hier nichts für dich, aber ich beginne, mein Leben in der Einsamkeit zu genießen. Ich habe wieder angefangen, mit der Hand zu schreiben wie früher, und stelle fest, dass ich ziemlich schnell vorankomme, weil weder die Stadt noch das Internet mich ablenken. So sitze ich jeden Tag am Küchentisch und versenke mich in eine andere Welt, irgendwo zwischen Wirklichkeit und Fantasie, zwischen Wachsein und Traum.

Ich weiß, was du fragen willst. Nein, ich habe nicht mit ihm gesprochen, kein Wort. Zum einen habe ich hier kein Netz, zum anderen – warum sollte ich? Wir haben uns bereits alles gesagt, bevor ich aus London weg bin.

Auch das würde dich in Schrecken versetzen: Der nächste Supermarkt ist fünfzehn Meilen entfernt! Mein Brot hole ich

beim Bäcker, Eier und Honig vom Stand am Straßenrand, wo man sein Geld in eine Kassette wirft, und den Rest kaufe ich im Dorfladen, der so ziemlich alles hat, was man braucht. Stimmt schon, manchmal vermisse ich den Falafel-Laden am Ende der Straße oder Lunch in Soho, aber das gehört wohl dazu, wenn man sein Leben ändern will, nicht wahr?
Warmes Wasser habe ich auch noch nicht. Ich gebe zu, dass mir das zu schaffen macht. Hoffentlich wird das bald repariert. Mein Haar ist seit Tagen ungewaschen und fühlt sich furchtbar an. In der Spülküche habe ich eine Zinnwanne gefunden und mein neuer Freund Jack hat mir erzählt, dass die Leute sich früher darin gewaschen haben, vor dem Kaminfeuer … Womöglich muss ich mich irgendwann auch dazu durchringen. Er und sein Großvater sind meine direktesten Nachbarn, etwa eine Meile durch den Wald. Jack ist nett, aber der alte Herr ist ein Thema für sich. Unter den übrigen Dorfbewohnern sind alle möglichen interessanten Typen: Historiker, Krankenschwestern, Lehrer, Schiffsbauer, Schmuggler … Vielleicht auch Freunde, wer weiß?
Von den eigenartigen Klauseln im Mietvertrag hatte ich dir ja erzählt? Meine Mitbewohnerin habe ich inzwischen kennengelernt: Sie ist sehr zurückhaltend und geheimnisvoll und ausgesprochen hübsch. Sie hat meinen Schlafsack in Beschlag genommen, weckt mich mitten in der Nacht und bringt mir manchmal halb aufgefressene Mäuse als Geschenk. Ihr Name ist Perrin.

Der Cursor blinkt, er wartet, dass ich weiterschreibe. Ich starre ihn an und alle möglichen Dinge, die ich sagen möchte, gehen mir durch den Kopf. *Außerdem habe ich seltsame Träume. Sie verraten mir Dinge, die ich unmöglich wissen kann, zeigen Gesichter von Menschen, die schon lange tot sind. Manchmal verwandele ich mich in Rauch, bis ich das ganze Tal ausfülle, manchmal habe ich Klauen und scharfe Zähne und lerne, wie es ist, zu jagen. Manchmal bin ich nachts hellwach und höre Lieder, die da gar nicht sein können …*

Mit einem Seufzen halte ich die Rücktaste gedrückt und lösche. Ich kann das unmöglich schreiben, weder meiner Familie noch sonst jemandem. Im besten Fall werden sie denken, dass ich mir Sachen einbilde und meine ohnehin schon überaktive Fantasie in Enysyule erst so richtig angestachelt wird. Im schlimmsten Fall nehmen sie den nächsten Zug, um mich wieder mit zurück in die Stadt zu holen, weil sie um meine geistige Gesundheit fürchten.

Stattdessen hänge ich ein Foto vom Cottage an, das ich am Tag meiner Ankunft gemacht habe: im Hintergrund die Bäume mit ihren leuchtenden Farben, die Fenster glänzen in der Sonne. Ich wünschte, du wärst hier, schreibe ich und frage mich, ob das wirklich so ist.

Ich klicke auf *Senden* und sehe mich im Café um, dem einzigen in Lanford. Auch wenn »Café« vielleicht nicht ganz die treffende Bezeichnung ist für einen Ort, an dem von Angelzeug über Kaminholz, Druckerpatronen und Neoprenanzügen bis hin zu hausgemachtem Bohnenwein alles verkauft wird und der selbstverständlich auch als Poststelle dient. Kaffee und Kuchen sind aber auch immer zu haben, und das Allerbeste ist: Es gibt WLAN. Seit Tagen habe ich meine E-Mails nicht mehr gecheckt. Mir wird ganz anders, als ich sehe, wie voll mein Posteingang ist. Ich spieße das letzte Stück Möhrenkuchen auf die Gabel und beginne, durch meine Nachrichten zu scrollen, bevor ich es mir anders überlegen kann.

Eine von meinem Agenten, der fragt, ob ich mich schon eingelebt habe. Eine von meinem Lektor, der sichergehen will, dass ich meinen Abgabetermin vor den Feiertagen auch einhalten werde. Ich beteuere ihm in einer kurzen, vergnügt klingenden Antwort, das sei kein Problem, und frage mich, ob er herauslesen kann, dass das nicht ganz der Wahrheit entspricht. Bei der nächsten E-Mail wird mir das Herz schwer. Ein vertrauter Name, der Betreff lautet *Letzte Dinge*.

Ich lasse den Cursor kreisen und habe das Gefühl, dass die neue Welt, die ich mir in den letzten Wochen aufgebaut habe, gleich in sich zusammenbrechen wird.

»Jess!«, ruft jemand und ich reiße meine Augen von der Nachricht los.

»Autsch«, sagt Alexander und macht einen Schritt rückwärts. »Ein Blick aus Eis! Tut mir leid, wenn ich störe, ich …«

»Nein.« Schnell versuche ich, aus meinem Gesichtsausdruck ein Lächeln zu formen. »Alles in Ordnung, ich habe nur … eine Mail bekommen, über die ich nicht so glücklich bin.«

»Hoffentlich keine schlechten Nachrichten?«, fragt er besorgt. Er ist ziemlich schick heute, in dunkler Jeans, Hemd und Wachsjacke.

»Nein, nichts dergleichen.« Ich zögere. »Unangenehmes von meinem Ex.«

Verständnisvoll zieht er die Augenbrauen nach oben. »Alles okay? Vielleicht noch ein Stück Kuchen?«

Ich schiebe meinen Teller weg und versuche zu lachen. Es klingt nicht besonders überzeugend, aber wenigstens ist mir nicht mehr nach Weinen zumute. »Nein, danke.«

»Die Trennung war erst vor Kurzem?«, erkundigt er sich und zieht den Stuhl gegenüber zu sich heran.

»Eigentlich nicht. Ist schon ein paar Monate her.« Seufzend klappe ich den Laptop zu. »Es ist gut, wie es ist. Wir haben uns beide einfach verändert. Ich vor allem, wie es aussieht, seit ich angefangen habe, nur noch als Schriftstellerin zu arbeiten. Er sagte, er will, dass ich wieder so bin wie früher, und hat einfach nicht verstanden, dass …« Ich unterbreche mich. »Sorry. Sie wollen das alles gar nicht wissen.«

»Schließlich habe ich gefragt, oder etwa nicht? Aber wissen Sie was, ich glaube, ich kann Sie aufheitern.« Er unterdrückt ein Grinsen wie ein Kind, das einen neuen Witz weiß. Ich muss unwillkürlich lächeln.

»Sie scheinen sich Ihrer Sache ja sehr sicher zu sein.«

»Also …« Er beugt sich zu mir und der leichte Moschusduft seines kräftigen Aftershaves streift kurz meine Nase. »Ich habe gehört, dass Sie Probleme mit dem Strom haben.«

»Ja. Michaela hat versprochen, Mr Roscarrow auf die Trafostation auf seinem Grundstück anzusprechen. Und dann ist Jack Roscarrow bei mir vorbeigekommen. Er wollte ebenfalls mit seinem Großvater reden. Also denke ich mal, dass das jetzt schon geregelt wird.«

Alexander runzelt etwas die Stirn. »Tja. Sehen Sie, Jess, ich will nicht unbedingt unterstellen, dass die beiden es *vergessen* haben, aber … nun ja, ich kenne da über zwei Ecken jemanden beim Elektrizitätswerk, und als ich von dem Problem hörte, habe ich ihn gefragt, ob er nicht etwas tun könnte. Tatsache ist, dass das eigentlich keine große Sache ist. Die Techniker waren gestern vor Ort, aber der alte Roscarrow war auch da und hat Ärger gemacht.«

Ich spüre einen Anflug von Enttäuschung. Nach Jacks Besuch hatte ich gehofft, mit dem bärbeißigen Alten Fortschritte erzielt zu haben. »Was meinen Sie damit, er hat Ärger gemacht?«

Alexander zieht eine Grimasse. »Er hat den Zugang zur Trafostation auf seinem Grundstück blockiert, und die Jungs vom E-Werk konnten nicht rein. Er wollte einen schriftlichen Auftrag sehen. Als sie es heute wieder versucht haben, kam ich zum Glück gerade vorbei, und … dann habe ich ihn mal auf ein Wort beiseitegenommen.«

»Was haben Sie gesagt?«

Er zuckt mit den Achseln. »Na ja, er trinkt vielleicht ein bisschen viel, aber er ist kein Idiot. Ich habe ihm gesagt, dass sein Verhalten völlig daneben ist, dass Sie ganz reizend sind und er Ihnen doch eine Chance geben soll.«

Ich werde ganz rot. »Und das war alles?«, frage ich ungläubig. »Sie konnten das Problem lösen? Ich habe jetzt Strom?«

Alexander lehnt sich zurück und grinst: »Ich denke schon.«

»Ich weiß gar nicht, wie ich Ihnen danken soll!«

Er macht eine abwehrende Handbewegung, scheint aber nicht ganz unzufrieden mit sich selbst. »Das hätte jeder gekonnt.«

Ich denke an Michaelas leere Versprechung, die Sache mit Roscarrow zu »klären«, und Jacks Zusicherung, bei seinem Großvater ein gutes Wort für mich einzulegen. »Schon möglich«, gebe ich zurück. »Aber Sie haben es auch getan.«

»Ja, schon …« Verlegen fährt er sich durchs Haar. »Aber sagen Sie mal, morgen ist die Party. Kommen Sie?«

»Ich weiß nicht recht«, murmele ich, während ich überlege, dass es eigentlich ganz verlockend klingt. »Meine Sachen aus London sind noch nicht gekommen. Ich habe nichts anzuziehen.«

»Kein Problem, schließlich ist es eine Kostümparty. Ziehen Sie einfach etwas Schwarzes an und sagen Sie, Sie gehen als Katze.«

Ich will den Sicherungsschalter umlegen, doch ich halte inne. Noch vor wenigen Tagen war die Aussicht, ohne Elektrizität auskommen zu müssen, grauenvoll. Doch inzwischen habe ich mich mit Kerzen und Gasherd arrangiert und mich daran gewöhnt, mit der Hand auf Papier zu schreiben. Was, wenn sich mit dem Strom das Cottage verändert, das Gefühl, ganz weit weg von allem zu sein, verschwindet?

Jetzt mach aber mal einen Punkt, sage ich mir und drücke den Schalter nach unten. In der Millisekunde, die die Elektrizität benötigt, um in die Kabel zu fließen, meine ich etwas zu hören: Jemand singt, ein Fetzen Musik aus einem vergangenen Jahrzehnt, ein grünes Schimmern beim Kamin. Ich drehe mich um, aber es sind nur die mit den Jahren stumpf gewordenen Wandleuchter, die aufflackern.

Und doch höre ich immer noch Musik, eine Art Trällern, das durch eigenartige Knackgeräusche verzerrt wird. Langsam steige ich die Treppe hinauf. Die Töne kommen aus dem zweiten Schlafzimmer, das mit allerlei Gerümpel vollgestopft ist und in das ich bisher nur einen kurzen Blick geworfen habe. Ich drücke die Tür auf und schalte das Licht an. Beim letzten Mal habe ich in der Dunkelheit kaum etwas erkennen können. Jetzt sehe ich am Fenster einen Sessel und einen Tisch. Ein Radio steht da, daneben ein Stapel Bücher und eine gefaltete Zeitung.

Ich bücke mich zum Radio und berühre die Stationsskala. Es ist ein fast antikes Gerät, und seine Stirnseite ist mit verheißungsvollen Namen aus der großen weiten Welt verziert: *Paris, Moskau, Warschau* … Das Lied ist aus und hat sich in ein unbestimmtes weißes Rauschen verwandelt. Wie viele Stunden mag die alte Frau in dem Sessel verbracht und in das Tal geblickt haben? Ist das die Zeitung, die sie an dem Tag las, an dem sie starb? Ich sehe sie mir näher an. Sie ist ungefähr ein halbes Jahr alt, obwohl die Schrift durch das Sonnenlicht bereits etwas verblasst ist. Die Vorderseite zeigt einen Artikel mit der Schlagzeile TREMENNOR LEGT PLÄNE FÜR JACHTHAFEN VOR. Darunter ist ein Foto, auf dem ein Mann im Anzug zu sehen ist, wie er auf der Freitreppe eines Herrenhauses steht. Ich muss plötzlich lachen. Jemand – die alte Dame, vermute ich – hat sein

Gesicht sorgfältig mit Teufelshörnern und Vampirzähnen verschönert, aus der Rückseite seines Anzugs ragt ein gezackter Schwanz empor. Nicht zum ersten Mal wünsche ich mir, ich hätte sie noch kennengelernt.

Mir fällt ein, dass ich diesen Namen schon einmal gehört habe. Tremennor. Hat Jack ihn nicht erwähnt? Etwas über die andere Familie, der das Cottage auch einmal gehört hat … *Es ist über Jahrhunderte hinweg immer wieder zwischen den Familien hin und her gegangen, und keiner weiß, wem es zuerst gehört hat.* Die handgezeichnete Karte ist noch in der Kommode im Erdgeschoss, wo ich sie hineingelegt habe. Behutsam falte ich sie auseinander. Auf einmal fällt mir am Rand der Karte eine gewellte Linie auf, die womöglich für Wasser steht. Entlang der Wellenlinie steht in winzigen Buchstaben *Roscarrow*. Ein Lächeln huscht über mein Gesicht. *Die Roscarrows vom Ende des Flusses, seit Anbeginn der Zeit.*

In der Mitte des Blatts ist der *Perranstone*. An der Stelle, wo der Stechpalmenhain in den Wald übergeht, hat jemand ein verziertes »T« geschrieben, davor eine gepunktete Linie. Mit dem Finger folge ich ihr zum linken Kartenrand und finde dort im Westen das Wort *Tremennor*.

Roscarrow und Tremennor, und Enysyule genau dazwischen. Ich starre die Karte an und habe das Gefühl, etwas zu übersehen, ein Geheimnis, gesponnen aus Zeit und Blut und Erinnerung, das über Hunderte von Jahren weitergegeben wurde.

Das Land hat ein Gedächtnis. Kein menschliches, dessen Erinnerungen die ganze Welt umfassen. Das Land nimmt alles in sich auf, destilliert es und zurück bleiben nur die lichten Teile, einige wenige ineinander verwobene Fäden eines ungeheuren und komplizierten Musters, das sich dem Blick entzieht und nur von denen wahrgenommen wird, die wissen, wo sie hinsehen müssen.

Das Radio ist kaputt. Man kann es nicht auf einen Sender einstellen, stattdessen wechselt es ständig die Frequenz und streift hier die Fetzen eines Songs, dort Gelächter und zwischendurch flüchtige Werbesprüche. Die meiste Zeit sendet es aber träges, endloses, zischendes Rauschen – Wellen, die zu Wellen werden, die zu Wellen werden.

Das Geräusch macht mich schläfrig, mir fallen die Augen zu. Unendlich langsam, fast unmerklich wird das Zischen stärker, bis es sich in ein Knarzen verwandelt, das wie das Deck eines Schiffes oder sturmgepeitschte Zweige klingt. Als ich vorhin aus dem Fenster gesehen habe, war die Nacht doch still und ruhig …

Ich öffne die Augen und jäh trifft mich ein eiskalter Wind, sodass sie augenblicklich zu tränen beginnen, und ich schließe sie sofort wieder. Unversehens klopft mir mein Herz vor Angst bis zum Hals. Ich strecke die Hände aus und meine Finger graben sich in kalten Morast, der mit verrottendem Laub durchsetzt ist. In völliger Dunkelheit versuche ich, wieder auf die Füße zu kommen. Wurzeln und wild rankendes Grün zerren an mir, als ich losrenne und mich in das Dickicht stürze, auf der Suche nach dem Weg durch den Wald. Die winterlichen Bäume greifen nach meinen Haaren und reißen sie aus den Haarnadeln. *Ihr könnt sie haben*, denke ich, während das Blut laut in meinem Kopf pulst, *nehmt sie euch – wenn ihr mich nur auf die andere Seite lasst.*

Rufe dringen wie Echos durch den Wald und ich sehe mich um. In der Ferne kann ich Licht am Cottage erkennen, Fackelschein bewegt sich ums Haus. Für den Blick zurück muss ich zahlen – ich bleibe an einer Baumwurzel hängen und falle der Länge nach hin, meine Hände sind von Steinen zerkratzt und meine Füße haben sich in meinen Röcken verfangen. Und dann sehe ich es vor mir, ein schwarzes Etwas, ein Schatten im Schatten, die Augen schimmern wie Meeresleuchten.

Perrin. Wäre ich nicht so außer Atem, ich würde vor Erleichterung in Tränen ausbrechen. Stattdessen komme ich mühsam wieder auf die Beine und folge ihr in die Dunkelheit. Sie wartet geduldig, wenn ich stolpere, und läuft rasch voran, wo der Weg ohne Hindernisse ist, bis der ausgetretene Pfad abschüssig wird und ich weiß, dass wir gleich angekommen sind. Dennoch bin ich überrascht, als ich ihn sehe – wie jedes Mal. Der *Perranstone.*

Ich winde mich durch die Lücke in den Stechpalmen und falle vor dem Stein auf die Knie. Die Katze taucht neben mir auf und jault kläglich. Ich nehme sie auf die Arme und vergrabe mein Gesicht in ihrem nachtkalten Pelz.

Jenseits des Stechpalmenhains ruft jemand meinen Namen. Von dort taucht ein schmaler Lichtschein auf, darin das Gesicht eines Mannes, bleich und angstverzerrt. In den Händen hält er eine dunkle Laterne. Er gibt mir ein Zeichen und ich rappele mich auf, Perrin fest an mich gedrückt.

In diesem Augenblick kracht es wie ein Donnerschlag – vielleicht ist es auch der Widerhall meines eigenen Schreis oder das Tosen des Sturms oder die Kugel eines Steinschlossgewehrs, die pfeifend vorbeirast und die Seite des Steins streift, sodass Funken und Splitter fliegen. Voller Sorge spähe ich in die Dunkelheit dahinter, ob der Mann mit der Laterne getroffen ist, doch er steht nur still da und starrt über meine Schulter.

Ich kann sehen, wie das grelle Feuer der Fackeln bedrohlich schnell näher kommt. Der Wind schickt das Bellen der Bluthunde voraus. Ich spüre Perrins Anspannung. Weglaufen ist sinnlos – wir können ihnen nicht entkommen. Der Mann hinter dem Dornengestrüpp ruft wieder meinen Namen. Ich schüttele den Kopf, entschlossen, auf meine Verfolger zu warten. Sie werden die Lichtung nicht betreten. Sie fürchten sich zu sehr. Die Pferde scheuen und weigern sich, auch nur einen Schritt weiterzugehen. Auch die Hunde folgen ihrem Instinkt – knurrend und jaulend verharren sie am Waldrand.

Wieder ruft mich jemand, dieses Mal mit vollem Namen. In der Dunkelheit klingt er, als wäre er etwas Anstößiges. Sie schleudern Schmähungen durch die Nacht, etwas vom Teufel, von meinen Verfehlungen und den Geboten Gottes. Doch all die Kränkungen können nicht darüber hinwegtäuschen, dass nicht ich es bin, die sie wollen. Sie wollen mein Land. Von hinten ruft ein letztes Mal der Mann mit der Laterne. Wieder schüttele ich den Kopf, flüstere ihm zu, dass er weglaufen soll, und hoffe, dass der Wind meine Worte zu ihm trägt. Es scheint so, denn das Licht flackert, Metall streift über Glas und dann ist sein Gesicht in der Finsternis verschwunden. Ich setze Perrin ab und sage auch ihr, dass sie sich in Sicherheit bringen soll. Ihre Augen blitzen auf, dann löst sie sich im Dunkel auf, als wäre sie nie da gewesen. Ein winziger Moment der Erleichterung, wie ein Rinnsal Wasser auf einer ausgetrockneten Zunge.

Ich habe keine Wahl, ich muss mich meinem Schicksal stellen. Ich gehe auf die Männer zu und mit jedem Schritt dringt ihr Geruch stärker in meine Nase. Sie riechen nach Pech und Schweiß und schalem Alkohol in trockenen Mündern. Im Fackelschein erkenne ich den Gutsherrn auf seinem Pferd, den Pfarrer, wie er auf den Boden starrt, und die Männer von Lanford, die mir einst in einer Nacht wie dieser zu *Allantide* den Kopf tätschelten, mich *cheel vean* nannten und mir Äpfel schenkten. Jetzt jagen sie mich wie einen Fuchs.

Sie bekreuzigen sich, als ich zwischen den Stechpalmen an den Rand der Lichtung trete. Ich sehe den Gutsherrn an, der der Anführer ist. Er starrt zurück, das Gesicht kalt wie die Heiligen aus Stein in der Kirche. Er macht ein Zeichen mit der Pistole.

Stechender Schmerz dringt in meine Haut, als Perrin jäh auf meine Schulter springt und außer sich vor Zorn auf den Mann zustürzt. Heftig wiehernd bäumt sich sein Pferd auf, und im Licht der Fackeln erhasche ich einen kurzen Blick auf sein Gesicht – eines seiner Augen ist blutüberströmt. Wütende Rufe werden mir entgegengeschleudert, *Dämon, Teufel*. Ich habe genug gesehen. Ich wende mich um und flüchte mich in den Stechpalmenhain, obwohl ich weiß, dass die Dornen mir das Gesicht zerkratzen und die Hunde mir längst auf den Fersen sein werden, noch ehe ich den Fluss erreiche …

Kalter Wind schlägt mir ins Gesicht. Ich schnappe nach Luft und weiß nicht, wo ich bin. Vor mir ist nichts als Dunkelheit und Stille. Keine heiseren Rufe, keine Fackeln oder Pferde oder Stechpalmen. Ich muss gerannt sein. Mein Herz rast, ich keuche, mein Atem erzeugt kleine Nebelwolken vor meinem Gesicht.

Wie aus dem Nichts erscheint ein Augenpaar vor mir, Quecksilber in der schwarzen Nacht. *Perrin*, und ich bin so erleichtert, dass ich weinen könnte. Sie trottet auf mich zu, und erst jetzt bemerke ich, dass ich in der offenen Haustür stehe, während hinter mir das Feuer im Kamin langsam herunterbrennt und das Radio im oberen Stockwerk immer noch knisternde Geräusche von sich gibt. Ich sehe Perrin an, deren gelbe Augen mich ernst mustern. Dann sehe ich zu meinen Füßen. Sie sind schlammverschmiert, Laub aus dem Wald klebt an ihnen … Angst überfällt mich – ich knalle die Tür zu, verriegele sie hektisch und renne die Treppe hoch, zu meinem Bett und meinem Schlafsack, in den ich mich verkrieche. Ich zittere am ganzen Leib.

Neben mir spüre ich ein Gewicht und zucke zusammen, doch dann höre ich ein leises Miauen und fühle durch den Schlafsack hindurch, wie eine Pfote mir an den Kopf stupst. Ich bin immer noch zu panisch, um wieder herauszukriechen, und nach einer Weile merke ich, wie Perrin sich an meinen Rücken kuschelt. Ihr Schnurren vertreibt die bösen Geister der Nacht und hilft mir, wieder zu mir zu kommen. Irgendwann hören meine Gedanken auf zu rasen, mein Atem wird wieder ruhig und ich schlafe ein.

Perrin ist fort. Das ist das Erste, was mir auffällt, als ich am Morgen aufwache. Ich öffne die Augen. Unter der Gardine hindurch fließt graues Licht ins Zimmer. Mein Kopf scheint mit Watte gefüllt zu sein. Mühsam stütze ich mich auf einen Ellbogen, ich fühle mich wie gerädert. An meinem Schlafsack hängen ein paar schwarze Haare, aber abgesehen davon …

In diesem Moment trifft mich die Erinnerung an letzte Nacht wie eine Flutwelle. Angst, die Flucht, brennende Fackeln … Ich wühle mich aus dem Schlafsack und betrachte meine Füße. Sie sind sauber, keine Spur von winterlichem Matsch. Stöhnend lasse ich mich zurückfallen, eine Hand über den Augen. Dieses Haus. Und meine Fantasie.

Ich schaue auf mein Handy, das endlich aufgeladen ist. Es ist schon spät, später, als ich sonst aufstehe. Als ich an dem mit Gerümpel vollgestellten Zimmer vorbeikomme, höre ich, dass das Radio immer noch läuft und Rauschen in Endlosschleife von sich gibt. Ich schalte es aus.

Zu ihrem üblichen Frühstücks-Thunfisch lässt Perrin sich nicht blicken. Ich versuche, mich mit Saubermachen und Aufräumen abzulenken, während sich ein Teil von mir wünscht, sie würde durch das Fenster, das ich jetzt immer für sie auflasse, in die Spülküche gesprungen kommen. Ich möchte ihr so gern in die Augen sehen und sie fragen, was sie vergangene Nacht erlebt hat. *Was soll sie schon erlebt haben*, sagt meine innere Stimme streng, *außer dass eine Verrückte in der Haustür stand.*

Erst als mein Handy einen schmalen Strich Empfang erwischt und mir piepsend mitteilt, dass ich eine Nachricht erhalten habe, merke ich, welcher Tag heute ist: der 31. Oktober. Halloween. Kein Wunder, dass meine Fantasie mit mir durchgeht. Mir bleibt keine Zeit, länger darüber nachzudenken, denn mein Telefon meldet mit einiger Verspätung, dass ich vier verpasste Anrufe und zwei aufgebrachte Voicemails meines Kurierdienstes habe. Sie informieren mich, dass sie meine Kartons oben an der Straße abgestellt haben und sich weigern, für Verlust oder Schäden zu haften, wenn ich partout nicht ans Handy gehe. Draußen klatschen die ersten Regentropfen gegen die Fenster.

Mit jedem Karton, den ich den unebenen Weg vom Ende des Tals entlang und hinein ins Haus schleppe, verblasst meine Erinnerung an meinen Traum etwas mehr. Im Holzschuppen habe ich eine alte Schubkarre entdeckt, doch auch damit brauche ich fast den ganzen Nachmittag. Als ich den letzten Karton hochhieve, wird es langsam dunkel. Alex' Party wird bald anfangen. Eigentlich sollte ich nicht hingehen, ich muss schreiben, sonst schaffe ich die Deadline nicht. Außerdem ist mein Leben schon kompliziert genug.

Ich schiebe die Schubkarre den Weg hinunter. Die Nacht vor Allerheiligen. Wie hat Dan sie noch mal genannt, neulich im Pub? *Allantide. Nos Kalan Gwav, die erste Nacht des Winters, wenn die Geister sich auf der Erde zeigen und wir unsere Feuer entzünden, um die kommende Dunkelheit zu vertreiben …*

Ein Schauder legt sich über meine Haut, und ich bleibe wie angewurzelt stehen. Was würde ich sehen, wenn ich zum *Perranstone* ginge? Ein Gesicht im Wald, das mich beobachtet, das Einschussloch einer Pistolenkugel, die Fußabdrücke einer Frau, die vor mehreren Jahrhunderten durch den Wald gejagt wurde?

Ich bekomme fast einen Herzschlag, als mein Handy plötzlich in meiner Tasche vibriert.

Alles klar bei Ihnen? Hole Sie um sieben ab, ok? A.

Allantide. Nos Kalan Gwav. Diese Nacht hat viele Namen, aber immer ist es eine Nacht von Feuer und Donner, der Todesschrei des alten Jahres. Blitzende Augen, gefletschte Zähne, Pfoten springen und drehen sich. Komm und tanz, ruft die Nacht, komm, wir laufen los und stellen die Welt auf den Kopf, bis der erste Hahnenschrei ertönt …

Perrin sitzt auf dem Fensterbrett, während ich mich für die Party fertig mache. Ab und zu schlägt sie mit dem Schwanz und stellt die Ohren auf, als lauschte sie Stimmen und längst vergangenen Unterhaltungen, die ich nicht hören kann.

Ich werde mich *nicht* als Katze verkleiden. Aus einem Karton mit Kleidung, den ich am Ende meines früheren Lebens gepackt habe, ziehe ich stattdessen ein langes schwarzes Kleid. Es ist zerdrückt und voller Falten, was hoffentlich nicht weiter auffallen wird. Meine Locken, die mir bis zum Kinn reichen, stecke ich am Hinterkopf fest. Als ich ein rotes Tuch ausschüttele und mir um die Schultern lege, wird mir plötzlich klar, dass ich die gleichen Farben trage wie die Frau in meinem Traum.

»Wer war sie, Perrin?«, frage ich gedankenverloren, während ich vor dem Schlafzimmerspiegel stehe und – zum ersten Mal seit Wochen – Eyeliner auftrage.

Hinter meinem Rücken höre ich Perrin, die leise miaut, es ist fast schon ein Fauchen. Gebannt starrt sie durch die Fensterscheibe.

»Perrin?« Ich lege den Eyeliner weg und gehe zu ihr. Durch die Scheibe sehe ich, wie das Licht der unteren Fenster auf den Weg zum Garten fällt. Ich lege die Hand auf Perrins Rücken.

Für einen kurzen Augenblick erfasst mich eine Welle von Geräuschen – das Dröhnen von Trommeln wie das laute Pulsieren des Blutes in meinen Ohren –, doch dann springt Perrin vom Fensterbrett und die Treppe hinunter in Richtung Spülküche.

»Perrin!«, rufe ich. Zu spät, ich kann hören, wie das Fenster leicht quietscht und dann dumpf gegen den Rahmen schlägt. Im nächsten Moment knirschen Reifen auf dem Weg und zwei Scheinwerfer leuchten grell durch das Tal.

Alexander schenkt mir ein strahlendes Lächeln, als ich ihm die Tür öffne, im Mund ein Draculagebiss.

»Hi«, sagt er mehr oder weniger verständlich. »Chie chehen klache auch!«

»Danke«, lache ich. »Sie aber auch. Glaube ich jedenfalls.« Alex hat sich alle Mühe gegeben. Er trägt eine Smokingjacke und eine Jagdmütze mit Ohrenklappen, unter denen wuschelige Wolfsohren herausragen. Aufgeklebter Backenbart auf beiden Seiten und ein aufgemaltes Wolfsgesicht vervollkommnen seinen Look. »Was sind Sie?«

Mit dem Ausdruck gespielter Verzweiflung angelt er sich die Zähne aus dem Mund. »Und ich dachte, Sie kennen sich aus mit Literatur. Der Hund von Baskerville natürlich.« Er verstaut das Gebiss in seiner Tasche und sieht sich um. »Wissen Sie was, ich glaube, ich war noch nie im Dunkeln hier. Mutproben hin oder her.«

»Hatten die Kinder aus Lanford nichts Besseres zu tun, als hier im Tal Mutproben zu bestehen?«, frage ich amüsiert und schließe die Tür ab.

»Es ist eben … ach, egal. Können wir?«

Er ist mit einem Land Rover gekommen, wahrscheinlich die einzige Art von Auto, mit dem man den holprigen Weg durchs Tal bewältigen kann.

»Sie haben doch nicht etwa immer noch Angst, oder?«, necke ich ihn, als ich auf den Beifahrersitz klettere, und vergesse dabei völlig, wie sehr ich selbst mich vergangene Nacht gefürchtet habe.

Er grinst schief. »Nein! Oder doch, ein bisschen vielleicht. Tut mir leid, aber hier läuft es mir immer kalt den Rücken herunter.« Er lässt den Motor an und beeilt sich zu sagen: »Aber das wird sich sicher ändern, wenn Sie hier erst mal richtig zu Hause sind.«

Ich sehe mich um, als wir das dunkle Tal hinter uns lassen, und frage mich, ob das jemals der Fall sein wird, ob ich mich hier jemals zu Hause fühlen werde. Das ruckelnde Auto, das uns auf dem Weg den Hügel hinauf ordentlich durchschüttelt, reißt mich gleich wieder aus meinen Grübeleien und ich muss darüber lachen, wie verrückt das alles ist. Ich fühle mich wohl in Alexanders Gesellschaft – den ich einfach Alex nenne –, und als wir auf die Landstraße einbiegen, merke ich, wie die düsteren Gedanken langsam von mir abfallen.

»Wo findet die Party denn statt?«, erkundige ich mich. Ich muss fast schreien, um den Motor zu übertönen.

»Nicht weit von hier«, grinst er, »gleich auf der anderen Seite des Dorfs.«

Ich frage mich, ob er betont lässig wirken will oder absichtlich so geheimnisvoll tut. Doch dann plaudern wir darüber, was ich schreibe und wie ich das Cottage auf Vordermann bringen will. Mittlerweile haben wir Lanford erreicht: Der Ort hat sich großartig herausgeputzt. Fenster und Türen sind mit täuschend echten Spinnennetzen dekoriert, auf den Stufen vor den Häusern flackern Kerzen in ausgehöhltem Gemüse, bei dem es sich definitiv nicht um Kürbisse handelt.

»Woraus sind die gemacht?«, frage ich, als wir an einem besonders gruseligen Exemplar vorbeifahren.

»Steckrüben«, antwortet Alex und fährt vor dem Pub an den Straßenrand, um ein anderes Auto vorbeizulassen. »Schließlich sind wir hier in Cornwall. Kürbisse sind nicht so unser Ding.«

Ich muss lachen und sehe, wie Jack mit ein paar anderen aus dem Pub kommt, ein Glas mit grellorange gefärbtem Bier in der Hand. Ich klopfe ans Fenster und winke ihm zu. Unsere Blicke treffen sich kurz, dann verzieht er mürrisch das Gesicht und wendet sich ab. Er bleibt mit dem Rücken zu uns stehen, bis wir weiterfahren. Ich weiß nicht, ob ich mehr gekränkt oder verwirrt bin.

»Was war das denn?«, murmele ich und starre in den Rückspiegel.

»Was war was?«

»Jack Roscarrow. Ich verstehe das nicht, neulich war er so nett zu mir.«

Alex schweigt und fährt die Straße hoch, die aus dem Dorf hinausführt.

»Tut mir leid, Jess«, sagt er schließlich, »aber das liegt wohl an mir.«

»Wie meinen Sie das?« Ich sehe im dunklen Auto zu ihm hinüber.

»Jack und ich, wir … wir haben uns nie so richtig gut verstanden«, beginnt er ein wenig betreten. »Schon als wir Kinder waren. Er ist ein alter Miesepeter und nimmt manches einfach zu persönlich.« Er biegt scharf links auf einen dunklen Weg ein. »Außerdem ist er wahrscheinlich sauer, weil ich mich um Ihren Strom gekümmert habe, bevor er sich dazu herabgelassen hat.«

Ich nicke und versuche, meine Erinnerung an die leuchtend kastanienbraunen Augen und den kalten, verregneten Nachmittag mit dem eben Vorgefallenen in Einklang zu bringen. Im nächsten Moment tauchen vor uns im Scheinwerferlicht zwei Torpfosten auf. Ausgesprochen mächtige Torpfosten. An jedem ist eine Traube roter und orangefarbener Luftballons befestigt, und unter ihnen steht auf einer Steintafel:

TREMENNOR ESTATE
PRIVATGELÄNDE

»Tremennor«, flüstere ich. Der Name löst bei mir ein unbestimmtes Unwohlsein aus. »Was tun wir hier? Ich dachte, die Party findet bei Ihnen statt?«

»Genau.« Er sieht leicht verlegen aus. »Na ja, das ist nicht ganz richtig. Ich wohne im alten Kutscherhaus.«

Jetzt kann ich das Herrenhaus hinter den dunklen Hecken erkennen. Bisher habe ich immer nur den Turm gesehen, aber nun präsentiert es sich in voller Größe: ein hohes, kantiges Gebäude aus grauem Stein, erleuchtet vom sanften Licht hinter den Fenstern. Der parkartige Garten liegt an einem Hang und geht ganz unten in den Wald über. Irgendwo dahinter, auf der anderen Seite der Bäume, befindet sich Enysyule.

»Sie sind ein Tremennor?« Der Schreck fährt mir in die Glieder. »Warum haben Sie mir das nicht gesagt?«

»Ich wollte Sie nicht vergraulen!« Schwungvoll biegt Alex auf einen halbrunden Hof neben dem Haus ein, auf dem bereits zahlreiche Autos parken. »Wissen Sie, Jess, wenn Sie glauben, dass über Sie schlecht geredet wird, sollten Sie erst mal hören, was die Leute über *uns* sagen.« Mit dem Kopf deutet er in Richtung Dorf. »Fünfhundert Jahre böses Blut machen es nicht gerade leicht, Freundschaften zu schließen.« Mit einem Seufzer stellt er den Motor ab. »Ich wollte einmal einfach nur ich sein. Ohne den ganzen Ballast.«

Er wendet sich von mir ab und einen Augenblick lang denke ich, er ist verärgert. Dann dreht er sich wieder um – Vampirzähne im Mund.

»Ich mach'ch auch wie'er gug«, nuschelt er mit feuchter Aussprache und sieht mich so flehend an, dass ich gegen meinen Willen lachen muss und nicht mehr an Ländereien, Grenzen und Träume denke.

»Na gut«, sage ich und steige aus dem Wagen. »Aber ich warne Sie: Wehe, Sie überlassen mich da drin meinem Schicksal …«

Der Familiensitz der Tremennors ist Lichtjahre von Enysyule entfernt, und doch kommt er mir fast vertraut vor. Genau wie im Cottage erzählt jede Falte in seinem steinernen Gesicht von der Vergangenheit, sie steckt in den von Generationen ausgetretenen Stufen, in den Sprossenfenstern und in seinen geschwungenen Giebeln. Alex geht voraus. Auf beiden Seiten des Wegs, der zu einer schweren Rundbogentür führt, flackern Kerzen. Über uns auf dem Dach ragt der quadratische Turm in die Höhe.

»Das perfekte Setting für Halloween-Partys«, murmele ich, während ich Alex ins Innere des Hauses folge. »Ich fühle mich wie in einem Schauerroman von Ann Radcliffe.«

»Nicht Halloween – *Allantide*«, korrigiert er. »Kommen Sie, sonst fangen sie noch ohne uns an.«

Wir betreten die Eingangshalle und ich versuche, nicht mit offenem Mund zu staunen. Überall hängen Tierköpfe und Waffen, an einer Wand sogar ein Ritterschild. Ich bleibe stehen, um mir das Wappen darauf genauer anzusehen: ein ockergelbes Rechteck mit einem Kreis in der Mitte und einem Streifen Rot dahinter. Ich bekomme Gänsehaut, als ich es erkenne.

»Das ist doch …?« Ich stelle mich auf die Zehenspitzen, um besser sehen zu können.

»Der Stein? Ja, das alte Ding ist fast so etwas wie ein Familienmitglied.« Er blickt hoch. »Es ist Teil unseres Namens, Tre-mannor – Männer des Steins.« Er gibt mir einen Stoß in die Rippen, der mich fast aus dem Gleichgewicht bringt. »Ironie des Schicksals, dass er auf Ihrem Land steht, was?«

»Alex!«, ruft jemand, und er führt mich in einen Saal mit hoher Decke, der nur von Kerzen und Laternen erleuchtet wird. Auf den Kaminsimsen liegen dicht an dicht blank polierte rote Äpfel, Fledermäuse baumeln von den vergoldeten Wandleuchtern. Ich kann nirgendwo Lautsprecher entdecken, aber sie müssen irgendwo versteckt sein, denn zwischen den holzvertäfelten Wänden dröhnt ganz unherrschaftlich *Thriller*.

Ganz hinten im Saal ist eine Bar aufgebaut. Auf dem Weg dorthin stellt mich Alex allen möglichen Leuten vor, deren Namen ich augenblicklich wieder vergesse. Alle tragen fantasievolle Kostüme. Die Atmosphäre ist beunruhigend und verführerisch zugleich. Blicke folgen mir, als ich den Saal durchquere, ich höre flüsternd hingeworfene Bemerkungen. Mir wird peinlich bewusst, dass mein zerknittertes Kleid immer noch leicht muffig nach Karton riecht, meine Schuhe abgewetzt sind und der letzte Friseurbesuch geraume Zeit zurückliegt.

»Warum gucken die alle so?«, flüstere ich Alex zu, als wir vor dem riesigen, mit Getränken vollgestellten Tisch stehen. Champagnerflaschen auf Eis, Fässer mit Bier und Cider, eine enorme Schüssel mit unbestimmtem rotem Inhalt.

»Die sind bloß neugierig«, sagt er und nimmt zwei Gläser. »Lanford bekommt nicht oft Besuch von fremden, geheimnisvollen Schönheiten.«

Verlegen ziehe ich mein Tuch enger über die Brust.

Alex scheint zu bemerken, dass ich mich etwas unbehaglich fühle, und reicht mir ein Glas. »Hier, danach geht es Ihnen besser.«

»Was ist das?« Ich betrachte die hellrote Flüssigkeit.

»Punsch.« Er stößt sein Glas leicht gegen meins. »Willkommen bei den Nachbarn.«

Der Punsch ist süß und schmeckt intensiv nach Äpfeln. Schon nach dem ersten Schluck spüre ich seine Wirkung, ein Prickeln geht durch meinen Körper und spült einen guten Teil meiner Berührungsängste fort. Den Rest des Glases leere ich in einem Zug.

Alex zieht die Augenbrauen hoch. »Das ist mal ein Mädchen nach meinem Herzen«, sagt er anerkennend und tut es mir gleich.

Er füllt die Gläser wieder auf und nimmt mich mit auf eine Führung durch das Haus. Wir kommen an Salons und Billardzimmern vorbei, an langen Gängen und einer Bibliothek, in der die Holzregale das Licht einfangen und einen warmen, berückenden Schimmer in den Raum zurücksenden.

Alex erklärt mir alles Mögliche, zwischendurch bleibt er stehen, um jemanden zu begrüßen und mich vorzustellen. Ich ertappe mich dabei, wie ich ihn heimlich beobachte, und fühle einen Stich Mitleid. Ich kann mir nicht vorstellen, wie es sein muss, als Kind in so einem Haus aufzuwachsen, mit einem Familiennamen auf den Schultern, der ein halbes Jahrtausend alt ist. Kein Wunder, dass er es als Belastung empfindet.

Irgendwann landen wir draußen im Freien und setzen uns in einem leicht abgesenkten Teil des Gartens um eine Feuerstelle zu einer Gruppe junger Leute, von denen ich annehme, dass sie Alex' Freunde sind. Er hat mich vorgewarnt, dass alle sofort wissen wollen werden, wer ich bin und was ich hier tue. Ich ernte die üblichen schrägen Blicke, als ich erzähle, dass ich Enysyule gemietet habe, aber mit steigendem Punschkonsum beginnen sich alle wieder zu entspannen.

Es ist ein kalter Abend, und trotz des Feuers fröstele ich. Alex holt eine Decke und legt sie uns beiden um die Schultern. *Die anderen werden denken, wir sind zusammen*, warnt mich meine innere Stimme, aber ich höre weg. Ich fühle seinen Arm, der an meinen gedrückt ist, und spüre kleine, verheißungsvolle Funken durch meinen Körper tanzen.

»Erzähl uns von London!«, ruft ein junger Mann, der TJ genannt wird, über das Feuer hinweg. Er trägt einen Zylinder, sein Anzug ist an der Seite aufgerissen. »Kommst du ursprünglich von dort, Jess?«

Ich zucke die Achseln. »Eigentlich nicht. Früher haben wir in Manchester gewohnt. Wir sind erst nach London gezogen, als mein Vater starb.« Ich nehme einen Schluck Punsch und winke ab, als von allen Seiten Beileidsbezeugungen kommen. »Das ist schon lange her«, erkläre ich. »Als er nicht mehr da war, wollte Mum wieder in einer Großstadt wohnen. Sie ist in Istanbul aufgewachsen und sagte, dass ihr der Lärm und die Menschenmengen fehlten, aber ich glaube, sie wollte vor allem einen Neuanfang.« Der Gedanke an ihren weichen Akzent, ihre flinke Art zu sprechen, löst Heimweh in mir aus. »Sie sagt immer, London sei wie Efeu, es wächst und wächst und niemand weiß mehr, woher es kommt und wo seine Wurzeln sind.«

Alex starrt schweigend ins Feuer. Er hat mir erzählt, dass seine Eltern geschieden sind. Seine Mutter lebt seit Jahren in New York. Vielleicht vermisst er sie dank meiner Geschichte auch gerade. Ich gebe ihm einen kleinen Stups mit dem Ellbogen, und er lächelt zurück.

»Hat deine Mutter nichts dagegen, dass du hier rausgezogen bist?«, erkundigt sich ein Mädchen in einem Cat-Woman-Ganzkörperanzug, deren Name Maisy ist, wenn ich mich recht erinnere.

»O doch, und ob. Sie ist entsetzt«, antworte ich lachend und fische ein Apfelstück aus meinem Glas. »Genau wie meine Schwester. Die beiden sind durch und durch Großstadtmenschen. Ich glaube, sie hoffen, dass ich es mir wieder anders überlege und nach Hause komme.«

»Das kommt überhaupt nicht infrage«, sagt TJ und klatscht sich auf seinen Schenkel. »Du bist das Interessanteste, das hier seit Ewigkeiten passiert ist. Und auch wenn es Alexander durch reines Glück gelungen ist, dich zuerst kennenzulernen …«

»Ich, äh, wo finde ich denn die Toilette?«, frage ich schnell, um weiteren unausweichlichen Erörterungen zuvorzukommen.

Im Haus ist es jetzt noch dunkler und deutlich lauter – die Party nimmt Fahrt auf. *Erst links*, hat Alex gesagt, *dann gerade-*

aus, dritte Tür rechts. Ich drücke die Tür auf, von der ich hoffe, dass sie die richtige ist, und treffe auf einen Zombie, der gerade beim Pinkeln ist.

»Entschuldigung!« Ich schließe die Tür rasch wieder und stehe peinlich berührt im dunklen Gang.

Alex erwähnte noch ein anderes Badezimmer im oberen Stockwerk. Ich gehe zurück in die Eingangshalle mit ihrem Tremennor-Schild und den Wänden voller Erinnerungsstücke. Ich entdecke eine Steinschlosspistole an der Wand und ein Schauer überläuft mich. Zögernd beginne ich, die mächtige alte Holztreppe hinaufzusteigen.

Im ersten Stock ist es noch dunkler, nur ein, zwei Tischlämpchen sind eingeschaltet. Aus irgendeinem Grund fühle ich mich als Eindringling, aber meine Blase gibt mir unmissverständlich zu verstehen, dass ich jetzt dringend eine Toilette brauche. Glücklicherweise hat Alex den Weg dorthin genau richtig beschrieben. Als ich fertig bin, schließe ich die Tür so leise wie möglich wieder und beeile mich, die Stufen hinunterzulaufen, ehe mich hier jemand findet.

Auf dem Weg zur Treppe bleibt mein Blick an etwas hängen. Eine der Türen entlang des Korridors ist jetzt geöffnet, Licht fällt aus dem Türspalt auf ein Gemälde an der gegenüberliegenden Wand. Wider besseres Wissen und ermutigt vom Alkohol gehe ich zu dem Bild hinüber. Es zeigt einen Mann in einem kunstvoll verzierten Mantel, mit weißem, hohem Kragen. Eine Hand ruht auf einer Muskete, die andere auf dem Kopf eines Hundes. *Godfield Tremennor* steht auf einem matt gewordenen Schild. Ich sehe mir das Gesicht des Porträtierten genauer an.

Der Mann aus meinem Traum blickt mit eisigem Ausdruck auf mich herab und einen Augenblick lang bin ich wieder am *Perranstone*, in Todesangst, und habe den Geruch von Männern, Gefahr und Hunden in der Nase, die mich einkreisen …

Eine Stimme durchbricht die Stille, und der dunkle Wald verwandelt sich wieder in einen Korridor, während der Partylärm durch das Treppenhaus dringt. Eine zweite Stimme ist zu hören, dieses Mal die einer Frau, etwas erhoben, wie in einem Streit. Die Stimmen kommen aus dem Raum hinter mir. Lauschen gehört sich nicht, und außerdem habe ich hier oben gar nichts zu suchen. Als ich leise nach unten gehen will, fällt das Wort *Enysyule*.

Wie angewurzelt bleibe ich stehen.

»… eine Unverschämtheit«, sagt der Mann in gereiztem Ton. Man hört ihm an, dass er gute Schulen besucht hat.

»Hören Sie, ich verstehe ja, dass die Situation für Sie sehr unbefriedigend ist.« In der Dunkelheit des Flurs trete ich einen Schritt näher. Die Stimme kenne ich. Es ist Michaela Welwyn. »Ich versichere Ihnen, es war …«

»Das ist doch dummes Zeug, das Sie mir da erzählen.« Der Mann klingt wütend. »Warum haben Sie mich nicht darüber informiert, dass sich jemand für das Haus interessiert? Ich habe meine Absichten doch klar und deutlich formuliert!«

»Es ist richtig, dass Sie mir mitgeteilt haben, wie Sie über die Sache denken«, entgegnet Michaela scharf. »Aber ich bin *Geschäftsfrau*, Roger. Sie können kaum von mir verlangen, dass ich aufgrund irgendwelcher vagen Absichten Ihrerseits eine erstklassige Mieterin verprelle.«

»Sie hätten mir sagen müssen, dass sie kommt!« Er schäumt jetzt. »Sie wissen nur zu gut, dass ich ihr zuvorgekommen wäre! Sie glauben doch nicht ernsthaft, dass ich es mir von irgendeiner ahnungslosen Großstadttante hätte wegschnappen lassen, wenn ich verdammt noch mal davon gewusst hätte?«

»Ich verbitte mir diesen Ton«, sagt Michaela spitz. »Ich konnte ja nicht ahnen, dass Miss Pike den Mietvertrag auf der Stelle unterschreiben würde, aber so war es nun einmal. Ich hatte also keinerlei Gelegenheit, Sie rechtzeitig in Kenntnis zu setzen.«

»Außerdem ist es nicht einmal legal.« Seine Stimme ist härter geworden. Mir stockt der Atem. Wie meint er das? »Ein Anwesen einer verdammten Katze für die Dauer ihrer Lebenszeit zu vermachen. So etwas hat vor keinem Gericht der Welt Bestand, und ich schwöre Ihnen, ich werde …«

Um besser hören zu können, mache ich einen halben Schritt zur Tür, da knarrt eine Diele unter meinem Gewicht und verrät mich.

»Ja?«, ruft der Mann und ich schaffe es gerade noch, mich wieder etwas von der Tür zu entfernen, ehe sie aufgerissen wird und ich im Lichtschein stehe, der aus dem Zimmer fällt.

»Ich … ähm … Verzeihung«, stammele ich und bin mir nur zu bewusst, dass ich knallrot angelaufen bin. »Ich suche die Toilette.«

Der Mann starrt mich entgeistert an, Zornesfalten im Gesicht. Er ist Mitte sechzig, gekleidet wie ein Aristokrat, mit weißem Make-up und einer schaurigen Blutspur um den Hals. Ich höre Schritte, und bevor ich mich wegdrehen kann, betritt Michaela den Gang, kostümiert als eine in sehr grelle Farben gehüllte Kleopatra mit Brille. Als sie mich sieht, reißt sie die dick umrandeten Augen weit auf. Wäre ich nicht so durcheinander, müsste ich lachen.

»Jess!«, ruft sie aus. »Ich meine, Miss Pike – ich wusste gar nicht, dass Sie hier sind.«

Eine Sekunde lang starren wir einander an, die Auseinandersetzung der beiden liegt noch in der Luft.

»Äh – ja«, antworte ich schließlich. »Ich … Alexander hat mich eingeladen.«

»Alexander?« Der Mann runzelt verblüfft die Stirn. »Sie sind mit meinem Sohn gekommen?«

»So ist es. Spricht irgendetwas dagegen?«

Sein Gesicht verzieht sich zu einem gezwungenen Lächeln.

»Nein, nein, natürlich nicht. Ich bin nur überrascht. Er hat mir gar nicht erzählt, dass er Ihre Bekanntschaft gemacht hat.« Er reicht mir die Hand. »Roger Tremennor.«

Ich schüttele die angebotene Hand und versuche, einen klaren Gedanken zu fassen. »Jessamine Pike. Ich bin die Mieterin von Enysyule.«

»Schon gehört.« Der Blick, den er Michaela zuwirft, spricht Bände.

Sie sammelt sich, nimmt mich am Arm und führt mich zur Treppe. »Miss Pike, ich weiß gar nicht, ob Sie schon wussten, dass Enysyule und Mr Tremennors Land aneinander angrenzen?«

»Ja«, antworte ich und unterdrücke den Drang, die Treppe hinunterzurennen und dabei zwei Stufen auf einmal zu nehmen, »im Wald, auf der anderen Seite des *Perranstone*.«

Stille.

»In der Tat«, sagt Tremennor schließlich. »Unser Namenspatron. Es hat einmal uns gehört, wissen Sie – das gesamte Tal.«

»Und ich dachte, es hätte den Roscarrows gehört?«

Er betrachtet mich mit zusammengekniffenen Augen. »Sie haben sich bereits informiert, wie ich sehe.«

»Jess!« Alex kommt aus dem großen Saal gestürzt, sein Backenbart ist leicht verrutscht. Dann sieht er seinen Vater und Michaela und bleibt abrupt stehen. Eine leichte Röte steigt in sein Gesicht. »Oh, Dad. Das ist …«

»Wir haben uns bereits bekannt gemacht«, unterbricht Roger. »Oder hattest du vor, deinen Gast für den Rest des Abends zu verstecken?«

Alex antwortet mit einer Grimasse und greift nach meinem Arm. »Hi, Michaela«, ruft er noch über die Schulter und zieht mich in den Saal, der jetzt gut gefüllt ist. »Du lieber Gott, tut mir echt leid«, murmelt er mir ins Ohr. »War es sehr schlimm? Mein Vater kann manchmal leicht cholerisch sein.«

Ich fühle mich immer noch etwas wackelig von dem Gespräch, das ich belauscht habe. *Außerdem ist es nicht einmal legal …* Es ist ganz offensichtlich, dass Roger Tremennor Enysyule selbst haben wollte und aus irgendwelchen Gründen nicht zum Zuge gekommen ist. Sprach womöglich einfach nur Verbitterung aus seinen Worten? Ich will Alex danach fragen, aber die Live-Band hat angefangen zu spielen und macht jede Unterhaltung unmöglich. Es wird wohl warten müssen.

Alex' Freund TJ winkt uns freudig zu, als er uns sieht. Irgendwie ist er in den Besitz einer Flasche Tequila gekommen und gibt nun eine Runde nach der anderen aus. Instinktiv greife ich nach einem Glas, um mich wieder zu beruhigen, dann nach einem weiteren, um alles zu ertränken, was mir wild im Kopf herumgeht: Gesichter von Menschen, die ich unmöglich gekannt haben kann, die langsam stärker werdende Gewissheit, dass Roger Tremennor mir noch viel Ärger verursachen wird …

Die Band stimmt ein lautes Shanty an und ich lasse mich von den anderen auf die Tanzfläche ziehen. Wir haken einander unter, werfen die Beine in die Luft und stoßen Piratenflüche aus. Eine Geige übernimmt die Melodie, und es wird immer lebhafter. Mehr Gäste drängen auf die Tanzfläche, stampfen mit den Füßen und klatschen in die Hände. Ich verliere mich völlig in der Musik, bis ich aufhöre, ich zu sein, und nur noch aus Gliedern bestehe, die sich dem Rhythmus des Tanzes hingeben, ganz so, wie Menschen es seit Jahrhunderten tun. Es wird immer schneller und schneller, das Lied treibt dem Höhepunkt zu und unser Kreis bricht auseinander.

Durch die Menschenmenge sehe ich, wie Roger Tremennor mich interessiert beobachtet, genau wie der Mann in meinem Traum … Unsere Blicke treffen sich und ich verliere die Balance – ich bin über mein Kleid gestolpert. Alex fängt mich auf und wirbelt mich herum, bis alles um mich verschwimmt und wir überall sein könnten, in irgendeiner Zeit, der junge Lord von Tremennor und das Mädchen aus Enysyule.

Als wir nicht mehr können, uns ganz schwindelig ist und alles wehtut vor Lachen, taumeln wir aus dem Saal und halten uns aneinander fest, um das Gleichgewicht nicht zu verlieren. Die eiskalte Luft draußen fließt wie Eiswasser in meine Lungen. Um die Feuerstelle sitzen nur noch einige wenige, aber Alex nimmt mich bei der Hand und zieht mich in einen ummauerten Garten, wo uns niemand sieht.

»Alex, was …«, lache ich, dann ist sein Mund auf meinem und mein Atem verliert sich in einem Kuss.

»Entschuldige«, sagt er, als er sich von mir löst, »aber das wollte ich tun, seit ich dich das erste Mal gesehen habe.«

»Ich …«, murmele ich und weiche nicht zurück. »Ich bin neu hier, wir haben uns gerade erst kennengelernt.« *Dein Vater will Enysyule, er will mich loswerden, genau wie deine Vorfahren.*

Wir stehen still, unsere Körper vibrieren vor Musik und Alkohol und den Möglichkeiten, die wir gerade spüren. Und dann küsse ich ihn, denn dies ist eine alte Geschichte, die sich wiederholt, denn durch das wilde Schlagen meines Herzens und unsere Atemlosigkeit dringt ein anderes Geräusch – das Schaben eines Messers, das ein Herz in einen Stein ritzt. Ein Versprechen, erst in einen Stein geschnitten, dann gebrochen.

Eine traumlose Nacht, nur eine singende Frauenstimme.

'Ma greun war an kelynn mar rudh 'vel an goes.

Die Worte klingen vertraut und fremd zugleich, eine einfache Melodie. *Kelynn*, singt die Frau immer wieder, *kelynn*, und in meinem Herzen weiß ich, dass es ein Winterlied ist. Ein Lied für die Zeit, in der das Feuer im Kamin lodert, das Grün der Stechpalmen sich leuchtend gegen den Schnee abhebt … Doch es ist zu zart für das helle Licht des Tages. In dem Moment, in dem ich mich rühre, zerreißt es wie Spinnweben und verklingt. Lange bleibe ich ganz still liegen, in der Hoffnung, dass ich zu dem Lied zurückfinde. Dann wird mir nach und nach bewusst, wie es in meinem Kopf hämmert und dass sich meine Glieder bleischwer anfühlen. Ich stöhne und drehe mich um, vergrabe mein Gesicht in der Bettdecke.

Bettdecke. Nicht Schlafsack. Wie vom Blitz getroffen sitze ich plötzlich kerzengerade im Bett, um mich dreht sich alles. Ich sehe einen großen Raum, weiß gestrichene Wände mit Sichtbalken an der Decke und moderne Bogenfenster. Schlagartig fällt mir alles wieder ein: Tanzen, Tequila, ein ummauerter Garten, wie wir uns über einen von Kerzen beleuchteten Weg aus dem Staub gemacht haben, ein paar Gläser eiskalter Wodka, die in jenem Moment eine glänzende Idee zu sein schienen, und dann …

Das Blut schießt mir ins Gesicht und ich blicke neben mich. Kein Alex. Ich bin mir nicht sicher, ob ich erleichtert sein soll oder enttäuscht. Ein Glas Wasser steht neben dem Bett. Immerhin scheine ich noch so geistesgegenwärtig gewesen zu sein, es vor dem Schlafengehen dorthin zu stellen. Ich trinke es in einem Zug aus, lasse mich wieder in die Kissen fallen und wünschte, das Hämmern in meinem Kopf würde aufhören, damit ich eine Minute lang einen klaren Gedanken fassen kann.

Ich höre langsame Schritte auf der Treppe. Vorsichtig linse ich über den Rand der Bettdecke. In der Tür steht Alex in einem blauen Pyjama mit zwei Bechern in der Hand und einem Teller Kekse.

»Morgen«, sagt er und stellt eine Tasse neben mir ab. »Dachte, du könntest das vielleicht brauchen.«

»Danke.« Der Duft von frisch aufgebrühtem Kaffee trifft mich wie eine Welle kalten Wassers an einem heißen Tag. »Den brauche ich wirklich.«

»Ich auch«, stöhnt Alex und nimmt auf der Bettkante Platz.

Ich umklammere meinen Kaffeebecher. »Also.«

»Hm.«

»Ich weiß wirklich nicht, wie das passieren konnte.«

Er sieht tief in seinen Becher. »Ich auch nicht … bereust du es?«

An seinem Hals entdecke ich noch Spuren seiner Wolfsbemalung und ich muss lächeln. »Das sollte ich wahrscheinlich, wenn ich an den Dorfklatsch denke«, sage ich. »Aber nein, ich bereue es nicht.«

Seine Antwort ist ein breites Grinsen. Er stellt seinen Becher ab und rollt zu mir herüber. »Vergiss die Klatschmäuler – das ist alles nur *jaffle*.«

»Das ist *was?*«, frage ich lachend.

»Jaffle«, wiederholt er in extrabreitem Dialekt. »Das sagt man so in Cornwall, es bedeutet so viel wie Quatsch.«

»Kennst du noch mehr Wörter auf Kornisch?« Mir fällt die sanfte Stimme mit ihrem Lied wieder ein, dessen Worte ich nicht verstand, obwohl ich ihren Sinn erahnte. War das auch Kornisch?

»Nur ein paar Brocken«, sagt Alex. »Denkst du etwa, ich könnte so eine alte Sprache fließend sprechen?«

Ich bewerfe ihn mit meinem Kissen. »Ich dachte, du könntest es wenigstens ein bisschen, schließlich wohnst du schon dein ganzes Leben lang hier.« Unvermittelt fällt mir sein Vater ein, wie er mir in die Augen sah – *Es hat einmal uns gehört, wissen Sie*, hatte er gesagt, *das gesamte Tal.*

»Alex«, fange ich an und offenbar hat er den neuen Ton in meiner Stimme bemerkt, denn er legt das Kissen, mit dem er sich gerade rächen wollte, wieder hin. »Gestern Abend habe ich ein Gespräch zwischen deinem Vater und Michaela mitgehört. Stimmt es, dass er Enysyule für sich wollte?«

Alex ist ganz offensichtlich überrascht. Er greift wieder nach seinem Kaffee und nimmt einen großen Schluck. »Das hat er gesagt?«

»Allerdings. Es klang, als wäre er ziemlich außer sich, dass Michaela das Haus an mich vermietet hat und nicht an ihn.«

Alex macht ein Geräusch, als hätte er etwas im Hals. »Ich weiß, dass er mit Michaela darüber gesprochen hat, aber es gibt nichts Schriftliches, was der Grund dafür ist, dass du ihm das Haus wegschnappen konntest. Damit hat er nicht gerechnet. Ich glaube, er vergisst manchmal, dass man Geschäftliches nicht immer mit einem Augenzwinkern und einer lockeren Bemerkung regeln kann.« Er leert den Becher mit einem letzten Schluck. Versucht er etwa, die Sache herunterzuspielen? »Du solltest das nicht persönlich nehmen. Dads Mission ist es, das Anwesen hier komplett neu aufzuziehen. Er ist hinter jeder Immobilie im Radius von zehn Meilen her.« Als ich nicht reagiere, wird sein Gesichtsausdruck ernst. Er streckt die Hand aus und streicht mir eine Haarsträhne aus dem Gesicht. »Sieh mal, ich bin sehr froh, dass mein Vater das Haus nicht bekommen hat, okay? Andernfalls hätte ich dich nicht kennengelernt.«

Nach einem Moment nicke ich und greife nach meinem Kaffee.

»Kann ich … können wir mal miteinander ausgehen?«, fragt er, während ich trinke. »Ich würde mich freuen.«

Jede Faser meines Verstands sagt mir, dass das keine gute Idee ist, dass ich nicht sicher sein kann, dass er in Bezug auf seinen Vater die Wahrheit sagt, aber andererseits … werde ich das Gefühl nicht los, dass ich hier in etwas hineingeraten bin, das wichtig ist, das *vorbestimmt* war.

»Warum nicht«, sage ich schließlich.

Er stößt einen Jubelschrei aus. »Wie wäre es mit heute Nachmittag? Das Wetter soll gut werden, wir können fahren, wohin du willst …« Er hält inne. »Oder hast du vielleicht andere Pläne?«

»Es gibt da tatsächlich einen Ort, den ich wahnsinnig gern besuchen würde, seit ich hier bin. Auch wenn er nicht so richtig romantisch ist.«

»Das spielt keine Rolle. Wo willst du hin?«

Ich kann mir ein Grinsen nicht verkneifen. »Zum Baumarkt. Zu dem großen in Redruth.« Alex macht ein gequältes Gesicht. »Was?!«, frage ich. »Es gibt so viele Sachen, die ich für das Cottage brauche, und du hast gesagt, wir fahren, wohin ich will!«

»Stimmt.« Er gibt mir einen Kuss auf die Wange. »Also gut, dann auf in den Baumarkt. Allerdings unter einer Bedingung: Vorher gehen wir noch mittagessen. Mit einem Kater in den Baumarkt zu gehen, ist keine gute Idee, glaub mir.«

Perrin wartet schon auf mich, als ich zurückkomme, vollbepackt mit Schraubenziehern, Staubwedeln und jeder Menge Natron. Sie macht einen Buckel und gähnt vielsagend, nach dem Motto *Nett, dass du dich auch mal wieder blicken lässt.* Mein Gesicht glüht. Ich kann immer noch Alex' Lippen auf meinen fühlen. Auf der Rückfahrt hat er versucht, mich zu überreden, einfach einen Tag Pause vom Schreiben zu machen und mit ihm essen zu gehen. Ein verlockender Gedanke, sehr sogar, aber ich musste wieder ein bisschen Abstand gewinnen. Und als wir den Hügel herunterkamen, spürte ich, dass Enysyule auf mich wartete. Ganz zu schweigen von Perrin, die nicht auf ihr Abendessen verzichten möchte.

»Sieh mich nicht so an«, sage ich zur Katze. »Ich kann mich treffen, mit wem ich will.«

Perrin gibt einen Laut von sich, der irgendwo zwischen Miauen und Knurren liegt, und begibt sich bedeutungsvoll in Richtung Spülküche, wo die Thunfischdosen lagern. Während sie frisst, packe ich einen neuen Staubwedel aus und öffne eine Flasche Möbelpolitur. Nachdem mein Hab und Gut aus London eingetroffen ist, habe ich keine Entschuldigung mehr, die Dinge schleifen zu lassen. Außerdem kann mir ein bisschen Ablenkung nur guttun.

Am einfachsten scheint es mir, mit dem Schlafzimmer anzufangen. Hier gibt es nur das Bett, die verschlossene Truhe und meinen aufgeklappten Koffer. Ich fange an, das Kopfteil des Betts zu polieren, und bemerke jetzt erst, wie schön es ist. Aufwendig ins Holz geschnitzte Blätter und Beeren verzieren das Brett, das genau zwischen die schiefen Wände passt. Offenbar wurde es speziell für diesen Raum angefertigt. Das dunkle Holz saugt die Politur auf und dankt es mit rötlich braunem Glanz, der mich an die Kastanien erinnert, die meine Schwester und ich früher in den Parks in Manchester gesammelt haben und die glatt und glänzend in ihrem grünen Stachelpanzer steckten. Dad bohrte für uns Löcher hinein, sodass wir eine Schnur hindurchziehen und mit den anderen Kindern in der Schule *Conkers* spielen konnten.

Wie auf dem Esstisch in der Küche hat die Zeit ihre Spuren an dem Bett hinterlassen, über Generationen entstandene abgenutzte Stellen und Kratzer, die ich genauso gründlich poliere wie den Rest. Sie erscheinen mir ebenso wertvoll. Als ich damit fertig bin, suche ich in den Kartons nach Bettdecke, Kissen und Bettwäsche und packe endlich meinen Schlafsack weg. Der Raum fühlt sich augenblicklich wohnlicher an. Nach der Aufregung und den Ereignissen der letzten vierundzwanzig Stunden möchte ich am liebsten sofort unter die Decken kriechen, aber ich reiße mich zusammen und gehe nach unten. Ich muss endlich weiterschreiben.

Perrin leistet mir beim Schreiben wie gewöhnlich Gesellschaft, und dankbar genieße ich die Ruhe. Ich bin froh, dass ich nicht versucht habe, das Radio zu reparieren. Das Geräusch des Kaminfeuers, die Schreie der Eulen, die von draußen hereindringen, und Perrins sanftes Schnurren sind völlig ausreichend.

Mein Buch wächst langsam heran wie ein Schössling, den man behütet und pflegt, während er sich aus dem Boden arbeitet und jeden Tag ein wenig mehr Form annimmt. Ich schreibe über einen Ort, der wie Enysyule ist, aber dennoch anders. Ich nehme seine tauverhangenen Spinnweben, seine quecksilberglänzenden Schneckenspuren, seine Staubschichten, die wie feines Fell auf allem liegen, und verwebe sie mit verwunschenen Fäden aus Fantasie zu uralten Geschichten aus einer anderen Welt. Die Worte sprudeln förmlich aus mir heraus, als könnten sie es gar nicht erwarten, meine Fingerspitzen zu erreichen. Ich muss kaum darüber nachdenken, was ich tippe. Ich schreibe und schreibe, bis meine Augen müde werden und immer wieder zufallen. Die Worte vermischen sich mit Wachträumen. Ich kann den Laptop gerade noch auffangen, bevor er zu Boden fällt. Ich schiebe ihn wieder auf den Tisch und kämpfe mich die Treppe hoch, wo mich ein herrlich frisch bezogenes Bett erwartet.

»Perrin«, rufe ich schläfrig. Ein schwarzer, flauschiger Schatten taucht auf und macht es sich auf meinen Beinen bequem. »Da kannst du nicht bleiben«, murmele ich. Perrin quittiert das mit einem missbilligenden *Mrrrrp* und beginnt, meine Knie zu kneten. Bevor ich protestieren kann, bin ich auch schon eingeschlafen.

Das Land hat seine eigene Sprache und ihre Worte erzählen von ihm: Baldhu, Halwyn, Redruth … Schwarze Mine, weißes Moor, rote Furt. Seine Sprache beschreibt, wo trockener Boden zu Marschland wird, wo das Land sich senkt und wo Füchse wohnen. Es weiß, dass Papier zerreißt und Tinte verblasst und Menschen vergessen. Nur Stein bewahrt die Erinnerung.

»Die Wesen, die wagemutig genug sind, hierherzukommen, erzählen Geschichten. Sie sagen, dass alte Orte verloren gehen, Straßen das Land zerschneiden und dicke Narben hinterlassen, dass der Boden aufgebrochen wird. Auch die Bergleute in den Zinnminen haben die Erde aufgerissen, haben sie in ihre Hände genommen, sind den glänzenden Adern gefolgt und haben sie bluten lassen, aber nicht ausbluten. Die Wesen berichten mir, dass es Maschinen gibt, die größer sind als Häuser, stärker als hundert Pferde und das Land aussaugen, bis es trocken ist. Hierher werden sie nicht kommen. Es wird ihnen nicht gelingen. Dieser Ort wird bewacht, wird geschützt von Stein und Seele, er ist …«

Der Cursor blinkt an der Stelle, wo der Satz jäh abbricht. Ungläubig starre ich darauf, während neben meinem Ellbogen eine Tasse Tee kalt wird. Ich wollte kurz überfliegen, was ich gestern Abend geschrieben habe, aber das hier … Ich kann mich nicht erinnern, das geschrieben zu haben. Nicht ein Wort. Ich lese es noch einmal. *Stein und Seele*, was bedeutet das überhaupt? Aus dem ganzen Absatz spricht Sorge, als ob das Tal in irgendeiner Gefahr sei. Aber schließlich ist Enysyule ja jetzt in meiner Obhut, wenigstens für ein Jahr, nicht wahr? Daran ist nicht zu rütteln. Unterschwellig nagt jedoch ein Unbehagen an mir, das ich nicht genauer benennen kann. Ich markiere den Text und kopiere ihn in ein neues Dokument. Wenn ich das nächste Mal im Dorf bin, muss ich unbedingt mit Michaela sprechen.

In der Zwischenzeit habe ich die Absicht, mich hier im Cottage häuslich einzurichten, unabhängig davon, ob es Mr Roscarrow oder Roger Tremennor nun gefällt oder nicht. Die Tage beginnen, ein gewisses Muster zu entwickeln: Frühstück mit Tee und Toast – Thunfisch für Perrin –, dann bringe ich das Haus in Schuss, putze, repariere und poliere bis in den Nachmittag hinein, und am Abend wird geschrieben.

Nach und nach lerne ich das Haus immer besser kennen. In der Außentoilette entdecke ich schlafende Fledermäuse, die von den Deckenbalken und Fensterbrettern hängen. Morgens finde ich mysteriöse Schneckenspuren auf den Bodenfliesen, und weil ich keine andere Wahl habe, überwinde ich meine Angst vor Spinnen. Perrin liebt Spinnen. Sie springt hoch und schnappt sie sich, spielt eine Weile mit ihnen, bis sie sie schließlich genüsslich kauend verzehrt und dabei meinen Ausdruck des Ekels völlig ignoriert.

Bezüglich unseres Zusammenlebens scheinen Perrin und ich eine Art Konsens gefunden zu haben, auch wenn sie jede Gelegenheit nutzt, mich daran zu erinnern, dass es ihr Haus ist, in dem ich wohne. Dazu gehört, dass sie grundsätzlich zwei Drittel des riesigen Betts mit den schönen Schnitzereien für sich in Anspruch nimmt und meine Computer-Maus attackiert, als wäre es ihre Pflicht, sie zur Strecke zu bringen. In manchen Nächten sitzt sie auf dem Dach und bringt dem Mond Katzen-Ständchen. Dann habe ich besonders intensive Träume. Sie sind so seltsam wie flüchtig, voll klopfender Herzen und wilder Augen. Einmal habe ich beim Aufwachen den Namen eines Fremden auf den Lippen, doch in dem Moment, in dem ich ihn aussprechen will, ist er fort. Ein anderes Mal könnte ich schwören, Brandy auf der Zunge zu schmecken, als ich zu mir komme. Die Träume lösen sich immer bei Tagesanbruch auf und zurück bleibt nur das Gefühl des Traums.

Als ich eines Tages die Bücher auf dem Büfettschrank abstaube und Platz für meine eigenen schaffe, stoße ich wieder auf das Skizzenbuch, das auf der Vorderseite Thomasina Roscarrows geschwungene Signatur trägt. Dieses Mal nehme ich mir die

Zeit, es genauer anzusehen. Es enthält Kohleskizzen, schwungvoll gezeichnet und bestechend schön. Die Zeichnungen bestehen vor allem aus Schatten in feinen Abstufungen. Einiges erkenne ich wieder: bestimmte Stellen im Tal, die Wiese, ein alter, zerbrochener Blumentopf, der noch vor der Tür steht. Die beste Zeichnung ist ein Fantasiegebilde, das unerklärlicherweise mit meinen Träumen verbunden zu sein scheint. Sie zeigt ein riesiges, katzenförmiges Gebilde, das sich wie Rauch um das Cottage legt. Verwischte Stellen gehen in langes Fell und leuchtende Augen über. Ich lächle und streiche über die Seitenecke. Das kann nur Perrin sein.

Am Nachmittag leistet sie mir Gesellschaft, als ich auf der Stufe vor dem Haus sitze und Staubwedel ausschüttele. Der Herbst ist ganz kurz davor, sich in den Winter zu verwandeln. Bald werden auch die letzten Blätter gefallen sein und dem Frost weichen. Perrin blickt in ihr Tal und wirkt mit ihrem hoch aufgestellten Fell ausgesprochen würdevoll. Versuchsweise lasse ich einen Staubwedel vor ihrer Nase kreisen. Sie blinzelt indigniert und zuckt mit den Schnurrhaaren. Ich grinse und wedele weiter. Ich sehe genau, wie sie sich um Beherrschung bemüht – ihre Pfoten zucken auf der Steinstufe. Auch wenn sie eine sehr ungewöhnliche Katze ist, so ist sie doch durch und durch Katze. Als der Wedel das dritte Mal vor ihrem Gesicht tanzt, schnellt ihre Pfote vor und schlägt wild nach dem Störenfried.

Mein Atem bildet kleine Wolken in der kühlen Luft, als ich lachend aufspringe und ein paar Schritte zurückweiche. Perrin kommt mir nach und schnellt mit blitzenden Augen und gezückten Krallen wie eine Feder auf und ab. Als ich kurz nicht richtig aufpasse, schnappt sie mir den Staubwedel aus der Hand. Blitzschnell packt sie ihn mit den Zähnen, flitzt damit davon und verschwindet hinter dem Cottage.

Ich wische mir gerade die Lachtränen von den Augen und will

wieder ins Haus gehen, da bemerke ich eine Gestalt, die zwischen den Bäumen steht und mich beobachtet. Der Schreck fährt mir durch die Glieder, doch dann erkenne ich die Jacke und die Mütze.

»Jack!«, rufe ich – sein feindseliges Verhalten von neulich habe ich für einen Moment ganz vergessen. Er reagiert nicht, aber ich laufe trotzdem zu ihm hinüber, in der Hoffnung, dass er heute besser gelaunt ist. »Kommen Sie mich besuchen? Ich wollte gerade Tee aufsetzen.«

Sein Gesicht ist verschlossen, sein Mund ein schmaler Strich unter den dunklen Bartstoppeln. Er zieht einen Umschlag aus der Tasche und hält ihn in meine Richtung. »Wollte Ihnen nur das hier vorbeibringen«, sagt er knapp. »Sonst nichts.«

Er dreht sich um und geht wieder. Mir wird ganz anders. »Warten Sie doch.« Ich laufe einige Schritte hinter ihm her. »Was ist das?« Der Umschlag gibt keinerlei Aufschluss darüber, er ist einfach an J. PIKE adressiert.

»Eine Rechnung.« Er spricht über die Schulter in Richtung Tal, ohne mich anzusehen.

»Aber wofür?« Ich reiße den Umschlag auf.

»Für den Schaden, der auf dem Grund meines Großvaters verursacht worden ist«, sagt er. »Diese Elektriker sind mit ihrem Wagen in eine Hecke gefahren. Wir müssen eine neue pflanzen.«

Ich starre auf das Blatt Papier. In ungelenken, eckigen Buchstaben und Ziffern sind die Kosten handschriftlich aufgeführt. »Ich … das tut mir leid. Ich hatte sie aber nicht gebeten …«

»Nein. Haben Sie nicht. Aber Ihr Freund hat sich ja so aufopferungsvoll für Sie eingesetzt.«

»Wie bitte?«

»Sie wissen schon, wen ich meine.«

»Falls Sie von Alexander sprechen«, blaffe ich gekränkt und merke, wie ich wütend werde, »dann sind Sie im Irrtum, er ist nicht mein Freund. Aber er war so nett, dafür zu sorgen, dass das Haus wieder an das Stromnetz angeschlossen wird. Was man von Ihnen ja nicht behaupten kann, obwohl Sie es versprochen hatten.«

»Das hatte ich versprochen, weil ich dachte, ich hätte mich in Ihnen getäuscht«, gibt Jack mit hochroten Wangen zurück. »Und ich war so dumm, meinem Großvater und all seinen Freunden zu sagen, dass sie sich schämen sollen, dass Sie ein anständiger Mensch sind. Jetzt stehe ich da wie ein Idiot.«

»Aber warum?« Die Hitze steigt mir ins Gesicht. »Nur weil ich zufälligerweise die Nacht mit jemandem verbracht habe, gegen den Sie irgendeinen dämlichen Groll hegen?«

Jack presst die Kiefer aufeinander und antwortet nicht. Einige endlose Sekunden lang starren wir uns an.

»Tja«, sagt er schließlich, »Sie haben ja sehr deutlich gemacht, wie Sie beabsichtigen, hier klarzukommen. Zahlen Sie die Rechnung bitte innerhalb von vierzehn Tagen.«

»Was für ein grober Klotz«, sage ich laut, um das Rauschen der Dusche zu übertönen. »Du hättest ihn hören sollen. Und dann diese Rechnung – hätte ich ihn nicht zufällig gesehen, hätte er sie einfach so eingeworfen, ohne jede Erklärung.«

Die kräftigen Wasserstrahlen prasseln auf meinen Kopf und spülen das Shampoo aus meinen Haaren. Ich wünschte, das Gefühl von Kränkung und Beleidigung wäre genauso leicht wegzuspülen.

»Es ist meine Schuld«, höre ich Alex von draußen sagen. »Ich hätte mich nicht einmischen sollen.«

»Nein, ist es nicht.« Ich wische mir das Wasser aus den Augen und strecke meinen Kopf hinter der Milchglasscheibe hervor.

»Du wolltest mir nur behilflich sein. *Sie* sind diejenigen, die mir das Leben schwer machen, und zwar von Anfang an.«

Er seufzt. »Trotzdem hat es nichts mit dir zu tun, Jess. Glaub mir. Die Roscarrows haben immer schon für Ärger gesorgt. Wenn es nicht das Cottage wäre, dann würden sie etwas anderes finden. Dass du hierhergezogen bist, hat einfach alles … wieder aufgewirbelt, das ist alles.«

Mein ungläubiges Schnauben wird als Echo von den Kacheln zurückgeworfen.

»Dafür geben sie sich aber alle Mühe, mich loszuwerden.« Ich bearbeite wieder meine Haare. »Wusstest du, dass Michaela versucht hat, einen Installateur zu finden, der sich mal meinen Boiler ansieht? Alle haben abgelehnt. Ich habe das Gefühl, zu wissen, warum.«

»Dad hat einen Dauervertrag mit einem Installateur für das Anwesen. Wenn du willst, kann ich ihn mal fragen.«

Ich überlege und lasse das prasselnde Wasser die Stille ausfüllen. Ich komme zu dem Schluss, dass ich nicht in Roger Tremennors Schuld stehen will. »Danke, aber ich werde erst mal versuchen, das Problem selbst zu lösen.«

»Wie du willst. Glaubst du, dass du irgendwann genug geduscht hast?«

»Niemals.« Schnell verziehe ich mich wieder unter den Wasserstrahl. »Das ist einfach zu himmlisch. Du wirst mich schon an den Haaren herausziehen müssen.«

Viel, viel später liege ich im Dunkeln wach. Alex' warmer Körper ist neben mir, wir haben zusammen Wein getrunken, die Laken sind wunderbar weich und doch finde ich nicht in den Schlaf. Mir fehlen die Geräusche des Cottage, merke ich, sein Knarren und Klappern, wenn es sich für die Nacht bereit macht, die Rufe der Eulen und Perrins rumpelndes Schnurren. Ich lausche angestrengt in die Stille. Doch ich höre nur das Summen der Elektrizität, das Zischen der Spülmaschine und Alex' Atem. Genauso war es, bevor ich aus London weggegangen bin, nächtelang lag ich wach, während meine Gedanken sich überschlugen. Je dunkler die Nacht, desto schwärzer wurden sie … Zum ersten Mal seit damals wälze ich mich wieder schlaflos und sorgenvoll hin und her, bis hinter den Jalousien der Morgen graut. Dann schlafe ich endlich ein und meine Träume sind flach und spröde, Echos des Tages, verächtliche Worte, kastanienbraune Augen …

»Jess? Alles in Ordnung?«

Jemand rüttelt mich leicht.

»Was?«, murmele ich schlaftrunken.

»Zeit aufzustehen, fürchte ich.« Er lächelt mich an. »Geht es dir gut? Du siehst ganz schön gerädert aus.«

»Ich habe nicht besonders gut geschlafen.« Ich streiche mir die Haare aus dem Gesicht. »Tut mir leid. Ich bin völlig fertig.«

Er nimmt meine Hand. »Machst du dir immer noch Sorgen wegen den Roscarrows? Wenn du willst, kann ich mal mit den Geschäftsleuten im Dorf reden. Viele von denen arbeiten für meinen Vater.«

Ich reibe mir die Augen. »Nein, das muss ich selbst tun. Ich bin jetzt hier und ich bleibe hier. Früher oder später werden sie sich an mich gewöhnen.«

»Das ist mein Mädchen.« Er zieht mich hoch. »Komm. Ich muss los und mit Dad ein paar Investoren treffen wegen dieser Jachthafen-Geschichte. Vorher kann ich dich aber im Dorf absetzen, damit du den Einheimischen die Meinung sagen kannst.«

In Lanford herrscht Hochbetrieb, zumindest soweit das in einem abgelegenen Ort am äußersten Ende Cornwalls möglich ist. Eine sehr alte, reichlich wackelige fahrbare Arbeitsbühne ist in der Mitte des Dorfs geparkt und blockiert die Hauptstraße. Ich sehe zu, wie ein junger Mann, den offenbar das Los getroffen hat, mühsam Stück für Stück nach oben gekurbelt wird. Er hat Unmengen an Kabeln bei sich und versucht gerade, eines davon über den Giebel des Pubs zu werfen. Ein Windstoß fährt durch die Straße, die Arbeitsbühne gerät ins Wanken und der junge Mann stößt einen kleinen Schrei aus, während er sich krampfhaft an den Metallkorb klammert. Ich entdecke Pete, Lizas Cousin aus dem Pub, der kopfschüttelnd nach oben starrt. Er trägt eine grelle Warnweste, als hätte er die Aufgabe, den Verkehr zu dirigieren, obwohl fast alle, die motorisiert unterwegs sind, angehalten haben und zugucken.

»Was tut er da?«, erkundige ich mich, während der junge Mann einen neuen Versuch mit dem Kabel-Lasso unternimmt.

»Die Weihnachtsbeleuchtung«, sagt Pete, ohne den Blick abzuwenden. »Jedes Jahr das gleiche Theater. Links, Liam! Weiter links!«

Ich überlasse die beiden ihrem Schicksal und flüchte mich vor dem unwirtlichen Wetter in den schützenden Dorfladen. Er ist winzig und beengt, aber es gibt wohl kaum etwas, das sich in seinen Regalen nicht finden lässt – von Strumpfhosen über Stifte bis hin zu Zwiebeln von heimischen Bauernhöfen. Ich streife durch die Gänge und fülle meinen Korb mit Milch, Butter und Keksen. Im Regal sind nur noch sechs Dosen Thunfisch übrig. Ich nehme vier, doch nach kurzem Zögern lege ich auch die anderen beiden zu meinen Einkäufen.

»Hallo, Miss Pike«, grüßt mich der Mann hinter der Ladentheke und legt ein Buch zur Seite, das sich mit Waffenkunde des Mittelalters zu beschäftigen scheint. Eigentlich wurden wir einander noch gar nicht richtig vorgestellt, aber das ist hier auf dem Land wohl kaum nötig. Ich überlege, was der Dorfklatsch wohl über Alex und mich zu erzählen hat, und versuche, nicht rot zu werden.

»Hallo, Reg«, lese ich von dem verblassten Namensschildchen ab, das an seinen Pullover geheftet ist. »Wie geht es Ihnen denn so?«

Prüfend späht er über seine Brille.

»Oh, man schlägt sich so durch, Miss Pike.« Er nimmt ein Teil nach dem anderen aus meinem Einkaufskorb und studiert es eingehend, ehe er es in die Kasse eintippt.

»Draußen hängen sie gerade die Weihnachtslichter auf«, berichte ich ihm, um ein wenig Konversation zu machen.

»Tatsächlich?« Mit meiner Packung Kekse in der Hand geht er zum Schaufenster und sieht hinaus. »Soso, der junge Liam Bligh ist dieses Jahr dran. Der Bursche konnte noch nie links von rechts unterscheiden.« Er betrachtet das Schauspiel noch eine Weile und kehrt dann zur Theke zurück. »Hoffen wir mal, dass sie das ordentlich hinbekommen. Sie bleiben wohl nicht über Weihnachten, Miss Pike?«

Er lässt die Kekse in meine Tasche plumpsen. Ich spüre, wie es in mir zu brodeln beginnt.

»Und warum nicht? Ich wohne hier.«

Reg senkt den Kopf. »Nichts für ungut, ich dachte nur, dass Sie Weihnachten vielleicht oben bei Ihrer Familie verbringen wollen, das ist alles. Wo kommen Sie noch mal her? London?«

»Oh.« Ich sehe zu, wie er den Preis für eine Packung Teebeutel eintippt. »Ja, London. Wir feiern Weihnachten aber nicht so richtig.«

Draußen fegt der Wind durch die Straße, zerdrückt die Frisuren und wirft Mülltonnen um. Ein Regenschauer trifft das Fenster. Ich drehe mich wieder zu Reg, der in den Korb blickt, als ob ihm irgendetwas darin Sorgen bereiten würde.

»Sie haben eine Schwäche für Thunfisch, Miss Pike«, stellt er fest. »Ich kann gern mehr davon bestellen.«

Ich starre auf meine sechs Dosen. »Na ja, die sind nicht direkt für mich. Die sind für die Katze. Normales Katzenfutter frisst sie nicht.«

Regs Gesicht beginnt zu strahlen. »Für die alte Perrin? Sie hat sich also mit Ihnen angefreundet?«

Ich kann mir ein Lächeln nicht verkneifen. »Ich würde eher sagen, sie ist der Ansicht, dass ich mich als Haushälterin gar nicht so schlecht anstelle.«

»Schön, sehr schön.« Reg nickt ernst und drückt die Summentaste. »Wenn Sie einen Rat wollen, geben Sie sich nicht mit diesem Zeug ab. Gehen Sie morgens zu den Fischerbooten runter, wenn sie anlegen. Sagen Sie, ich hätte Sie geschickt. Von denen bekommen Sie wunderbare Fischabfälle. Die alte Miss Roscarrow hat das auch immer so gemacht.«

»Ich schätze, die Fischer kennen Perrin dann auch?«

Reg lacht leise. »Sie war immer schon eine Fischliebhaberin. Würde mich nicht wundern, wenn die Ihnen zu Weihnachten sogar Lachs für sie mitgeben.«

Ich muss mitlachen, seine Freundlichkeit baut mich auf. Reg lächelt mich über seine Brille hinweg an. »Sie sagten, Sie brauchen für das Cottage einen Klempner?«

Natürlich hat sich das auch schon bis zu ihm herumgesprochen.

»Ja«, nicke ich zurückhaltend, »aber bisher hatten wir noch kein Glück. Sie sind in der Gegend schwerer zu finden als Goldstaub.«

»Sie könnten die alte Amity Hesketh mal fragen, drüben im Nachbarort.« Er senkt die Stimme, obwohl niemand in der Nähe ist. »Streng genommen ist sie keine Klempnerin, mehr eine Art Mädchen für alles, aber ich bin mir sicher, dass sie Ihnen helfen kann.« Er macht eine Kopfbewegung. »Ihre Karte hängt da am Fenster.«

»Danke«, sage ich verblüfft.

Er nickt kurz, sichtlich zufrieden mit sich.

»Reg?«, frage ich nach einem kurzen Moment, während ich ihm das Geld für meine Einkäufe reiche. »Wem hat Enysyule eigentlich früher gehört, also vor Miss Roscarrow? Wissen Sie das?«

»Das kommt ganz darauf an, was Sie unter ›früher‹ verstehen.« Er zählt das Rückgeld auf die Theke. »Vor einer Weile hat es vielleicht den Roscarrows gehört«, sagt er achselzuckend, »und davor vielleicht den Tremennors. Wer weiß das schon so genau.«

Das Klingeln an der Tür kündigt neue Kunden an. Zwei alte Damen betreten den Laden und mustern mich, als wäre mir ein zweiter Kopf gewachsen. »Danke, Reg«, sage ich in seine Richtung und packe meine Einkäufe zusammen. »Bis zum nächsten Mal.«

Draußen fegt mich der Wind fast um. Neben dem Café-und-Angelzeug-Postamt entdecke ich Liza, die gerade mit einem umgestülpten Schirm kämpft.

»Liza!«, rufe ich durch eine weitere Windböe und arbeite mich zu ihr vor, in Richtung des schützenden Eingangs.

»Oh, hallo, Jess. Wie geht es Ihnen? Wir haben Sie länger nicht mehr gesehen.« Ihre Stimme klingt etwas kühl.

»Nein, ja, nun, ich war … ziemlich beschäftigt«, sage ich und werde etwas rot, »mit Schreiben und dem Cottage. Da war einiges in Ordnung zu bringen.«

»Ja, natürlich«, antwortet sie höflich.

Wir stehen einander gegenüber, zwischen uns herrscht betretenes Schweigen. Wir sehen einer Tüte nach, die vorbeifliegt wie ein riesiger Goldfisch aus Plastik.

»Jess …«, setzt sie an.

»Wenn es wegen Alexander ist …«

»Das geht mich überhaupt nichts an«, unterbricht sie, »es ist nur …« Sie stockt und sieht geradeaus. »Oje.«

Ich folge ihrem Blick. Auf der anderen Seite der Straße steht ein Mann und starrt uns an. Ein alter Mann, sein Regencape umflattert ihn, als hätte er Flügel. Mein Magen verkrampft sich augenblicklich. Mel Roscarrow. Ich mache einen Schritt auf das Café zu, aber es ist zu spät, mit großen Schritten überquert er bereits die Straße, sein Gesicht wutverzerrt, sein weißes Haar wirr vom Regen.

»Sie!« Er zeigt mit dem Finger auf mich. »Was in aller Welt bilden Sie sich ein? Sie stecken Ihre Nase in Angelegenheiten, die Sie nichts angehen, und fragen Reg nach uns aus! Haben Sie nicht schon genug angerichtet?«

Es ist das erste Mal, dass ich ihn seit unserer ersten Begegnung in der Agentur, bei der er so grob zu mir war, treffe, und all die sorgfältig vorformulierten, in meinem Kopf gespeicherten Argumente wollen mir nun angesichts seines Ausbruchs partout nicht mehr einfallen.

»Ich habe mich nur nach Enysyule erkundigt«, stottere ich und versuche, ruhig zu bleiben. »Oder ist das etwa auch nicht erlaubt?«

»*Scavel-an-gow*«, wettert er, »nichts als Lügen. Sie stecken doch mit diesem Tremennor-Jungen unter einer Decke.«

»Ach ja? Und Sie, was machen Sie?«, fauche ich zurück. Liza nimmt meinen Arm. Ich schüttele sie ab. »Sie sabotieren meine Stromversorgung, knallen mir irgendwelche Fantasie-Rechnungen vor den Latz und tun, was Sie nur können, um mich aus dem Ort zu ekeln. Alexander ist der Einzige, der nett zu mir ist.«

»Ha! Ich wusste, dass Sie sich mit denen verbündet haben, ich wusste es.«

»Verbündet? Himmelherrgott noch mal, Sie leiden ja unter Verfolgungswahn!«

»Von wegen Verfolgungswahn, ich weiß, was ich weiß!«

Der Wind fegt an uns vorbei und einen Augenblick lang starren wir uns an, nur das weiße Rauschen des Sturms ist zu hören. Roscarrows Gesicht ist dunkelrot vor Zorn. Er öffnet den Mund, um zu einer neuen Attacke anzusetzen, aber er bekommt kein Wort heraus. Zitternd hebt er den Zeigefinger und streckt ihn wieder nach mir aus, um dann hinaus in den Wind zu stürmen. Ich atme tief aus und stelle zu meinem Entsetzen fest, dass ich Tränen in den Augen habe.

»Guter Gott«, murmele ich und wische sie weg. »Was hat er nur für ein Problem? Er hat keinen Grund, sich so aufzuführen.«

Liza zieht eine Grimasse. »Tut mir leid, Jess ... aber ich fürchte doch.«

»*Wie bitte*?«

Liza ist sichtlich unwohl. »Nun ja, ich finde, ehrlich gesagt, dass er sehr wohl einen Grund hat, sich aufzuregen, nach dem, was Alex getan hat.« Sie unternimmt einen neuen Versuch, ihren Schirm zu richten, gibt aber schließlich auf. »Sie müssen zugeben, dass das ziemlich mies war.«

Mir wird ganz flau. »Wie meinen Sie das? Er hat gar nichts getan, er hat nur ein gutes Wort für mich eingelegt, mehr nicht ...« Lizas Blick lässt mich innehalten. »Was? Was ist los?«

Sie seufzt tief auf und lässt den Kopf hängen. »Ich hätte wissen müssen, dass er Ihnen nicht die Wahrheit sagen würde«, sagt sie leise. »Also gut. Ich kenne keine Einzelheiten, nur dass Alex neulich in der Werft aufgetaucht ist und ...« Sie blickt in den Regen.

»Bitte, erzählen Sie es mir.«

»Offenbar ist er ziemlich ausfallend geworden. Hat Mel mit dem Rechtsanwalt gedroht und dass er die Werft bei seinen Kunden schlechtmachen würde, wenn er sich weiter querstellt. Ich meine, jeder hier weiß, dass die Werft schon eine ganze Weile in finanziellen Schwierigkeiten steckt und Mel es sich nicht leisten kann, Aufträge zu verlieren. Ich gebe ja zu, dass er ein bisschen schwierig und ein alter Querkopf ist, aber wie Alex sich da aufgeführt hat …« Sie zieht vielsagend die Schultern hoch. »Er hat ihn richtiggehend gedemütigt.«

Ich kann nicht glauben, was ich da höre, und zittere vor Wut und den Folgen der heftigen Begegnung von eben. Dann fällt mir Jacks Gesicht ein, als ich ihm vorgeworfen habe, kleinlich und nachtragend zu sein.

»Das wusste ich nicht.« Meine Kehle schnürt sich mir zu, und ich spüre Tränen aufsteigen. »Alex hat gesagt, er hätte nur mit ihm geredet. Ich dachte, er wäre nett gewesen.«

Lizas Gesichtsausdruck wird weich. »Nett zu *Ihnen*, nicht zu den Roscarrows. Tut mir leid, Jess. Das ist eine uralte Geschichte und eine Menge Verbitterung, in die Sie da hineingeraten sind.«

Meine regennassen Finger rutschen vom Handydisplay ab. Ich drücke es unter meiner Kapuze ans Ohr.

Geh ran, verdammt, geh endlich ran.

»Jess«, höre ich Alex sagen, er klingt überrascht. Im Hintergrund kann ich Gläserklirren und gedämpftes Plaudern in einem Restaurant erahnen. »Was gibt's? Kann ich dich zurückrufen? Es ist gerade ganz schlecht, wir sind dabei …«

»Du hast gelogen. Was du von Roscarrow erzählt hast, stimmt gar nicht.« Ich muss lauter sprechen, um gegen einen neuen Schwall eisigen Regens anzukommen. »Du hast gesagt, du hättest mit ihm gesprochen!«

Keine Antwort, stattdessen Stille, und einen Moment lang glaube ich, kein Netz mehr zu haben. Dann höre ich einen unterdrückten Fluch, Schritte. Alex geht mit dem Telefon woandershin.

»Ich *habe* mit ihnen gesprochen«, sagt er leise. »Das habe ich dir doch gesagt.«

»Reden heißt nicht schikanieren«, rufe ich wütend, »es heißt nicht, jemandem wegen einer Lappalie wie dem bisschen Strom mit dem Verlust seiner Existenz zu drohen.«

»Wer hat dir das gesagt?«, will er wissen. »Ich wette, das waren die Roscarrows.«

»Nein, waren sie nicht, und überhaupt tut das nichts zur Sache. Wie zum Teufel konntest du glauben, dass du mir damit hilfst? Kein Wunder, dass sie mich hassen.«

»Aber Jess«, seufzt Alex etwas müde, »du bist neu bei uns, du weißt noch nicht, wie die Dinge hier laufen. Manchmal sind Drohungen das Einzige, worauf diese Leute reagieren.«

Abrupt bleibe ich auf dem dicht mit Laub bedeckten Weg stehen. *»Diese Leute?«*

»Du weißt schon, was ich meine.«

»Nein, weiß ich nicht.« Ich bebe vor Wut. »Was für snobistische Probleme du auch immer mit den Roscarrows hast, es sind deine, nicht meine.«

»Jetzt hör mal zu«, blafft Alex, »ohne mich säßest du jetzt im Dunkeln und würdest deine kleinen Elfenmärchen mit der Hand zusammenschreiben …« Er unterbricht sich hastig. Zu spät. »Tut mir leid«, sagt er nach einigen angespannten Atemzügen. »Das habe ich nicht so gemeint.«

Es herrscht Stille und ich merke, wie mein Zorn abebbt und stattdessen ein Gefühl von Übelkeit, Kälte und Leere zurücklässt. »Doch, das hast du«, antworte ich.

»Jess, sei nicht albern. Lass uns später weiterreden, wenn du dich wieder beruhigt hast.«

»Nein. Ich möchte nicht mehr reden. Ich … es tut mir leid, Alex. Aber das war ganz offensichtlich ein Fehler.«

»Aber …«

Ich lege auf. Lange starre ich das Handy an, das von meiner Haut verschmiert ist, dicke Regentropfen klatschen auf das Display. Es fängt an zu klingeln und ich schalte es aus und stecke es in die Tasche. Wind fegt an mir vorbei, schwer vor Regen. Wie dumm ich war. Nein, schlimmer, ich war naiv. Mit vollem Bewusstsein habe ich meinen gesunden Menschenverstand ignoriert, gegen mein besseres Wissen gehandelt, und wofür? Für eine schnelle Affäre? Eine rasche Lösung meiner Probleme, ganz unverbindlich? Ich habe mich genauso oberflächlich und leichtfertig verhalten, wie ich es anderen immer vorwerfe …

Als ich endlich den Stein erreicht habe, bin ich völlig erledigt. Alles, was ich will, ist, mich in mein Haus zurückzuziehen und niemanden mehr sehen zu müssen. Heute ignoriere ich das Prickeln in meinem Nacken einfach und schleppe mich weiter, hinein ins Tal. Am Cottage angekommen ziehe ich den Schlüssel aus der Tasche, er fühlt sich kalt und glatt an. Ich schließe auf und stelle fest, dass es drinnen nicht viel wärmer als draußen ist, das gestern geschürte Feuer ist längst aus. Mit feuchtem Anmachholz versuche ich, ein neues Feuer anzuzünden. Es will gerade in Gang kommen, als ein Windstoß durch die mit Lumpen zugestopften Ritzen der Fenster fährt und die ersten zaghaften Flämmchen gleich wieder ausbläst. Ich greife nach dem Schürhaken, um sie wiederzubeleben, aber da ist kein Funken mehr, nur tote Asche und kalter Rauch.

Plötzlich höre ich einen leicht fragenden Laut neben meinem Ellbogen. Ich drehe mich um und da steht Perrin auf den Fliesen, zerzaust von Sturm und Regen. Ich schluchze los, ziehe sie auf meinen Schoß und wickele sie in meine Strickjacke, um sie zu wärmen und mich zu trösten. Sie lässt es sich gefallen und stupst ihren nassen Kopf gegen mein Kinn, bis ich allmählich aufhöre zu weinen. Ich werde ruhiger und streiche ihr die letzten Regentropfen vom Fell.

»Was für ein Schlamassel, Perrin«, murmele ich, während Wind und Regen auf das Haus einprügeln. »Was soll ich bloß tun?«

Was ist Zeit für einen Stein? Was sind Tränen? Ein flüchtiger Tropfen salzigen Wassers auf einem Gesicht, der bald getrocknet ist. Und doch löst jede Träne etwas aus. Jede Berührung von Lippen oder Fingerspitzen verändert die Welt, wenn auch kaum messbar, für immer.

Der Sturm wütet. Er zerrt am Strohdach, reißt Äste von den Bäumen und hinterlässt bleiche Wunden an ihren Stämmen. Mit Macht schüttelt er die riesigen, alten Stechpalmen, die sich aufbäumen wie wilde Tiere. Er peitscht Schneeregen in das Gesicht der jungen Frau, die sich durch die Nacht kämpft. Ihre fein gearbeiteten Handschuhe sind durchnässt und nutzlos, ihre Hände starr vor Kälte und im Wald herrscht vollkommene Dunkelheit. Der Mond ist hinter Wolken verborgen, und wenn er sich kurz zeigt, ist er keine Hilfe, sondern nur eine dünne Spur aus Zinn am schwarzen Himmel. Stolpernd bewegt sich die Frau weiter voran, ihre Schuhe stoßen ständig gegen die groben Steine des Wegs.

Aber das Tal ist alles andere als still, und obwohl die Fensterläden des Cottage fest gegen die winterliche Kälte geschlossen sind, dringen Licht und Lärm aus den Ritzen ins Freie und es sind Stimmen zu hören, die singen:

Canel ha jynjor gans clovys druth, ha dowr tom Frynk, a'm ros tron ruth!

Im Haus sind sechs Menschen und feiern. Sie sind salzverkrustet und zerzaust, als ob sie mit Wellen gekämpft hätten. Ein Mann und eine Frau sitzen an dem langen Tisch und lachen, während die anderen – allesamt Männer und Jungen – zur Musik der Geige durch den Raum springen und dabei Schilf vom

Boden aufwirbeln. Im Backofen nehmen Brötchen Farbe an, sie sind leuchtend gelb vom Safran, gekrönt mit Rosinen und erfüllen das Haus mit dem Duft von gestohlenem Zucker und Spezerei. Draußen drückt die dunkle Nacht, und die Kälte droht, die letzten Spuren von Leben zu ersticken, aber im Haus ist an diesem Abend alles leicht und froh und von allem ist reichlich da.

Im Zimmer stapeln sich Fässer, Kisten und Säcke, an den meisten von ihnen klebt noch nasser Sand. Mit tintenverschmierten Fingern versucht sich die Frau inmitten der ausgelassenen Feierstimmung an einer Bestandsaufnahme.

Zimt, Ingwer, Muskat, Nelken und Branntwein schenkten mir diesen lustigen goldenen Schein!

Die Frau gibt ein Zeichen und einer der Männer unterbricht seinen Tanz und stemmt den Deckel eines kleinen Fasses auf, in dem es hin und her schwappt. Die Musik hält inne, und für einen Moment verharren alle bewegungslos und mucksmäuschenstill. Die Frau tippt einen Finger in die Flüssigkeit und steckt ihn dann in den Mund. Atemlos verfolgen die anderen, wie sie den Fassinhalt prüft – wenn Salzwasser hineingelangt ist, ist der Inhalt verdorben. Doch dann lächelt sie und nickt und die Fröhlichkeit kehrt in das Zimmer zurück. Bevor sie das Fass wieder versiegeln, tauchen alle ihre Becher hinein, füllen sie und gießen begierig das kostbare Nass die Kehlen hinunter. Die Frau schüttelt nur den Kopf und macht sich wieder an ihre Liste.

Draußen im Tal kämpft sich die junge Frau weiter durch den unerbittlichen Sturm. Ihre Kleidung ist nicht für dieses Wetter gemacht. Der harte Winterboden hat die dünnen Stiefel bereits ruiniert, die es gewohnt sind, über mit Teppichen ausgelegten Boden zu spazieren. Der Samt ihres Kleids hat sich mit eiskaltem Regen vollgesaugt und hängt schwer wie Blei an ihr. Doch ihr Gesichtsausdruck ist grimmig und entschlossen, denn nun hat sich jemand zu ihr gesellt: Ein kleiner schwarzer Schatten, den der Wind hin und her wirft, läuft voraus und weist ihr den Weg.

Endlich entdeckt sie zwischen den Bäumen einen Lichtschimmer und schnappt Fetzen von Musik und Gesang auf. Sie schleppt sich weiter in Richtung Cottage und rutscht immer wieder auf der matschigen Wiese aus. Jetzt kann sie das Holzfeuer und die Öllampen riechen und die Wärme des Hauses fast schon fühlen, doch ihr fehlt die Kraft zu rufen. Als sie auf die Stufe zum Haus tritt, gibt ein Fuß nach und sie sinkt in sich zusammen.

Der Schatten löst sich mit blitzenden Augen aus der Dunkelheit. Er springt über die Frau hinweg und schreit und kratzt an der Tür, damit sie geöffnet wird. Und wirklich, die Riegel werden aufgezogen und Licht schwappt aus dem Haus wie Bier aus einem Fass. Ein Mann steht in der Tür. Er ist hochgewachsen und breitschultrig, trägt einen dichten Bart und hat wettergegerbte Haut. Seine Augen glänzen von Alkohol und Ausgelassenheit – sie leuchten wie die Schale einer Kastanie.

Er stößt einen Fluch aus, als er das Bündel auf dem eisigen Grund erblickt. Die Frau hat ihren Platz am Tisch verlassen und gesellt sich zu dem Mann an der Tür. Sie erstarrt für einen Moment, doch dann stürzt sie schon hinaus in den Sturm. Sie ruft dem Mann etwas zu – er hebt die Gestalt auf und trägt sie in die warme Stube. Die durchnässten Kleider sind schwer wie Blei.

Der Gesang und das Gelächter halten inne. Alle Gesichter wenden sich der jungen Frau zu, die sie in einen Stuhl am Feuer gesetzt haben. Im Vergleich zu ihnen sieht sie aus wie ein Gespenst, bleich und blutleer. Einer der Männer spricht leise und aufgeregt vor sich hin. Die Frau mit der Tinte an den Fingern schenkt ihm keine Beachtung, sie löst eilig die Bänder des Mantels, den die junge Frau trägt, zieht ihn ihr von den Schultern und wickelt sie in eine Decke. Dann zieht sie an den Fingern der durchweichten Handschuhe. Der erste lässt sich abstreifen und landet auf den Bodenfliesen.

Der Mann mit den breiten Schultern hebt ihn auf und streicht über die feine Stickerei, mit der der Aufschlag verziert ist. Es gibt nur eine Familie in der Gegend, die sich so etwas Kostspieliges leisten kann – dieselbe Familie, deren Name auf den Tonnen, Fässern und Kisten prangt, die dicht an dicht im Cottage stehen. Das Mädchen kommt langsam wieder zu sich. Sie zittert und beginnt zu husten. Die Frau hält ihr ein Glas Brandy an die Lippen. Sein Feuer bahnt sich seinen Weg die Kehle hinunter und sie öffnet die Augen. Sie starrt die Frau vor ihr an. Allmählich erinnert sie sich.

»Mistress ... Roscarrow?«, flüstert sie.

Die Frau schenkt ihr ein kleines, trauriges Lächeln. »Ja.« Sie streicht ihr eine nasse Strähne aus dem Gesicht, so wie sie es früher immer getan hat, vor so vielen Jahren.

»Sie kann nicht hierbleiben«, sagt der Mann mit entschlossenem Gesichtsausdruck. »Sie ist hier nicht willkommen.«

»Schluss jetzt«, entgegnet die Frau und wendet sich der Besucherin zu. »Hör nicht auf ihn, Kindchen. Was ist geschehen? Warum bist du hier?«

Die Stimme der jungen Frau scheint von weit her zu kommen. »Ich habe mich verlaufen.«

Sie blickt sich im Zimmer um, ohne wirklich zu sehen, aber dann bleibt ihr Blick an einer schwarzen Gestalt hängen, die zusammengerollt vor dem Kamin liegt. »Ihre Katze hat mich am Stechpalmenhain gefunden und so lange geschrien, bis ich ihr folgte. Aber das ist nicht ...?«

»Doch«, sagt die Frau, »das ist sie.«

»Dann muss sie jetzt uralt sein.« Müdigkeit übermannt die junge Frau, die Augen fallen ihr zu. Die andere schüttelt sie energisch.

»Nein, Kindchen, nicht. Sag uns, warum du hier bist.«

Mühsam öffnet die junge Frau die Augen wieder. Ihre Wangen, die eben noch so fahl waren, beginnen sich zu röten. »Sie kommen«, sagt sie eindringlich. »Ich habe sie gehört, in der Eingangshalle. Sie wissen alles und sie kommen.«

»Wer?« Die Stimme der Frau ist ruhig. »Sag es uns, schnell.«

»Papa und die Zöllner.« Die junge Frau erschauert. »Die Miliz. Ich habe gehört, wie sie geredet haben, darüber, was sie vorhaben, und ich musste kommen. Ich dachte, wenn ich ganz schnell laufe, kann ich vor ihnen hier sein, aber dann bin ich vom Weg abgekommen …«

Der jüngste der Burschen schreit auf. Er späht durch einen Spalt zwischen den Fensterläden. Da sind helle Lichter in der Dunkelheit, Fackeln und Laternen, die sich rasch nähern. Alle im Zimmer geraten in Aufruhr. Hände greifen nach Waffen und versuchen erfolglos, die Waren zu verbergen, die sich hier türmen. Flink wie ein Wiesel packt die Frau das Blatt Papier mit ihrer Liste auf dem Tisch und wirft es ins Feuer. Ihre Hände zeigen immer noch die verräterischen Tintenspuren – sie spuckt darauf und steckt die Hände in einen Sack mit Mehl, der neben dem Ofen steht, um die Flecken zu tarnen.

Der bärtige Mann steht regungslos da und starrt die Tür an. Von draußen ist das Geräusch von Hufen auf hartem Boden und von knarrendem Leder zu hören. Kommandos werden durch die Nacht gebrüllt.

»Wir sind am Ende«, sagt er.

Im Stuhl am Kamin schließt die junge Frau die Augen. »Es tut mir leid«, wispert sie und Tränen laufen ihr über das Gesicht.

»Es tut mir leid …«, murmele ich. Irgendwo vom Boden her höre ich etwas und Perrin springt aufs Bett. Sie ist feucht und hat matschverschmierte Pfoten, in ihrem langen Fell hängen Blätter.

»Nein, nicht!«, protestiere ich und versuche sie mit der Hand auf Abstand zu halten, aber sie ist wild entschlossen, ihren kalten, nassen Kopf an meinem Gesicht zu reiben und dabei ausgiebig zu schnurren.

»Ist ja schon gut«, sage ich zu ihr, »von mir aus.«

Nachdem die morgendliche Begrüßung abgeschlossen ist, macht sie es sich auf meinem Brustkorb gemütlich, sodass ich noch einmal die Augen schließen und ein bisschen dösen kann. Ich versuche nicht, mich an meinen Traum zu erinnern, ich habe dazugelernt. Stattdessen lasse ich ihn wie eine Welle über mich hinweggehen, durch mich hindurch, und nehme so seine Bedeutung in mich auf. Eine alte Freundschaft zwischen zwei Frauen, die stark genug war, Vorurteile und Namen beiseitezuwischen, stark genug, dass eine von ihnen ihr Leben riskierte … Ich seufze und öffne die Augen. Im Vergleich dazu erscheint mir das, was ich vor mir habe, gar nicht so schwer.

Dennoch bin ich nervös, als ich mich fertig mache, um das Haus zu verlassen. Auf dem Tisch steht eine Tasse mit Tee, der kalt geworden ist. Ich konnte keinen Schluck herunterbekommen. Ich packe mich dick ein und versuche, meinen nervösen Magen mit einem zusätzlichen Pullover zu besänftigen. Ich lege noch ein paar Scheite nach, damit das Haus – und Perrin – warm bleiben. Für einen Moment glaube ich im Rauch des Feuers einen vertrauten Duft wahrzunehmen. Trotz der Hitze versuche ich, weiter in den riesigen Kamin hineinzusehen, und tatsächlich, an der Seite des Abzugs ist eine große Öffnung, verstopft mit Dreck und Asche. Ein Holzofen, denke ich, in dem einst Brötchen für eine Familie gebacken wurden, gefüllt mit gestohlenen Rosinen und Safran … Mit der Hand streiche ich über die Öffnung.

Bevor ich gehe, nehme ich noch Thomasinas Skizzenbuch vom Büfettschrank. Behutsam wickele ich es in ein Geschirrtuch und verstaue es in meiner Tasche. Und dann bleibt mir nichts mehr zu tun, als durch die Tür zu gehen und meinen Entschluss umzusetzen.

Der Wind hat nachgelassen, der Tag ist eigenartig still und bedrückend. Überall liegen abgebrochene Äste und Zweige herum, und die Bäume, an die sich gestern noch die letzten, zerrupften Blätter geklammert haben, sind heute kahl und nackt. Der Stechpalmenhain um den Stein mit seinen tiefgrünen, glänzenden Blättern sieht dagegen prächtig aus. An einigen Stellen kann ich schon Beeren erkennen, die dabei sind, rot zu werden. Auch heute spüre ich ein Kribbeln auf meiner Haut, als ich die Lichtung durchquere, doch mein Kopf bleibt klar. Vielleicht fühlt der *Perranstone* ja, dass mir heute auch so schon genug im Kopf herumgeht.

Folgen Sie einfach dem Bach bis zum Fluss, wir sind nicht zu verfehlen.

Der Bach rauscht lebhaft entlang der alten Straße, in seinem Wasser schwimmen allerlei herbstliche Überbleibsel. Sein Ufer ist überzogen von Farnen, Wurzeln und Steinen, die so dick mit Moos bewachsen sind, dass es wie grüner Samt aussieht. Auf halbem Wege zum Ort trennt sich der Bach von der Straße und fließt auf den Fluss zu. An der Weggabelung bleibe ich stehen. Ist das wirklich eine gute Idee? *Mach dich nicht lächerlich*, ermahne ich mich, *das ist die erste gute Idee, seit du hier bist.*

Nach einer Weile führt der Weg bergab und die Farbe des Bodens wechselt von Dunkel-Lehmfarben zu Flussschlamm-Grau. Ich gelange zu einer geschützten Stelle, wo der Bach in den Fluss mündet und fast eine Art versteckte Bucht bildet. Ich muss schon ein Dutzend Mal im Wald dahinter an ihr vorbeigekommen sein, ohne sie zu bemerken. Zwei Möwen fliegen vorüber und keifen einander Gemeinheiten zu. Ich wünschte, ich wäre eine von ihnen, dann könnte ich die Landschaft von oben betrachten: Fluss und Wald, Tal und Stein. *Roscarrow und Tremennor, und Enysyule genau dazwischen.*

Am Scheitel der Bucht kann ich eine Werft erkennen. Boote in unterschiedlichen Stadien des Verfalls sitzen im Schlamm oder dümpeln sacht im flachen Wasser. Ich sehe Kähne mit flachem Boden und grün gesprenkelte Jollen, Jachten mit eng durchgelatteten Segeln und altersschwache Fischerboote. Überall türmen sich Taue und Seile, verrostete Metallbeschläge, und alte, verblichene Bojen liegen herum.

Ich bahne mir einen Weg durch das Durcheinander und gehe auf das Gebäude zu, das am Flussufer steht. Das Erdgeschoss ist aus dem gleichen verwitterten grauen Stein gebaut wie Enysyule, aber die zwei Stockwerke darüber sind aus Holz. Sie sehen irgendwie zusammengewürfelt aus, als seien sie aus Holzverschnitt, alten Brettern und zufällig aufgelesenen Fensterrahmen zusammengesetzt. Sogar ein Bullauge ist eingearbeitet, mit Blick auf die Bucht. So ein verrücktes Haus habe ich noch nie gesehen.

Als ich näher komme, höre ich ein sich wiederholendes schabendes und zugleich ratterndes Geräusch. Auf der Slipanlage vor dem Gebäude sehe ich eine Gestalt im Wollpullover, das weiße Haar vom Wind zerzaust. Mel Roscarrow. Sein Kopf ist von mir abgewandt, und für den Bruchteil einer Sekunde überlege ich, einen Rückzieher zu machen und mich wieder in Enysyule zu verkriechen.

»Wenn Sie nicht wegen eines Boots kommen«, sagt er schroff, »können Sie sich die Mühe sparen. Ich habe keine Zeit, hier herumzustehen und mich von Ihnen anzicken zu lassen.«

Ich zwinge mich, tief durchzuatmen und ruhig zu bleiben.

»Ich komme nicht wegen eines Boots.« Ich mache ein paar Schritte vorwärts und setze mich auf die Mauer der Slipanlage. »Und was immer Sie mit ›*anzicken*‹ meinen, ich glaube nicht, dass ich deshalb hier bin.«

Er steht immer noch mit dem Rücken zu mir und beschäftigt sich eingehend mit etwas, das wie ein Farbspachtel aussieht.

»Ich bin gekommen, um mich zu entschuldigen«, murmele ich betreten.

Mel Roscarrow schweigt und beginnt wieder, Seepocken von der Seite eines Boots zu kratzen.

»Der Zusammenstoß neulich tut mir leid«, sage ich, jetzt lauter. »Und dass Alexander Ihnen gedroht hat. Er hat mich angelogen, falls das irgendetwas ändert. Wenn ich davon gewusst hätte, hätte ich nie …« Ich verstumme, mein Gesicht brennt. Mel Roscarrow schüttelt eine besonders hartnäckige Seepocke vom Spachtel.

»Und Enysyule«, knurrt er. »Schätze, es tut Ihnen auch leid, dass es Sie nach Enysyule verschlagen hat?«

»Nein, ganz und gar nicht«, antworte ich gereizt, bevor ich nachdenken kann. »Im Gegenteil. Es tut mir leid, dass Sie damit ein Problem haben. Aber das hat nun wirklich nichts mit mir zu tun, obwohl Sie alles tun, damit ich mich deswegen schlecht fühle.« Ich halte inne. Mel Roscarrow hat sich zu mir umgedreht und lächelt. Ein schmales, bitteres Lächeln, aber immerhin ein Lächeln. Ich schlucke. Kein Grund, gleich klein beizugeben. »Und Ihre blöde Wette«, setze ich nach, »war albern und verletzend.«

Er kneift die Augen zusammen und starrt mich an. Die tiefbraunen Augen in dem zerknitterten Gesicht sind dunkler als die von Jack. »Ja«, sagt er schließlich, »das stimmt wohl. Das war nicht ganz in Ordnung.«

Mir wird klar, dass ich keine deutlichere Entschuldigung von ihm erwarten kann, aber dann erinnere ich mich, dass ich nicht wegen *seiner* Entschuldigung hier bin. Eine Weile herrscht beklommenes Schweigen, dann fangen wir beide gleichzeitig an zu sprechen.

»Hören Sie, ich habe etwas …«

»Wollte gerade …«

Stille.

»Sie zuerst …«, sagen wir, wieder im gleichen Moment.

»Ach, leck mich doch.« Er wirft den Spachtel hin. »Ich mach jetzt Tee. Wenn Sie welchen wollen, kommen Sie mit rein.«

Das gesamte Erdgeschoss des Hauses ist mit Booten vollgestellt, aber der erste Stock besteht aus einem großen, offenen Raum. In der einen Ecke befindet sich eine Küche, die andere ist eine Art Wohnzimmer mit verknautschten, abgewetzten Ohrensesseln und Bücherregalen unterschiedlicher Herkunft. Ein Holzofen sorgt für Wärme, er wird ganz offensichtlich mit Abfällen und Resten aus der Werft bestückt. Mel wirft einige Holzstücke hinein und sieht nach dem Kessel, der daraufsteht.

»So ist das Wasser immer heiß«, brummt er und holt eine Teekanne hervor.

»Wohnen Sie hier?«, frage ich, während ich mich umsehe.

»Jawoll«, antwortet er und zeigt mit einem Teelöffel auf den Fluss. »Aber ich schlafe auf meinem Boot da draußen. An Land finde ich keine Ruhe. Hier wohnt hauptsächlich Jack.«

Während er herumfuhrwerkt und Milch und Kekse herausholt, gehe ich zum Fenster hinüber. Der Blick über die Bucht ist großartig, selbst bei so trübem Wetter wie heute. Man sieht keine Häuser, nur die glitzernde Wasseroberfläche und die Bäume, die sich in ihr spiegeln. Der Fluss und die Landschaft in allen Schattierungen der Jahreszeiten. Kein Wunder, dass sie Angst haben, das zu verlieren.

»Es ist wunderschön hier«, sage ich leise, wie zu mir selbst.

»Jep«, Mel steht jetzt neben mir. »Dieser Fluss ist ein Teil von uns.«

Mit einem Mal muss ich an meinen Traum denken, an die Familie im Cottage, fünf Männer und eine Frau. Der Fluss war auch ein Teil von *ihnen*. Ein Schauer läuft mir über den Rücken und lässt mich zittern.

Mel ist das nicht entgangen. »Hat Sie gerade ein Geist gestreift?«, fragt er und zieht am Tisch einen Stuhl vor.

Ich antworte nicht. *Geht es jedem so, der in Enysyule wohnt?*, frage ich mich und setze mich ihm gegenüber. *Sehen sie, was ich sehe? Haben sie auch diese Träume?* Ich kann das unmöglich fragen, ohne für völlig durchgeknallt gehalten zu werden. Stattdessen öffne ich meine Tasche.

»Ich … Jack hat mir erzählt, wie viel Enysyule Ihnen bedeutet.« Ich wickele das Skizzenbuch aus und lege es vor ihn hin. »Das hier habe ich im Cottage gefunden. Ich weiß, dass es mir wohl nicht zusteht, das weiterzugeben, aber ich dachte, dass Sie es vielleicht gern hätten.«

Ich beobachte ihn, wie er das Buch aufschlägt, und versuche, seinen Gesichtsausdruck zu entschlüsseln. Er blättert durch das Buch und betrachtet die unterschiedlichen Skizzen von Enysyule – hier eine Ecke des Strohdachs, dort ein dicht mit Früchten behangener Brombeerbusch, die sonnenbeschienene Wiese.

»Das hier mag ich am liebsten«, sage ich und beuge mich vor, als er zu der Zeichnung mit dem Katzenwesen aus Rauch kommt. »Ihre Tante war wirklich außergewöhnlich fantasievoll. Man sieht genau, dass es Perrin ist, sehen Sie sich nur die Augen an.«

Ich blicke auf und sehe, dass er mich aufmerksam mustert. Nach einer Weile legt er das Skizzenbuch beiseite und schließt seine wettergegerbten Hände um den Teebecher.

»Was wissen Sie über Enysyule, Miss Pike?«, erkundigt er sich. Sein von Falten durchzogenes Gesicht ist ernst.

Ich nippe an meinem Tee und habe plötzlich das Gefühl, einer Prüfung unterzogen zu werden.

»Es ist ein sehr alter Ort«, sage ich und rolle innerlich mit den Augen. Wie banal das klingt. »Das Cottage steht dort schon sehr lange.« Mein Blick fällt auf das Buch. »Vor dem Haus gab es die Straße, und vor der Straße, bevor überhaupt irgendetwas dort gebaut wurde, gab es den Stein. Er war immer schon dort, der Stein und der Stechpalmenhain, sie markieren die Grenze des Tals …« Verlegen und verwirrt breche ich ab, die Worte scheinen aus meinem Mund geflossen zu sein, ohne den Umweg über mein Hirn genommen zu haben. Mel sieht mich ganz genau an.

»Woher wissen Sie das alles?«, fragt er. »Das über die Straße und den Stein?«

»Ich kann mich nicht erinnern«, sage ich, und als Ablenkungsmanöver greife ich rasch nach einem Keks. »Michaela muss das wohl mal erwähnt haben.«

Mels Blick ruht noch eine Weile auf mir, dann verändert sich sein Gesichtsausdruck. Er sieht fast freundlich aus.

»Ja, so wird es wohl gewesen sein.« Er nimmt einen großen Schluck Tee. »Also, Miss Pike. Jetzt tun Sie einem alten Mann doch mal den Gefallen und erzählen Sie, was Sie hierher verschlagen hat. *Ihre* Version, nicht das, was hier so geredet wird.«

Ich weiß nicht, ob es meiner Erleichterung zuzuschreiben ist oder der schlichten Tatsache, jemandem beim Tee gegenüberzusitzen, aber ich kann nicht anders, als ihm alles, wirklich alles zu erzählen. Wie mein Traum, Schriftstellerin zu werden, wahr geworden ist, wie das zu meiner Trennung geführt hat und wie ich über die Anzeige für das Cottage gestolpert bin, genau am Tag ihres Erscheinens. Wie ich schon eine Stunde später in den Zug Richtung Westen gestiegen bin, ohne nachzudenken, nur meinem Instinkt folgend.

»Ich hatte an dem Tag gar nicht vor, gleich irgendetwas zu unterschreiben«, gestehe ich. »Aber dann tauchten Sie auf und sagten, ich würde es keine Nacht in Enysyule aushalten, und da habe ich … irgendwie rotgesehen.«

Auf der anderen Seite des Tisches rutscht Mel unbehaglich auf seinem Stuhl herum. »Na ja. Sieht ja fast so aus, als würde es doch irgendwie hinhauen.«

Ich lächele und bemerke schließlich ein Zucken um seine Mundwinkel.

»Ich muss dann mal weiterarbeiten«, sagt er forsch. »Danke für Thomasinas Zeichnungen, Miss Pike. Und dass Sie gekommen sind.«

Er reicht mir die Hand. Erst als ich sie schüttele, bemerke ich, wie gichtgeplagt und knotig seine Finger sind. Auf dem Weg nach unten dehnt er sie, was ihm sichtlich Schmerzen bereitet. Vor dem Haus wartet das seepockenverkrustete Boot.

»Ist das schwierig?«, frage ich, als er den Spachtel aufhebt, und fürchte, dass ich leicht zu durchschauen bin.

»Schwierig nicht«, knarrt er. »Bloß langweilig. Warum? Haben Sie vor, Hilfskraft auf 'ner Werft zu werden?«

»Kann ich's mal versuchen?« Ich lasse meine Tasche auf den Boden fallen.

»Ist 'ne schmutzige Angelegenheit«, warnt Mel und wirft einen zweifelnden Blick auf meinen Regenmantel.

»Das macht nichts.« Ich nehme den Spachtel. »Also, man muss nur …« Ich hacke mit dem Spachtel auf eine Traube von Seepocken ein. Eine Wolke von Schalenstückchen regnet auf mich herab. »Iiiih!«

Mel bellt ein Lachen. »Nein, nicht so, Sie müssen das in einer Bewegung machen, so!« Und ein ganzer Schwung Seepocken segelt zu Boden. »Sehen Sie?«

Er holt einen zweiten Spachtel und kurz darauf arbeiten wir schweigend nebeneinander, nur das Kratzen der Werkzeuge und das Prasseln der herunterfallenden Schalen sind zu hören. Die Luft um uns herum ist erfüllt von dem Geruch nach brackigem Wasser und Flussschlamm, und ein anderer Ausschnitt aus meinem Traum blitzt vor mir auf: die salzverkrusteten Fässer und Männer mit Sand an ihren Stiefeln.

»Mel«, frage ich, »wurde früher hier in der Gegend geschmuggelt?«

»Geschmuggelt? Das will ich wohl meinen.«

»Ich meine, hier, also auf dem Fluss oder in Enysyule?«

»Sicher«, antwortet er, ohne den Spachtel abzusetzen, »das war ein Weg, seinen Lebensunterhalt zu verdienen. Die Leute hatten keine Wahl. Sie wären sonst verhungert.« Er sieht mich an und grinst. »Sie haben ihre Boote schwarz angemalt, Wände und Segel, damit sie nicht zu sehen waren. Und wenn sie die Waren an Land brachten, haben sie ihre Pferde eingeseift, damit die Zöllner sie nicht packen konnten, falls sie geschnappt wurden.« Er tut so, als versuche er, ein glitschiges Pferd festzuhalten, und ich muss lachen. »Wir Roscarrows waren ein ganz schön wilder Haufen, soweit ich weiß.«

»Wurden sie je gefasst?«, erkundige ich mich und kratze weiter, damit er meinen gespannten Gesichtsausdruck nicht bemerkt. »Ihre Vorfahren, meine ich?«

Hufgeklapper in der Dunkelheit, blanke Angst im Cottage, eine junge Frau mit tränenüberströmtem Gesicht, deren Warnung zu spät kam …

»Allerdings«, antwortet Mel nüchtern. »Mein Großvater erzählte, dass fast die ganze Familie dran glauben musste, bis auf die Witwe und das jüngste Kind. Sie wurden von ihrem Land gejagt und haben sich dann hier niedergelassen.« Mit einer Kopfbewegung deutet er auf die wirr angeordneten Häuser hinter uns. »Dreimal dürfen Sie raten, wer sich Enysyule danach unter den Nagel gerissen hat.« Die Antwort erübrigt sich natürlich, aber Mel wartet dennoch darauf.

»Die Tremennors?«

»Ganz recht, die verdammten Tremennors. Aber warum wollen Sie das alles wissen?«

Ich zögere und überlege, ob ich mich trauen soll, die Wahrheit zu sagen. »Ich hatte seltsame …«

Aus dem Augenwinkel nehme ich eine Bewegung wahr. Ich richte mich auf und knalle mit dem Kopf gegen das Boot. Jack Roscarrow steht am oberen Ende der Slipanlage und starrt sichtlich fassungslos zu uns hinunter. Mel folgt meinem Blick.

»Hallo, mein Junge«, ruft er.

Wie lange steht er da schon, wie viel hat er mitgehört? Ich streiche mir das Haar aus dem Gesicht und fühle mich eigenartig unbeholfen und fehl am Platz.

»Hallo, Jack«, bringe ich heraus.

Er sagt immer noch kein Wort und blickt nur stumm vom einen zum anderen.

»Miss Pike und ich haben nur ein paar Missverständnisse geklärt«, sagt Mel vergnügt. Er scheint die Situation regelrecht zu genießen. »Wie wär's, wenn du uns noch einen Tee machst?«

Jacks und mein Blick treffen sich, und er sieht schnell wieder weg. »Wollte nur kurz den Lieferwagen holen«, murmelt er. »Muss noch Farbe besorgen, bevor der Großhandel zumacht.«

»Der hat noch zwei Stunden geöffnet«, ruft Mel Jack hinterher, der bereits in einem der Schuppen verschwunden ist. Kurz darauf entfernt sich ein Motorengeräusch.

Ich seufze tief.

»Machen Sie sich nichts daraus«, sagt Mel und kratzt sich das unrasierte Kinn. »Er war immer schon stur wie ein altes Wiesel.«

Menschen können um Land kämpfen, aber das Land kann sich nicht zur Wehr setzen. Es kann nicht wütend die Fäuste emporrecken, es fühlt weder Mut noch Furcht. Seine beste Verteidigung ist, in Vergessenheit zu geraten, oder besser noch, nur von einigen wenigen in Erinnerung behalten zu werden …

Von diesem Tag an wird alles anders. Er bestärkt mich in meinem Vorhaben, mir hier ein neues Zuhause aufzubauen. Aber was habe ich Lanford zu bieten, mal abgesehen von Klatsch und Tratsch? Ich kann nichts mit meinen Händen schaffen oder reparieren wie Mel und Jack. Ich kenne mich nicht mit Landwirtschaft aus, weiß nicht, wie man Schiffswracks ausfindig macht, und zeichnen wie Thomasina kann ich erst recht nicht.

»Ich weiß nicht mal, wie man Brombeerwein macht«, sage ich einige Tage später zu meiner Mutter am Telefon. »Ich kenne mich nur mit dem Schreiben aus. Und selbst daraus werde ich die meiste Zeit nicht so recht schlau.«

»Jessamine«, antwortet sie in strengem Ton und ich ahne, dass mich eine Predigt erwartet. »Als ich in dieses Land kam, habe ich genauso gedacht. Ich dachte, ›hier werde ich nie akzeptiert werden, in ihrer Welt ist kein Platz für mich‹. Aber da habe ich mich gründlich geirrt, so wie du dich jetzt.«

Sie spricht von unterwegs und in den kurzen Pausen zwischen ihren Worten kann ich im Hintergrund die Geräusche von London hören. Ich drücke den Telefonhörer fester an mein Ohr. Wie sehr mir das alles fehlt.

»Du hast *dich selbst*«, fährt sie energisch fort, »du hast aus dir selbst heraus mehr als genug zu geben. Du kommst unbelastet zu diesen Leuten und siehst die Dinge, die sie nicht sehen.«

Ich blinzele ein paar Tränen weg, ihre Worte tun so gut wie die Sonne an einem kühlen Frühlingstag. »Danke, Mama.«

»Und wenn die Leute dich da nicht zu schätzen wissen, solltest du deine Siebensachen packen und wieder nach Hause kommen.«

Ihre Empörung bringt mich zum Lachen. »So schnell gebe ich

nicht auf! Ich finde es wunderschön hier. Wenn du erst mal hier warst, wirst du mich verstehen.«

Sie macht ein skeptisches Geräusch. »Isst du denn auch vernünftig?«

»Ja«, antworte ich und denke an die Spülküche, in der sich die Konserven stapeln. »Ich kann sehr gut für mich selbst kochen, weißt du.«

»Bohnen in Tomatensoße auf Toast sind keine vollständige Mahlzeit, Jessamine.« Sie seufzt. »Hast du überhaupt einen Backofen? Oder muss ich den Truthahn wie die Steinzeitmenschen über offenem Feuer braten?«

Einen Augenblick lang denke ich, ich hätte mich verhört. Ich drücke den Hörer dicht an mein Ohr. »Heißt das, du kommst über die Feiertage? Wirklich?«

Meine Mutter lacht ihr typisches, ungeduldiges Lachen. »Ich weiß, dass es dir wichtig ist, und deshalb kommen wir. Ich habe schon mit deiner Schwester und Michael gesprochen. Hast du genügend Platz für uns alle?«

»Aber natürlich!« Vor Freude und Aufregung strahle ich über das ganze Gesicht. »Wer auch immer mein Bett bekommt, wird es allerdings mit Perrin teilen müssen.«

»Perr-in?«, spricht meine Mutter mir langsam nach. »Ist das die Katze, auf die du aufpassen musst?«

»Genau, ich kann es kaum erwarten, dass ihr euch kennenlernt.«

Sie lacht kurz auf. »Das klingt ja fast so, als sei sie ein Mensch.«

Ich hüpfe fast den ganzen Weg über hinunter zum Cottage. *Weihnachten in Enysyule*, denke ich bei mir und öffne die Tür. Mum hat als Kind nie Weihnachten gefeiert. Erst nachdem sie Dad geheiratet hatte, hat sie angefangen, sich auf die Feiertagsrituale einzulassen. Dad war ganz verrückt nach Weihnachten, wie ein kleiner Junge. Er bestand immer auf einem riesigen geschmückten Baum, Weihnachtsdekoration im ganzen Haus, Truthahn, Weihnachtsliedern und allem Drum und Dran. Nach seinem Tod hat Mum die Tradition uns zuliebe aufrechterhalten, aber ohne ihn war es nie wieder dasselbe. Als wir etwas älter wurden, merkten wir, dass Mum ihn zu Weihnachten besonders vermisste, und ließen die Dinge daraufhin etwas schleifen. In den letzten zehn Jahren haben wir das Fest weitgehend ignoriert.

Aber dieses Mal fühlt es sich richtig an, Weihnachten hier zu feiern. Es wird nicht ganz leicht werden, meine Mutter, meine Schwester und meinen Schwager unterzubringen, aber das Haus sollte an Weihnachten unbedingt voller Menschen sein, das spüre ich. Perrin hat sich vor dem Kamin zu einer Kugel zusammengerollt, eine Pfote über den Augen.

»Perrin!«, rufe ich und sie wacht auf. »Meine Familie kommt uns besuchen!« Ich kraule sie am Bauch und stelle mir das Haus an Heiligabend vor: Stechpalmenzweige schmücken den Kaminsims, an dem jede Menge Weihnachtsdekoration hängt, im Kamin brennt ein Feuer und es duftet nach Gewürzen. Perrin gibt einen unbestimmten Laut von sich und sieht mich unter der Pfote hervor an. *Und wegen so etwas weckst du mich?*, scheint sie mir sagen zu wollen.

Seufzend sehe ich mich im Cottage um und finde mich in die Wirklichkeit zurückversetzt: An den Wänden bröckelt der Putz, Fensterrahmen müssen repariert, Steinflächen noch gescheuert werden.

»Es gibt eine Menge zu tun, bis dieses Haus vorzeigbar ist«, antworte ich ihr.

Das größte Problem sind die Wasserleitungen. Jedes Mal, wenn ich den Hahn aufdrehe, scheppert und jault es, als hauste ein Ungeheuer in den Leitungen. Jetzt, da Mel und ich Frieden geschlossen haben, wird es hoffentlich einfacher sein, einen Installateur aufzutreiben. Und dann war da ja noch diese Frau, das

Multitalent, von dem Reg mir erzählt hat. Ich habe Michaela nach ihr gefragt, aber sie und Liza haben seltsam zurückhaltend reagiert.

»Vielleicht denkt sie, dass ich nicht lange genug bleibe«, murmele ich an Perrin gerichtet. »Vielleicht denkt sie, dass ich nach der Sache mit Alex meine Sachen packe. Aber wir werden sie eines Besseren belehren, nicht wahr?«

Perrin macht ein kleines, gurrendes Geräusch und vergräbt sich wieder hinter ihrer Pfote. Sie hat nicht die Absicht, an diesem ungemütlichen, neblig-kalten Tag ihr warmes Plätzchen am Kamin zu verlassen. Also mache ich mich allein auf den Weg. Mein Herz schlägt gleichmäßig und wärmt mich, als ich das Tal entlanglaufe, auch wenn meine Nase und meine Finger schon ganz taub vor Kälte sind. Ich bin so in Gedanken vertieft, dass ich überrascht innehalte, als ich an der Lichtung ankomme.

Auch nach einem knappen Monat habe ich mich immer noch nicht an den Stein gewöhnt. Hat er auf alle diese Wirkung? Meist gehe ich rasch an ihm vorbei, doch heute bleibe ich stehen und betrachte ihn genauer. Seine Oberfläche glänzt nass in dem matten Nachmittagslicht. Ich trete einen Schritt näher und dann noch einen, so nahe, wie ich mich traue, und sehe auf. Genau oberhalb meines Ohrs ist eine Einbuchtung, eine Furche. Hier ist etwas auf den Stein geprallt und hat Stücke davon herausgeschlagen. Als hätte ihn die Kugel einer Flinte gesteift. Auf einmal höre ich wieder, wie der Schuss über die Lichtung donnert, ich höre das Keuchen einer jungen Frau, die sich durch einen Sturm kämpft, ich höre das Wiehern eines Pferdes und das Knirschen von Stiefeln im Schnee …

Ich mache einen Schritt zurück. Der Stein ragt vor mir auf wie das mit den Jahren trüb gewordene Auge eines sehr, sehr alten Wesens. Ohne nachzudenken, bücke ich mich und schaue durch das Loch in seiner Mitte. Es ist wie ein Rahmen, der den

Blick auf die andere Seite der Lichtung freigibt. Sie sieht anders aus als sonst, irgendetwas hat sich verändert. Das Unterholz ist flach getrampelt, an einigen Stechpalmen sind Zweige geknickt und hängen herunter, als hätte sich jemand mit Gewalt einen Weg gebahnt. Ein Schild aus scharfkantigem Plastik steht da, an einem frischen Holzpfahl in den Boden gerammt. Es ist so abscheulich und fehl am Platz, dass ich einige Sekunden brauche, bevor ich lesen kann, was darauf steht:

PRIVATGELÄNDE
EIGENTUM DER TREMENNOR ESTATES
DURCHGANG FÜR UNBEFUGTE VERBOTEN

Ich schleudere das Handy auf Michaelas Schreibtisch, und einige Kugelschreiber fallen zu Boden.

»Was soll das?«, frage ich sie. Ich bin so wütend, dass meine Hände zittern.

Das Display zeigt ein Foto von dem Schild auf der Lichtung, in voller Größe und unmissverständlich. Schweigend starrt sie es an. Liza kommt aus dem hinteren Zimmer, zwei Teebecher in der Hand.

»Was hältst du davon, wenn wir …?« Sie bleibt wie angewurzelt stehen, als sie mich sieht. Ihr Blick streift mein wütendes Gesicht, meine erdverkrusteten Hände, mit denen ich das Schild aus dem Boden gezerrt habe. Sie weiß genau, worum es hier geht. Beide wissen es.

»Ich warte auf eine Erklärung«, sage ich in das betretene Schweigen hinein.

Michaela seufzt und reicht mir mein Handy. Sie scheint verändert, seit ich sie das letzte Mal gesehen habe. Sie wirkt irgendwie ernüchtert, hat Ringe unter den Augen und ihr sonst so perfekt gestyltes Haar ist nur achtlos nach hinten gebürstet.

»Ich wollte Sie gerade anrufen, Jess, und Sie bitten, zu einem Gespräch vorbeizukommen.« Erst jetzt sieht sie mich an. »Roger Tremennor hat … er hat gegen die Sache mit Enysyule Einspruch eingelegt.«

»Wie bitte? Wie kann er dagegen Einspruch einlegen? Ich habe einen Mietvertrag unterschrieben.«

»Er will nicht den Mietvertrag anfechten«, erklärt Liza und stellt einen Becher vor Michaela ab, »es geht ihm um die Eigentumsverhältnisse des gesamten Tals. Er gibt an, dass einer jahrhundertealten Vereinbarung zwischen den beiden Familien zufolge das Land den Roscarrows nie wirklich gehört hat und sie es von den Tremennors nur gepachtet hatten.«

»Das ist doch völliger Unsinn«, platze ich heraus und habe noch Mels Stimme im Ohr: *Dreimal dürfen Sie raten, wer sich Enysyule danach unter den Nagel gerissen hat.* »Hat er irgendwelche Beweise für diese ›Vereinbarung‹?«, frage ich mit angehaltenem Atem.

»Ja.« Michaela reibt sich die Stirn. »Es sieht so aus, als hätte Thomasina vor ihrem Tod eine Erklärung unterschrieben, dass das Land nicht ihr gehöre.« Sie nimmt einen großen Schluck aus dem Becher und verzieht erschreckt das Gesicht. »Was ist das?«

»Doppelter Gin Tonic«, sagt Liza trocken. »Dachte, du könntest einen brauchen.«

Michaela nickt düster und nimmt noch einen Schluck. »Ich verstehe das nicht«, murmelt sie vor sich hin. »Thomasina hat nichts davon erwähnt, als sie uns bat, die Verwaltung von Enysyule zu übernehmen. Es sei denn, sie war tatsächlich etwas … Sie wissen schon.« Mit der Hand macht sie eine wischende Bewegung vor dem Gesicht. »Ich meine, schließlich wollte sie ja tatsächlich alles Perrin vererben …«

»Michaela«, unterbricht Liza und wirft mir einen besorgten Blick zu. »Du weißt, dass es nicht darum geht.«

Mein Ärger verfliegt allmählich. Ich stehe vor den beiden und fühle mich auf einmal hilflos. Wenn ich ehrlich bin, habe ich so etwas seit der Halloween-Party kommen sehen.

»Was bedeutet das für mich?«, frage ich. »Und für Enysyule?«

Michaela antwortet mit einem Schulterzucken. »Ich bin nicht sicher. Tut mir leid, Jess, das ist wirklich eine ungewöhnliche Situation. Das Cottage wird auf sehr unorthodoxe Art und Weise verwaltet. Es ist Gegenstand eines Treuhandfonds, der dafür sorgen soll, dass sich jemand um den Besitz kümmert, solange Perrin am Leben ist. Das allein ist schon kompliziert genug.« Sie verstummt und nippt an ihrem Gin.

»Aber das alles ist legal?« Ich werde das Gefühl nicht los, dass sie mir etwas verschweigt.

»Schon«, sagt Liza zögernd. »Im Prinzip.«

»Im Prinzip?«

»Man könnte vor Gericht gehen und das Testament anfechten«, erklärt Michaela düster. »Und genau das hat Roger vor.« Mit gequältem Gesichtsausdruck sieht sie zu mir hoch. »Wir haben einen Brief von seinem Rechtsanwalt erhalten. Er schlägt ein Treffen mit allen Parteien vor, um die Situation zu diskutieren. Die Chancen stehen nicht gut. Es ist offensichtlich, dass er das Land haben will, und wenn er Beweise hat …« Sie schüttelt den Kopf und blickt sich in dem winzigen, leicht chaotischen Büro um. »Wir sind eine kleine Agentur, Jess. Wir können uns hohe Gerichtskosten einfach nicht leisten.«

Ich schließe die Augen und kneife sie fest zu, während ich versuche, die Neuigkeiten zu verarbeiten. Bedeutet das etwa, dass ich Enysyule verlassen muss, gerade jetzt, wo ich beginne, es zu verstehen? *Und was ist mit Perrin?*, will ich am liebsten rufen. *Und was mit meinen Träumen? Und dem Land? Und dem Stein?*

»Wann findet das Treffen statt?«, zwinge ich mich stattdessen zu fragen.

»Gleich Anfang nächster Woche.« Liza durchquert das Büro und nimmt ein Blatt Papier von ihrem Schreibtisch. »Hier, das sollen wir Ihnen geben.«

Ich werfe einen flüchtigen Blick darauf. Ein bedrohlich wirkendes, offiziell formuliertes Schreiben, in dem ich nur als »die Mieterin« bezeichnet werde. Ich zerknülle es. »Also ist nichts entschieden?«, frage ich die beiden. »Ich habe immer noch einen gültigen Mietvertrag für Enysyule?«

Sie wechseln einen Blick.

»Ja«, sagt Michaela. »Im Moment schon.«

Ein Dutzend Mal bin ich kurz davor, Alex anzurufen, aber als ich am Cottage ankomme, bewahrt mich die Anzeige KEIN NETZ zum Glück vor Dummheiten. Mir ist danach, ihn wüst zu beschimpfen, er soll sich entschuldigen, er soll mir versprechen, mit seinem Vater zu reden. *So geht das nicht*, ermahne ich mich, stecke das Handy in die Tasche und ziehe sicherheitshalber den Reißverschluss zu. Ich will keine »Gefälligkeiten« mehr von ihm. Wenn ich diejenige bin, die sich um Enysyule kümmern soll, dann ist es auch meine Aufgabe, es zu schützen. Und genau das habe ich vor.

Ich wünschte, Thomasina hätte mir irgendetwas hinterlassen, Anweisungen, einen Brief, einen Zettel, irgendetwas, das mir sagt, was ich tun soll. Ich habe das Haus von oben bis unten abgesucht, aber nichts entdeckt. Ich habe alles durchstöbert, nur die verschlossene Truhe am Fußende meines Betts nicht. Ich kann den Schlüssel nirgendwo finden und in Michaelas Unterlagen wird auch keiner erwähnt. Ich werde das Gefühl nicht los, dass darin etwas Wichtiges auf mich wartet.

Die wenigen persönlichen Spuren, die ich von Thomasina entdeckt habe, sind ihr Skizzenbuch, ihre Handschrift auf einigen Flaschen mit Brombeerwein, ihre Kritzeleien in dem Zeitungsartikel – abrupt bleibe ich in der Haustür stehen. Der Zeitungsartikel. Ging es nicht um Roger Tremennor und irgendwelche Pläne?

Perrin hebt den Kopf, als ich an ihr vorbeilaufe und immer zwei Stufen auf einmal nehmend die Treppe hinaufrenne. Ich reiße die Tür zu dem anderen Zimmer auf und bete inständig, dass ich die Zeitung nicht weggeworfen habe. Sie liegt nicht mehr auf dem Tisch. Wo habe ich sie bloß hingetan? Hektisch suche ich den Boden ab, schaue unter Decken, die seit Jahren niemand mehr angefasst hat, schiebe Kartons zur Seite und schrecke jede Menge Spinnen und Asseln auf. *O bitte, sag, dass ich sie nicht im Kamin verbrannt habe …*

Neugierig stolziert Perrin ins Zimmer. Sie will wissen, was der Lärm und das Durcheinander zu bedeuten haben. Aus dem Augenwinkel beobachte ich, wie sie eher lustlos mit der Tatze nach einer vorbeieilenden Assel schlägt und sich dann schnurstracks zum Sessel am Fenster begibt. Der Sitz knistert, als sie hochspringt. Ich recke den Hals, um über die Lehne zu sehen, und stelle fest, dass sie es sich gerade auf der Zeitung gemütlich macht.

Mit klopfendem Herzen ziehe ich sie unter ihr hervor. Ich hatte überhaupt nicht mehr an den Artikel gedacht. Jetzt erkenne ich Roger Tremennor, auch ohne Halloween-Kostüm und Make-up. Er steht mit verschränkten Armen auf der Vordertreppe des Herrenhauses und sieht in die Kamera. Thomasinas Gekritzel ist noch da – die Teufelshörner, die Vampirzähne, die aus seinen Lippen wachsen, der gezackte Schwanz und die Fliegen, die ihn umkreisen. Normalerweise würde es mich zum Lachen bringen, doch die Schlagzeile über dem Artikel lenkt mich ab:

TREMENNOR LEGT PLÄNE FÜR JACHTHAFEN VOR

Roger Tremennor – von Tremennor Estates – hat heute angekündigt, eine Initiative zur Errichtung eines exklusiven Jachthafenkomplexes in der Nähe von Lanford am Ufer des Lan ins Leben rufen zu wollen; ein Projekt, für das mehrere Millionen Pfund aufgewendet werden sollen.

»Diese Region schreit förmlich nach Modernisierung«, erläuterte Tremennor kürzlich in einem Interview. »Dieser Jachthafen wird Touristen aus aller Welt zu uns holen und damit der Wirtschaft vor Ort zu einem kräftigen Aufschwung verhelfen. Er wird Jobs schaffen und von den attraktiven Anlagen werden Einheimische wie Besucher gleichermaßen profitieren.«

Örtliche Naturschützer haben bereits scharfe Proteste gegen Tremennors Vorhaben angebracht, da ein Jachthafen solchen Ausmaßes das einzigartige und empfindliche Ökosystem am Fluss stören würde. Im vergangenen Jahr hat Tremennor nach Verhandlungen mit dem Bezirksrat ein unbebautes Uferstück erworben, ein Abschluss, dessen Rechtmäßigkeit von einigen Ortsansässigen angezweifelt wird. Dieses Grundstück ist nur ein Bruchteil des benötigten Grunds, doch Tremennor äußerte sich zuversichtlich, dass sich weitere Grundstücke zu gegebener Zeit finden würden. Mehr Information hierzu unter »Projekte« auf der Website der Gemeinde Lanford.

Ich starre in Tremennors verkritzeltes Gesicht. Das erklärt alles – das ist der Grund, warum er Enysyule unbedingt haben will. Ein ganzes Tal, nur einen Steinwurf vom Fluss entfernt … Er muss es schon seit Jahren darauf abgesehen haben. Mir fallen plötzlich Alex' Worte an unserem letzten Morgen ein. *Ich muss los und mit Dad ein paar Investoren treffen wegen dieser Jachthafen-Geschichte.*

Also wusste er davon, die ganze Zeit über. Während wir zusammen waren, wusste er, was sein Vater vorhatte, und hat nichts gesagt. Bei der Vorstellung, dass Bauunternehmer und Investoren in Anzügen und Schutzhelmen durch das Tal marschieren, wird mir ganz anders. Ganz zu schweigen davon, wie es wäre, wenn sie das Cottage dem Erdboden gleichmachen würden, den *Perranstone* umzäunen oder »umsiedeln« und den alten Steinweg aufreißen … Und was würde aus Perrin? Ich kann mir nicht vorstellen, dass sie woanders leben könnte. Das wäre ihr sicherer Tod.

»Tremennor lügt«, murmele ich. Es fühlt sich gut an, das auszusprechen. »Thomasina war eine Roscarrow, sie hätte ihm nie ihr Land überschrieben.« Perrin betrachtet mich mit ihren klugen gelben Augen. »Wir müssen es nur irgendwie beweisen«, sage ich und streiche über das weiche Fell an ihrem Kopf. »Wir müssen einfach.«

Das vergessene Land wird wieder Wildnis. Ihm wachsen Klauen aus dichten Brombeersträuchern und Wildrosenbüschen, es wuchern angriffslustige Brennnesseln, Wurzeln werden zu Fallen, dichtes Gras verbirgt unebene Stellen, an denen sich Füße verrenken und Beine verletzen. Die Wildnis sollte besser nicht gestört, nicht gezähmt werden. Das vergessene Land sollte vergessen bleiben.

Ich kann nicht schreiben. Es ist unmöglich, mich zu konzentrieren, während mir so viel durch den Kopf geht, so viel auf dem Spiel steht. Stattdessen stelle ich das Haus noch einmal auf den Kopf, um den Schlüssel zu der Truhe zu finden. *Was, wenn der Grundbrief in der Truhe liegt?*, überlege ich, während ich die Kommodenschubladen durchsuche. *Oder andere Unterlagen, vielleicht ein Testament, eine Urkunde, irgendetwas …*

Nichts. Entmutigt hocke ich vor der Truhe und streiche über ihre Oberfläche. Die ganze Truhe ist mit eher groben Schnitzereien verziert, als ob jemand eine Idee hatte, aber nicht das nötige Geschick, sie umzusetzen. Die Muster sind abstrakt – Wirbel, die sich von einer Seite zur anderen ziehen. In der Mitte sitzen zwei kreisförmige Kerben, die wie Augen aus dem Holz blicken. Ich lehne mich im Schneidersitz mit dem Rücken an die Wand gegenüber und starre zurück.

»Helft mir doch«, flüstere ich und wende mich an das Haus, das Tal, an alles, was mich vielleicht hören könnte. »Ihr habt mir all diese Dinge gezeigt. Bitte, zeigt mir etwas, das hilft.« Langsam und mit Bedacht schließe ich die Augen und lasse meine Gedanken fließen.

Ich starre in die Dunkelheit hinter meinen Augenlidern, die von Lichtreflexen durchzogen ist, die nur in meinem Kopf existieren. Minuten vergehen. Mein Rücken schmerzt, weil ich schon zu lange auf dem Boden sitze, meine Beine fühlen sich ganz steif an. Ich will gerade aufgeben, meine Beine ausstrecken und meine Augen wieder öffnen, da merke ich, dass sie bereits offen sind. Die wirbelnden Lichtreflexe, die ich sehe, sind Schneeflocken. Um mich ist es dunkel, weil es Nacht ist, ich habe das Gefühl in den Beinen verloren, weil es kalt ist, und die Schmerzen in meinem Rücken kommen von einem langen Arbeitstag am Fluss, der kurz davor ist zuzufrieren.

Der Schnee knirscht unter meinen Schritten. Jeder Schritt führt mich weiter von mir weg, bis ich nicht mehr ich selbst, sondern ein Mann bin, der einen zerschlissenen, viele Winter alten Mantel trägt. Der trügerische Schnee wirkt weich wie Watte, doch unter seiner Oberfläche lauern Kaninchenbaue, Fuchslöcher und Bodensenken, in denen ein Bein nur allzu leicht brechen kann. Der Mann bewegt sein Gesicht und reckt den Kiefer, um das Eis in seinem Bart abzuschütteln. In seiner Tasche steckt eine Feldflasche. Der Schnaps darin lässt seine Augen tränen, wärmt seine Kehle und er beginnt zu singen:

»Ha'n kelynn yw an kynsa a'n gwydh oll y'n koes …«

Mit vorsichtig tastenden Schritten dringt er immer tiefer ins Tal vor. Er wollte heute Nacht gar nicht hierherkommen, aber der Stechpalmenhain am Stein war still und verlassen und er hat ein Versprechen gegeben. Die Schneeflocken, die um seine Laterne tanzen, hypnotisieren ihn, fast fallen ihm die Augen vor Müdigkeit zu. Er reißt sie weit auf, sodass die Kälte sie wach hält, und singt weiter, lauter diesmal.

»Kelynn! Kelynn!«

Es wird ihm nichts geschehen, schärft er sich ein. Das Tal ist wie ein Teil von ihm selbst. Und doch kommt es ihm fremd vor, denn es ist schon lange stumm und unbewohnt, und vor lauter Kälte schweigen sogar die Eulen. Die Leute im Dorf sagen, hier spuke es, es gebe Kobolde und Gespenster und die Geister seiner Urahnen, die hingerichtet wurden, gingen hier um …

Unter seinem Stiefel gibt der Boden mit einem Knacken nach, und er unterdrückt einen Angstschrei. Er schwingt die Laterne durch die pechschwarze Nacht. Erschauernd blickt er nach unten und schiebt den Schnee mit dem Fuß beiseite. Darunter ist blankes Eis, er ist an der Furt angelangt, unter ihm liegt der gefrorene Bach. Vorsichtig macht er einen Schritt und prüft, ob das Eis ihn trägt. Er ist also fast am Ziel. Die Hand mit der Laterne hoch in der Luft, stapft er weiter durch den dichten Schnee.

Endlich fällt das Licht der Laterne auf die Gartenmauer des Cottage, um das sich der Schnee türmt. Seine Schritte werden schneller, er kommt nun leichter voran, weil hier früher ein Weg war, und dann sieht er auch schon einen Eingang, eine Tür, deren Holz mit den Jahren dunkel geworden ist. Er legt die behandschuhte Hand auf den Riegel und hält inne. Hier war etwas, noch vor Kurzem, im Schnee auf der Stufe erkennt er Spuren. Für einen Moment gerät er in Versuchung, sein Bündel hinzuwerfen und davonzulaufen, zurück zum Fluss. Aber er kann nicht. Er hat sein Versprechen gegeben. Es ist seine Pflicht, wie es die seines Vaters und seiner Großmutter gewesen ist. Er leckt ein paar Eiskristalle von seinem Bart und drückt die Tür auf.

»Hou?«, ruft er, aber seine Stimme gehorcht ihm nicht richtig. »Perrin?«

Da nimmt er im Dunkeln eine Bewegung wahr. Etwas Großes taucht vor ihm auf, das aussieht wie ein Mensch. Der Schreck fährt ihm in die Glieder und er weicht einen Schritt zurück.

»Wer ist da?«, ruft eine Stimme.

Mit zitternder Hand hebt er die Laterne an und ihr Licht fällt in das Innere des verfallenen Hauses. Am leeren Kamin entdeckt er ein Gesicht, bleich wie Marmor, ein Augenpaar, einen geöffneten Mund.

»Piw os ta?«, fragt er. Er will sich gerade bekreuzigen, doch lässt es dann bleiben. An diesem Ort würde es ihm nicht helfen.

»Kannst du nicht Englisch reden?«, sagt das Gesicht und der Mann beruhigt sich. Er betrachtet die Gestalt genauer. Sie sitzt zusammengesunken an der Wand, eingehüllt in einen Überrock, den Hut tief ins Gesicht gezogen. Ihr Kinn wird von einem eisverkrusteten Bart umrahmt.

Der Mann aus dem Wald stößt einen lauten Fluch aus. »Was zum Teufel macht Ihr hier?«

»Wonach sieht es denn aus?«, antwortet der Mann am Kamin. »Ich erfriere.« Seine Hände umschließen schützend eines seiner Beine. »Das Pferd hat mich abgeworfen, bei dem verdammten Stein. Ich musste auf allen vieren hierherkriechen.« Sein Gesicht ist wutverzerrt. »Seit Stunden sitze ich schon hier. Wenn du zum Suchtrupp gehörst, hast du dir reichlich Zeit gelassen.«

Der Mann mit der Laterne dreht sich um und leuchtet in die übrigen Ecken des Cottage. Es scheint leer zu sein. Auf dem Boden liegt Schnee, den der Wind durch die geborstenen Fenster hereingeweht hat. Das einzige noch intakte Möbelstück ist der riesige Küchentisch. Seine Oberfläche glänzt weiß und golden vor Frost.

»Ich bin nicht vom Suchtrupp«, sagt er.

»Was willst du dann hier? Warum treibst du dich hier herum? Das ist Privatbesitz.« Sein Blick fällt auf das Bündel, das der andere auf dem Rücken trägt. »Ein Wilderer? Ich könnte dich ins Gefängnis werfen lassen.« Unter Schmerzen verlagert er sein Gewicht auf dem Steinboden. »Doch ich könnte auch davon absehen, wenn du mir hilfst.«

»Ich wildere nicht«, sagt der Mann, stellt die Laterne auf den zersprungenen Fliesen ab und lässt seinen Sack vom Rücken gleiten. »Ich bin hier, um ihr Essen zu bringen.«

»Wovon redest du da? Hier ist niemand. Seit Jahren schon nicht mehr.«

Der Mann aus dem Wald antwortet nicht, sondern holt mehrere in Zeitungspapier gewickelte Päckchen hervor. Der Duft von gebratenem Fleisch und frischem Fisch erfüllt die eisige Luft im Cottage.

»Dem Herrn sei Dank«, stößt der Mann am Kamin aus. Er stürzt sich auf die Päckchen, doch der Mann mit der Laterne zieht sie weg, sodass er sie nicht erreichen kann.

»Nicht für Euch«, brummt er.

Der andere sieht ihn wütend an. »Du blöder Hund, du!« Er versucht, sich hochzustemmen, sinkt aber sofort wieder zurück und umklammert fluchend sein Bein. »Leg dich nicht mit mir an. Ich weiß, wer du bist, du bist einer dieser Teufel vom Fluss …«

»Melchizedek Roscarrow ist mein Name.«

»Wusste ich es doch.« Mit verzerrter Miene lehnt er sich wieder an die Wand. »Welchem heidnischen Brauchtum ist ein Name wie Melchizedek zu verdanken?«

»Er stammt aus der Bibel. Was für ein Name ist ›Godfyld‹?«

»Ein Familienname.« Einen Moment schweigt er. »Du kennst mich also?«

»Ja.«

»Also wirst du mir auch helfen.« Die Stimme des Mannes klingt brüchig. »Du wirst mich zurück ins Herrenhaus bringen.«

Ehe der andere antworten kann, ist ein Knarren zu hören, dann eine Art Schlurfen. Er hebt die Hand – bedeutet dem anderen, still zu sein. Einen Atemzug lang geschieht nichts, auch nicht die nächsten beiden, doch dann tritt ein Schatten aus der Dunkelheit und schleicht auf leisen Pfoten genau bis zum Rand des Laternenlichts.

Gelbe Augen blitzen durch das Dunkel. Gelb wie Talg, gelb wie Mais, alte Augen, wild wie die eines Falken.

»*Hou*, Perrin«, flüstert der Mann mit der Laterne und schiebt behutsam ein geöffnetes Futterpäckchen zu ihr. Ganz langsam, Schritt für Schritt, bewegt sich die Katze mit zuckender Nase auf das Futter zu, ohne die beiden Männer aus den Augen zu lassen. Sie ist schmal und langgliedrig, ihr langes schwarzes Fell hängt in Knoten an ihr herab, Schnee klebt an ihren Pfoten. Sie gibt ein leises Knurren von sich, als der Mann eine Bewegung macht.

»Ruhig, Perrin«, sagt er beschwichtigend, »ganz ruhig.« Er streckt die Hand aus, doch Perrin faucht und schlägt mit den Krallen nach ihm, sodass er blutet. Kaum weicht er zurück, schnappt sie sich den Fisch und zerrt ihn unter den Tisch. Am Kamin ertönt ersticktes Lachen.

»Du bist durch den Schneesturm gekommen, um dieses räudige Tier zu füttern?« Der Mann in dem Überrock lacht erneut, ein rauer Laut, in den sich Schmerz mischt. »Obwohl ich froh sein sollte über deine Dämlichkeit …«

»Hätte auch nicht erwartet, dass Ihr das versteht«, unterbricht ihn der Mann mit der Laterne und öffnet die anderen Päckchen.

Vom Tisch her ist zu hören, wie die halb verhungerte Katze den Fisch verschlingt.

»Das Vieh hat dich gekratzt«, sagt der Mann im Überrock, um sich an seiner Boshaftigkeit zu wärmen. »Ganz schön undankbar. Es sieht ohnehin schon halb tot aus. Hätte ich mein Gewehr bei mir, würde ich das Biest einfach erschießen und hätte noch eine gute Tat getan.«

Im nächsten Moment ist der andere schon über ihm, packt ihn am Kragen seines Mantels und zerrt ihn hoch, auf sein verletztes Bein.

»Redet nicht so«, faucht er. »Sagt das *nie* wieder. Verstanden?« Er schüttelt ihn mit ganzer Kraft, der Hut fällt zu Boden. »Verstanden?«

»Ja«, keucht der Mann mit dem Überrock. »Ja, ich habe verstanden. Aber bitte hilf …«

Der Mann mit der Laterne lässt ihn einfach los, ohne sich um seine Schmerzensschreie zu kümmern. Er späht unter den Tisch und beobachtet den Schatten und das Blitzen von Zähnen, während die Katze gierig frisst.

»Dass sie verwildert ist«, sagt er, »ist allein Eure Schuld.« Sein Zorn verebbt, als er sich umsieht. »Wie hätte sie denn auch zahm bleiben können, wenn man ihr Zuhause so verkommen lässt.«

»Das hier ist mein Land«, keucht der Mann im Überrock. »Ich kann damit tun, was mir gefällt.«

»Es ist nur Eurer Grausamkeit geschuldet, dass hier alles verfällt«, sagt der andere. »Hier könnten Menschen wohnen und sich um alles kümmern, genau wie Eure anderen Pächter.« Er öffnet wieder seinen Rucksack. Draußen fällt der Schnee, weich wie Watte und kalt wie der Tod. »Vielleicht würden meine Leute hier immer noch leben«, fügt er hinzu.

Der Gutsherr schweigt. Aus seinem Rucksack holt der Mann ein warmes, weiches Schaffell und eine alte Decke. In einer geschützten Ecke baut er daraus einen Schlafplatz. Dann zieht er aus seiner Manteltasche einen papierumwickelten Packen getrockneten Fisch. Er legt den Leckerbissen auf den Kaminsims, von wo ihn sich ein gelenkiges Tier holen kann. Schließlich geht er zu der Katze unter dem Tisch, die sich nach dem Fisch nun dem Hähnchen widmet.

»Wir haben dich nicht vergessen«, flüstert er. Die Katze duckt sich, als er ihr Fell berühren will, und starrt ihn misstrauisch an. Diese Augen haben sich einst vor Wonne geschlossen, wenn eine menschliche Hand ihr über den Rücken streichelte. Jetzt nicht mehr. Das ist vorbei.

Mit einem Seufzen richtet sich der Mann auf und wirft sich den leeren Rucksack über die Schultern. Der Mann im Überrock beobachtet ihn schweigend. Seine Lippen sind schon fast blau. Der Mann mit der Laterne setzt wieder seine Feldflasche an und nimmt einen tiefen Schluck.

»Ich werde Euch helfen«, sagt er schließlich und wischt sich über den Mund. »Ich bringe Euch aus dem Tal zurück ins Herrenhaus und werde kein Wort darüber verlieren.« Er blickt zu dem Verletzten hinunter. »Als Gegenleistung richtet Ihr dieses Haus wieder her. Die Mauern, die Fenster, das Dach. Und Ihr gewährt uns Zugang zum Haus, um die Katze zu versorgen, wann immer es uns beliebt.«

Der Mann im Überrock zittert vor Schmerz und Kälte. »Warum verlangst du kein Geld«, fragt er bitter, »oder Güter oder Land? Ich würde dir alles gewähren, was du willst, denn mir bleibt kaum eine andere Wahl.«

»Eier und Schwüre brechen leicht«, gibt der Mann mit der Laterne schroff zurück. Er geht ein paar Schritte auf den anderen zu und hält ihm eine Hand hin. »Sind wir uns einig?«

Der Mann im Überrock öffnet den Mund, aber heraus kommen keine Worte, sondern ein scharrendes, schabendes Geräusch wie ein Kratzen auf Holz. Vor Schreck fahre ich zurück, knalle mit dem Kopf an die Wand hinter mir und mache die Augen auf. Schlafzimmerboden, ein Feuer glimmt im Kamin. Alles ist wie vorher. Das kratzende, scharrende Geräusch kehrt zurück, und als ich mich umsehe, entdecke ich Perrin, die ihre Krallen an der alten Holztruhe schärft.

»Perrin!«, fahre ich sie an und sie hält inne, eine Pfote in der Luft. Ihre Augen sind die gleichen wie die der halb verwilderten Kreatur aus dem verfallenen Haus. »Perrin«, wiederhole ich, dieses Mal sanft, und strecke die Hand aus, um sie zu streicheln.

Einen Augenblick lang verharrt sie still unter meiner Hand, als erinnerte auch sie sich an die anderen Zeiten, als sie halb verwildert war. Doch dann reibt sie ihren Kopf an meiner Handfläche, kommt zu mir und klettert auf meinen Schoß. Meine Beine sind zwar schon ganz taub von dem langen Sitzen auf dem Boden, aber ich lasse zu, dass sie es sich auf mir gemütlich macht. Sie schnurrt, knetet den Ärmel meines Pullovers und ich streichele ihr liebevoll die Wildnis weg. Was auch immer passiert, sage ich ihr so ohne Worte, dieses Mal wird sie nicht im Stich gelassen werden.

Als ich am nächsten Tag durch das Tal gehe, um Mel zu besuchen, schwirrt mir der Traum immer noch im Kopf herum. Ich frage mich, was ich gestern Abend eigentlich erwartet habe. Selbst wenn ich etwas gesehen hätte, was mir helfen könnte, um Enysyule zu retten, wie sollte ich das irgendjemandem erklären? *Ich habe es geträumt, nachdem ich lange genug auf eine alte Holztruhe gestarrt habe*, könnte ich dem Anwalt sagen, und der würde nachdenklich nicken und *Mieterin ist komplett durchgeknallt* notieren.

Ich beginne zu verstehen, dass Enysyule auf vergessenen Geschichten, Erinnerungsfetzen und Momenten gebaut ist, die – mal winzig, mal welterschütternd – aus der Vergangenheit widerhallen. Aber jetzt brauche ich etwas Handfestes, Tinte auf Papier, eine Sprache, die Anwälte und Gerichte verstehen. Ich bin so intensiv damit beschäftigt, mir auf der Suche nach rettenden Ideen das Hirn zu zermartern, dass ich den seltsamen Lärm, der durchs Tal hallt, zunächst gar nicht bemerke. Erst als ich schon fast am Stein bin, nehme ich ihn wahr: ständige dumpfe Schläge, wie wenn jemand hämmert. Wie angewurzelt bleibe ich stehen.

»Das darf doch nicht wahr sein«, murmele ich mit zusammengebissenen Zähnen und laufe los. »Wagt es ja nicht …«

Als ich einige Minuten später atemlos den Rand der Lichtung erreiche, könnte ich schreien vor ohnmächtiger Wut. Das Schild ist wieder an seinem Platz. Schlimmer noch, auf der gegenüberliegenden Seite ist ein zweites in den Boden gerammt worden. Wer auch immer sie aufgestellt hat, ist offenbar verschwunden, als er mich kommen hörte. Die Anwesenheit einer anderen Person ist noch zu spüren, und es riecht nach frischem Holz.

Ich bin so in Rage, dass ich die Präsenz des Steins kaum bemerke. Dieses Mal zögere ich nicht lange, sondern ramme sofort meinen Stiefel in den Pfosten und trete immer und immer wieder mit voller Wucht dagegen, bis er sich zur Seite neigt und ich ihn aus dem Boden zerren kann. Ein Holzsplitter bohrt sich in mein Handgelenk, das zu bluten anfängt, aber ich schenke ihm keine Beachtung. Das zweite Schild ist tiefer im Boden verankert, aber unter wilden Verwünschungen rüttele ich so lange daran, bis es endlich ebenfalls nachgibt. Völlig außer Atem, aber voll des Triumphes werfe ich es zur Seite.

Erst jetzt fühle ich einen leichten brennenden Schmerz und etwas Feuchtes an meinem Handgelenk, wo aus der Verletzung ein wenig Blut rinnt. Doch ehe ich sie mir näher ansehen kann, zerreißt lautes Gebell die Stille im Wald, und durch die Bäume schießt eine braune Gestalt. Mir dreht sich der Magen um – ich habe ein grässliches Déjà-vu. Es ist Maggie. Sie erkennt mich und springt aufgeregt kläffend am Rand der Lichtung hin und her, doch sie traut sich nicht, sie zu betreten. Wie betäubt starre ich sie an, denn in diesem Moment wird mir klar, wer gerade eben hier war und die Schilder aufgestellt hat.

Ein Pfiff hallt durch die kahlen Bäume.

»Maggie?«

Ich schlucke die Übelkeit hinunter und wappne mich gegen das, was nun kommt.

»Maggie, was …« Alex sieht mich und bleibt abrupt stehen.

Es ist das erste Mal, dass wir uns begegnen, seit ich die Sache zwischen uns beendet habe. Einen Moment lang fühle ich wieder die alte Anziehungskraft, aber auch Schuldgefühle. Dann fällt mein Blick auf den Werkzeugkasten in seiner Hand und den großen Holzhammer über seiner Schulter, und meine Wut flammt von Neuem auf, nur stärker.

»Jess«, sagt Alex und seine Augen wandern von meinem geröteten Gesicht zu meinen schmutzigen Händen. »Hey, du blutest ja.« Irgendetwas an meinem Gesichtsausdruck scheint ihm zu sagen, dass es klüger ist, nicht näher zu kommen. Er lässt den Hammer neben sich fallen, als ob ich ihn da nicht bemerken würde. »Was ist passiert?«, fragt er etwas kleinlaut.

Die zerstörten Schilder liegen zu meinen Füßen. »Dreimal darfst du raten.«

Sein Gesicht wird knallrot. »Das solltest du nicht tun. Dadurch wird alles nur noch schlimmer.«

»Schlimmer, als dass dein Vater mich drangsaliert und alles tut, damit ich mein Zuhause verliere und er seinen verdammten Jachthafen bauen kann?«

Bei dem Stichwort »Jachthafen« sehe ich, wie sich seine Kiefermuskeln anspannen. *Er hat die ganze Zeit davon gewusst*, rufe ich mir ins Gedächtnis. *All das Gerede, wie froh er sei, dass ich Enysyule bekommen habe und nicht sein Vater, war eine glatte Lüge.*

»Das ...« Er räuspert sich. »Das hat überhaupt nichts mit dir zu tun. Das ist eine Angelegenheit unter uns Einheimischen. Und du hast das Haus schließlich nur gemietet, also ...« Er sieht mich mit leicht flehendem Blick an. »Ich verstehe das nicht, Jess. Wieso ist dir diese Bruchbude so wichtig? Du gehörst doch gar nicht hierher.«

In mir steigt ein solcher Zorn auf, dass ich einen Augenblick lang kein Wort herausbringe. »Und wo gehöre ich deiner Meinung nach hin? Nach London? Irgendwohin, wo ich euch nicht im Weg bin?« Er öffnet den Mund, um etwas zu sagen, schließt ihn aber rasch wieder, als ich einen Schritt auf ihn zugehe. »Wie zum Teufel hast du dir das mit uns vorgestellt, Alex? Was hast du gedacht, wie ich auf all das reagieren würde? Dass ich mit den Schultern zucke und eine Einladung zum Abendessen annehme?«

»Ich dachte ...«

»Du dachtest was?«

»Ich dachte, es würde sich schon irgendwie regeln«, antwortet er halb trotzig, halb beschwörend. »Ich dachte, Dad tut dir einen Gefallen, wenn er dich aus dem Mietvertrag befreit.«

»Damit ich wieder dahin zurückmuss, wo ich hergekommen bin?«, fauche ich.

»Nein! Ich dachte ... hatte gehofft, dass du vielleicht ... zu mir ziehen würdest.«

Seine Worte hängen zwischen uns wie Blätter, die mitten im Fallen eingefroren sind. Maggie scharrt unruhig mit den Pfoten und winselt – sogar sie versteht, worum es hier geht. Ich weiß nicht, was ich dazu sagen soll. Ich bebe innerlich und kann nicht fassen, wie schäbig er sich verhält. Ich drehe mich um und hebe die Schilder auf.

»Halt, die kannst du nicht einfach mitnehmen«, setzt Alex an, aber ich schiebe mich wortlos an ihm vorbei und verschwinde im Wald.

Mel Roscarrow macht sich in der Küche zu schaffen, er sucht eine Rolle Küchenpapier heraus und durchwühlt die Schränke.

»Es ist nicht weiter schlimm, nur ein Kratzer«, rufe ich ihm hinterher, als er im Badezimmer verschwindet. Durch den Türspalt erhasche ich einen Blick auf eine altmodische Badewanne auf Klauenfüßen und ein Emaillewaschbecken, das in ein Holzbrett eingelassen ist.

»Sicher ist sicher.« Er kommt mit einer antik aussehenden Flasche in der Hand zurück. »Jod«, sagt er und kämpft mit dem Verschluss. »Es gibt nichts Besseres.«

Mir fehlt die Energie, um zu protestieren, als er ein Stück Küchenpapier damit tränkt. Die Begegnung mit Alex hat mich meine ganze Kraft gekostet.

»Zeigen Sie her«, befiehlt Mel, und widerspruchslos halte ich ihm das Handgelenk hin. Ich ziehe den Ärmel zurück, damit er den Kratzer begutachten kann. Sanft wischt er das getrocknete Blut weg und hinterlässt einen safrangelben Fleck. Es brennt und ich zucke ein bisschen zusammen. »Musste ich bei Jack ständig machen, als er noch ein kleiner Steppke war«, murmelt er, während er mich verarztet. »Es gibt keinen, der mehr Schrammen am Knie hatte als er.«

Eigentlich will ich lachen, aber das Brennen treibt mir Tränen in die Augen, die sich partout nicht wegblinzeln lassen.

»Tut es sehr weh?«, erkundigt sich Mel, als sie mir schließlich über das Gesicht laufen.

»Nein, es ist nicht der Kratzer.« Ich wische mir mit dem Ärmel die Nase. »Es ist das Cottage, Mel. Das Tal. Ich weiß nicht, was ich machen soll.«

Er nickt und schraubt die Jodflasche wieder zu. »Tremennor will seinen Anspruch auf Enysyule einklagen, nicht?« Offenbar schaue ich ziemlich entsetzt, denn er gluckst nur und sagt trocken: »In Lanford gibt es keine Geheimnisse. Habe ich gestern vom alten Derek gehört, Lizas Großvater.«

»Michaela ist wohl kurz davor einzuknicken«, berichte ich ihm und bin froh, dass ich nicht die ganze Geschichte von vorn erzählen muss. »Im Prinzip tun sie und Liza schon so, als wäre die Sache endgültig. Ich weiß nicht, welches Druckmittel Roger einsetzt, aber es funktioniert ausgezeichnet.«

»Tja, sie müssen eben an ihr Geschäft denken«, sagt Mel und malt mit einem Finger Figuren auf den Tisch. »An Orten wie diesem ist es kein Spaß, ohne Arbeit zu sein. Wenn Michaela ihre Agentur verliert, müsste sie von hier wegziehen. Und ich schätze mal, dass Tremennor keine leeren Drohungen ausstößt.«

»Alle behandeln ihn, als wäre er der Boss«, platze ich heraus. »Der feine Lord in seiner hochherrschaftlichen Residenz. Die Zeiten sind vorbei, in denen sie ihm gehorchen mussten.«

Mel schiebt seinen Stuhl zurück. »Das stimmt, aber alte Gewohnheiten legt man nicht so leicht ab. ›Tremennor‹ war viele Jahrhunderte lang gleichbedeutend mit ›der Herr‹. Es ist schwer, die alten Fesseln abzuwerfen.« Er steht auf und geht zum Küchenschrank. »Vor allem, wenn Geld im Spiel ist. Hier in der Gegend gibt es davon nicht viel. Umso mehr Macht hat es.« Er kommt mit einer Flasche und zwei Gläsern zurück.

Ich versuche, mir den Zeitungsartikel in Erinnerung zu rufen, den Thomasina mit ihren Zeichnungen verziert hat, und merke, wie ich nach jedem Strohhalm greife. »Ich habe gelesen, dass die Leute gegen die Jachthafen-Pläne protestiert haben, dass sie den Ausbau gar nicht wollen. Könnten wir sie nicht dazu kriegen, auch dagegen zu protestieren, dass Tremennor Anspruch auf Enysyule erhebt?«

Mel schüttelt den Kopf. »Dieser Jachthafen ist eine Schnapsidee. Jedes Kind, das schon mal ein Segel gerefft hat, kann Ihnen sagen, dass das an diesem Teil des Lan nicht funktioniert. Sie müssten den Fluss dafür völlig ruinieren. Außerdem wäre das wohl auch das Aus für die Werft.« Er sieht auf seine Hände. »Aber ich will aufrichtig mit Ihnen sein, Jessie. Die Leute hier würden sich nie auf einen Streit wegen Enysyule einlassen. Nicht mit einem Tremennor. Es ist …«, er seufzt, »eine Privatsache, noch dazu eine mit langer Vorgeschichte.«

»Aber was soll ich denn tun?«, frage ich und merke, dass mir schon wieder die Tränen kommen. »Einfach dasitzen und darauf warten, dass man mich rauswirft?«

»Nein, das habe ich nicht gesagt«, antwortet Roscarrow bedächtig. »Hören Sie, was Roger da in die Welt setzt, sind faustdicke Lügen. Das Tal steht ihm nicht zu. Wenn Enysyule irgendwem gehört hat, dann Thomasina. Ein Tremennor hat es ihrer Mutter gegeben.«

»*Was?*« Ich beuge mich näher zu ihm und halte mich am Tisch fest. »Was heißt ›gegeben‹? Woher wissen Sie das?«

Er zuckt mit den Schultern. »Ich weiß es eben. Jeder hier weiß es.«

Ich kann meine Enttäuschung nicht verbergen. »Und warum sagt mir das niemand?«, frage ich entnervt. »Michaela behauptet, Roger Tremennor hätte irgendeinen Beweis, etwas, worin steht, dass das Land nicht Thomasina gehört hat, und das sie unterschrieben haben soll.«

Mel schnaubt verächtlich. »Das ist unmöglich. Die Tremennors haben es ihrer Mutter zurückgegeben. Sie wussten genau, dass es nicht ihres war, auch wenn sie immer so getan haben. Soweit ich weiß, haben sie auch nie dort gewohnt.«

»Aber *warum* haben sie es zurückgegeben?«, will ich wissen. »Sie müssen doch einen Grund gehabt haben.«

Ratlos zieht Mel die Schultern hoch. »Keine Ahnung. Vielleicht haben sie zwischendurch ja aus Versehen mal jemanden gezeugt, der anständig war.«

Ich lehne mich zurück und reibe mir die Stirn. Jodgeruch steigt mir in die Nase. »Mel«, sage ich, »das reicht leider nicht. Roger behauptet, dass er einen Beweis hat, also brauche ich auch einen. Und zwar Urkunden, Dokumente, keine alten Geschichten und Dinge, die man vom Hörensagen weiß.«

Umständlich zieht er den Korken aus der Brandyflasche. »Ich weiß nur, was man sich immer schon erzählt, und das ist wichtiger als Papiere und Dokumente. Durch die Erzählungen unserer Vorfahren sind wir vertraut mit unserem Land, und so halten wir die Erinnerung wach.«

»Ihr krallt euch an eurem ganzen alten Groll fest«, gebe ich zurück. »Das habe ich jetzt schon oft genug miterlebt, es ist immer das Gleiche, Tremennor und Roscarrow, und dazwischen Enysyule …« Ich unterbreche mich und überlege, ob ich das nicht besser für mich behalten sollte.

Mel sieht mich lange an. »Das ist richtig«, sagt er schließlich. »So ist es immer gewesen. Manchmal denke ich, dass es eigentlich schade ist.« Er hat immer noch die Flasche in der Hand. »Aber nicht heute. Von mir aus können sie schon mal ihr letztes Gebet sprechen und zum Teufel gehen.«

Obwohl es erst kurz nach zwölf ist, schenkt er jedem von uns einen ordentlichen Schluck Brandy ein und schiebt mir ein Glas über den Tisch.

»Beruhigt Ihre Nerven«, sagt er.

»Und was ist mit Ihren Nerven?«, frage ich und nehme das Glas. »Müssen die auch beruhigt werden?«

»Das kann man wohl sagen.« Er hebt sein Glas. »Auf Enysyule.«

Ich war zwar skeptisch, aber Mel hat recht. Der Brandy wärmt meine Kehle und spült das leere Gefühl aus meinem Magen. Als ich den letzten Schluck nehme, höre ich die Haustür mit einem Krachen ins Schloss fallen und Schritte die Treppe heraufkommen.

»War bei Mum«, ruft Jack, »sie hat mir Schinken mitgegeben.« Als er uns am Küchentisch sitzen sieht, wie wir unsere Mittags-Brandys trinken, bleibt er in der Tür stehen.

»Möchten Sie nicht zum Mittagessen bleiben, Miss Pike?«, fragt Mel unschuldig.

Jack sieht weg, als ich versuche, Blickkontakt mit ihm aufzunehmen. Kaum zu glauben, dass ich mit diesem feindseligen Mann schon am Kamin gesessen und Safranbrötchen geröstet habe. »Danke«, sage ich, »aber ich glaube, ich sollte jetzt nach Hause gehen.«

Jack murmelt etwas von Telefonaten, die er erledigen müsse, und verschwindet nach oben.

»Nehmen Sie es sich nicht so zu Herzen, Jessie«, ermutigt mich Mel und klopft mir auf die Schulter. »Wir werden schon einen Weg finden, wie wir beweisen können, dass Tremennor ein alter Lügner ist.«

Ich lächele dankbar und folge ihm nach unten. Vor dem Haus gibt Mel den Schildern, die ich aus dem Wald mitgenommen habe, einen Tritt.

»Wollen Sie die behalten?«

»Um Himmels willen, nein.« Ich wickele mir meinen Schal um den Hals. »Von mir aus können Sie die gern verbrennen.«

»Brennen bestimmt gut«, meint Mel und kratzt sich nachdenklich am Kinn. »Sie kommen heute Abend doch ins Dorf, nicht wahr?«

Heute Abend … Natürlich. Die Weihnachtsbeleuchtung wird feierlich in Betrieb genommen. Inzwischen ist so viel passiert, dass ich das vollkommen vergessen habe.

»Ich weiß nicht recht«, antworte ich zögernd. »Ich finde den Tag bis jetzt eigentlich schon anstrengend genug.«

»Ach, kommen Sie«, sagt er und gibt mir einen leichten Schubs. Ich mache eine unverbindliche Geste und er lächelt. »Ehrlich gesagt bin ich auf der Suche nach jemandem, der mich begleitet. Jack hat etwas anderes vor, und meine Beine sind nicht mehr, was sie mal waren.«

»Also gut«, gebe ich lachend nach. »Wo sollen wir uns treffen?«

»An der Brücke.« Er hebt die Schilder auf. »Um sechs. Und ziehen Sie sich warm genug an!«

Im Gehen drehe ich mich noch einmal um und sehe, wie er recht schwungvoll die Treppe hochsteigt. In meinen Augen sind seine Beine noch ganz gut in Schuss.

Der Winter kommt über das Land, mit jedem Tag wird er mächtiger. Ein Fuß verliert den Halt, ein Kopf hängt kraftlos. In der Dunkelheit lodert ein Feuer, ein Leuchtsignal, eine unverhohlene Zurschaustellung von Stärke. Atemlos rast das alte Jahr darauf zu.

Ich warte an der Brücke auf Mel und summe vor mich hin. Ich weiß nicht, was für ein Lied das ist, aber es geht mir schon den ganzen Nachmittag über ständig im Kopf herum wie das lose Ende einer Garnrolle. Ich habe es sogar Perrin vorgesummt, als wir vorhin mit einem Stück Schnur gespielt haben. Sie war heute verspielt wie eine junge Katze und ist den ganzen Tag durch das Haus gefegt, als hätte ihr jemand Feuer an den Schwanz gebunden.

Oben am Hügel sehe ich die roten Rücklichter der Autos, die am Ortsrand parken, und höre, wie Kinder kreischen und sich die engen Straßen mit Menschen füllen. Auch wenn ich zuerst keine Lust hatte, bin ich jetzt froh, dass ich gekommen bin. Allerdings verspätet sich Mel. Ich sehe auf mein Handy. Wahrscheinlich wird er behaupten, dass seine alten Beine nicht so recht wollten.

Ein kalter Wind kommt vom Ufer her und bringt den Geruch von grauem Wintermeer mit sich. Mit zusammengekniffenen Augen sehe ich in Richtung des Wassers und stelle mir ein schwarz angemaltes Boot vor, das auf den dunklen Wellen hin und her geworfen wird und darauf wartet, dass die Flut kommt. Es ist zu kalt, um lange im Wind zu stehen. Ich will eben ein Stück den Weg am Bach entlanggehen, um zu sehen, wo Mel bleibt, da bemerke ich das Licht einer Taschenlampe und höre Schritte. Ich meine, eine grüne Wachsjacke erkennen zu können.

»Ich wollte gerade wieder gehen!«, rufe ich.

Jack Roscarrow kommt aus der Dunkelheit auf mich zu und starrt mich überrascht an. Verlegen mache ich einen Schritt zurück und blicke suchend über seine Schulter.

»Und Ihr Großvater?«

»Und mein Großvater?«

Unsere Blicke treffen sich, und einen Moment lang denke ich, dass er gleich in Lachen ausbrechen wird, aber dann knipst er die Taschenlampe aus und zieht eine Grimasse.

»Mel hat gesagt, ich soll hier auf ihn warten«, erkläre ich hastig. »Um sechs. Er sagte, Sie hätten etwas anderes vor.«

»Von Ihnen hat er das Gleiche gesagt.«

»Oh.« Plötzlich weiß ich irgendwie nicht mehr, wohin mit meinen Händen. Ich vergrabe sie in der Jackentasche. »Und … kommt er denn noch?«

»Wohl kaum. So wie ich ihn kenne, sitzt er längst im Pub.«

Dann sieht er mich an. »Ich schätze, das ist seine subtile Art, uns zu sagen, dass er es schön fände, wenn wir uns vertragen würden.«

»Ah.«

Eine Weile schweigen wir beide.

»Tja«, Jack deutet auf das Dorf. »Dann gehen Sie doch schon mal vor und ich ...«

»Seien Sie nicht albern«, sage ich schnell und beiße mir auf die Zunge. »Ich meine, Sie wollen doch auch ins Dorf, oder? Dann können wir genauso gut zusammen gehen. Es sei denn, Sie wollen nicht mit mir gesehen werden.« Das habe ich scherzhaft gemeint, aber es klingt, als meinte ich es ernst.

»Seien Sie nicht albern«, antwortet er mit der winzigen Andeutung eines Lächelns.

In geradezu überschwänglichem Schweigen machen wir uns auf den Weg ins Dorf. So viele Menschen habe ich bisher noch nie im Ort gesehen, nicht einmal zu *Allantide*. In allen Gassen drängen sich Leute, dick mit Schals und Mützen vermummt. Die Kinder tragen so viele Schichten übereinander, dass sie sich kaum rühren können. Es ist ein nasskalter Abend, und der eisige Wind vom Meer fährt den Leuten bis in die Knochen. Wenigstens regnet es nicht. Es riecht nach Rauch, nach dem warmen Duft von gerösteten Kastanien und süßem, heißem Apfelwein.

Das Café-und-Angelzeug-Postamt hat noch geöffnet, davor stehen einige Stühle um einen Feuerkorb herum. Ich winke Reg zu, als wir am Dorfladen vorbeikommen.

»Sollen wir uns setzen?«, frage ich Jack, ehe ich Gelegenheit habe, es mir anders zu überlegen. »Da sind noch zwei Stühle frei.«

»Nein«, sagt er und sieht zum Pub hinüber.

Mir reißt der Geduldsfaden. Er gibt sich nicht das kleinste bisschen Mühe, freundlich zu sein. »Dann eben nicht, auf Wiedersehen«, sage ich kühl und gehe weiter.

»Warten Sie!« Er berührt meine Schulter. »So habe ich das nicht gemeint. Ich meinte, dass ich mich *dort* nicht hinsetzen will. Am besten sieht man die Lichter von den Stufen am Pub. Das war immer schon so.«

»Oh.« Ist das etwa eine Einladung? »Ähm …«

»Kommen Sie. Ich zeige es Ihnen.«

Wir bahnen uns einen Weg durch das dichte Gedränge auf der Hauptstraße von Lanford. Alle sind ausgelassen. Es herrscht eine unschuldige, kindliche Feiertagsstimmung, als ob dies der erste Schritt in die Weihnachtszeit sei und das gebührend bejubelt werden müsse. Auf einer improvisierten Bühne neben dem Pub spielt eine Teenager-Band eine schräge Version von »God Rest Ye Merry, Gentlemen«, zu der kleine Kinder herumhopsen.

Ungläubig höre ich dem vertrauten Weihnachtslied zu. Kann es sein, dass in einem Monat schon Weihnachten ist? Mir ist, als wäre ich erst gestern spontan in den Zug gestiegen, um einem Traum zu folgen. Da war der Sommer gerade erst vorüber.

»Hier entlang«, ruft Jack und geht auf eine Steintreppe zu, die an der Seite des Pubs nach oben führt. Auf den Stufen sitzen schon jede Menge Leute, doch als sie Jack sehen, rücken sie zusammen, schütteln ihm die Hand und klopfen ihm auf die Schulter. Wie gewöhnlich treffen mich neugierige Blicke, aber alle sind guter Laune, und als ich ihnen zulächle, lächeln sie zurück. Jack dreht sich zur Seite, damit ich mich an den Rand der Treppe zwängen kann, und als ich aufschaue, sehe ich, dass er recht hatte: Von hier aus können wir über die Köpfe der Leute hinweg das gesamte Dorf bis hinunter zum Fluss überblicken.

Ich höre ein donnerndes Lachen, das mir bekannt vorkommt. Mel sitzt mit einem Pint in der Hand auf einer Bank vor dem Pub, um ihn herum ein ganzer Trupp alter Männer. Ein breites Grinsen durchzieht sein zerfurchtes Gesicht, als er uns bemerkt. Neben mir droht ihm Jack scherzhaft mit der Faust und Mel schüttelt sich vor Lachen, bevor er sich wieder seinem Bier widmet.

»Alter Teufel«, murmelt Jack. Verstohlen beobachte ich ihn, als er sich zu den anderen jungen Männern umdreht, um mit ihnen ein paar Worte zu wechseln. Wenn er seine feindselige Haltung ablegt, ist er offen, freundlich und macht Scherze. Wie konnte ich mich so in ihm irren?

»Sehen Sie mal.« Er beugt sich zu mir und ich spüre die Wärme, die er ausstrahlt, in meinem Gesicht. »Da kommt Dan mit seinen kleinen Quälgeistern!«

Tatsächlich taucht gerade Lizas Mann Dan auf und bemüht sich, eine Schar Kinder auf die Bühne zu bugsieren. Sie stapfen aufgeregt hinter ihm her und rasseln vor lauter Zappeln und Hüpfen ständig ineinander. Geduldig stellt Dan eines nach dem anderen in einer reichlich krummen Reihe auf. Die Jacken und Mützen seiner Schützlinge sind mit Lametta geschmückt, und Dan selbst trägt einen ausgesprochen scheußlichen Pullover mit blinkenden Stechpalmenbeeren. Er kniet sich an den Rand der Bühne und nimmt seine Gitarre zur Hand.

»Jetzt geht's los«, sagt Jack grinsend. »Das glanzvolle Ereignis nimmt seinen Lauf. Bereuen Sie es, hier zu sein?«

Ich lache und drehe mich wieder zur Bühne um. Die Kinder werden vorgestellt: Es sind Schüler der »Eichhörnchen«-Gruppe aus der Grundschule von Lanford, denen dieses Jahr die Ehre zuteilwird, die Weihnachtsbeleuchtung anzuschalten. Dan spielt einen Akkord, den die Mikrofone durch das ganze Dorf tragen.

»Okay«, hört man ihn flüstern, »genau, wie wir es geübt haben. Und los!«

Die Kinder legen los, jedes stimmt einen anderen Ton an, aber nach kurzer Zeit fallen sie immerhin in einen etwa gleichen Rhythmus. Dans klare Stimme begleitet sie im Hintergrund:

»Ha'n kelynn yw an kynsa a'n gwydh oll y'n koes …«

In meinem Kopf fühle ich etwas einrasten wie der Zacken eines Zahnrads, der in die vorgesehene Lücke rutscht.

»Das Lied kenne ich«, flüstere ich. Genau diese Melodie ist mir den ganzen Tag über im Kopf herumgegangen. Woher kenne ich sie? Ich verstehe nicht einmal den Text. »Was ist das?«

»Das ist Kornisch«, erklärt Jack zärtlich lächelnd, »ein altes Weihnachtslied. Alle Kinder lernen es hier in der Schule.« Er wartet ab, bis die Kinder durch den Rest der Strophe gestolpert sind, und stimmt dann mit ein: *»Im grünen Wald der erste Baum trägt Dornen und Beeren an seinem Saum.«*

»Kelynn! Kelynn!«

Ein Mann kämpft sich durch einen Schneesturm und singt dabei, um sich warm zu halten und den Mut nicht zu verlieren …

»Holly! Holly!«

Die letzten Akkorde gehen im Applaus des Publikums unter. Auf der Bühne bricht hektische Aktivität aus und von einer Sekunde auf die andere erstrahlt das Dorf in tausend Farben. Die Lichter sind angegangen und leuchten in der Dunkelheit: weiß, rot und sogar blau. Während die Menge den Lichterzauber mit vielen *Ahs* und *Ohs* begrüßt, verschwimmt der Lärm in meinen Ohren zu einem dumpfen Dröhnen, und die elektrischen Lichter sind auf einmal Fackeln, die die Nacht erhellen. Ich höre laute Stimmen um einen grauen Stein und im Hintergrund das Rennen von Füßen, das Hämmern von Hufen, ein wild klopfendes Herz, eine singende Frau, ein Messer, das Zeichen in einen Stein ritzt, Tränen, die auf Schnee fallen …

In meinem Kopf dreht sich alles. Ich strecke eine Hand aus, um Halt zu finden, und greife ins Leere. Eine grauenvolle Sekunde lang fürchte ich zu fallen, doch dann packt mich jemand am Mantel und zieht mich zurück. Ich stehe auf der Treppe, die Leute bejubeln immer noch die tausend bunten Lichter, die über den Straßen von Lanford strahlen.

Jack sieht mir ins Gesicht. »… in Ordnung?«, erkundigt er sich besorgt.

Ich schlucke, um das Dröhnen loszuwerden, und nicke. Sicherheitshalber mache ich einen Schritt zurück, weg vom Rand der Treppe. Er scheint nicht überzeugt.

»Möchten Sie etwas trinken?«, ruft er über die Ankündigungen von der Bühne hinweg. »Wenn wir jetzt gehen, müssen wir nicht anstehen.«

Ich nicke wieder und bin froh, von den Stufen herunterzukommen und den Lichterteppich hinter mir zu lassen, auch wenn er jetzt in meinem verschwommenen Blick ganz unschuldig in die Nacht leuchtet. Erleichtert trete ich auf die Straße. Vor dem Pub ist ein Stand, der heißen Apfelwein verkauft. Ich bestehe darauf, Jack einzuladen. Das Zählen der Münzen gibt mir die Gelegenheit, mich zur Abwechslung auf etwas Konkretes, Alltägliches zu konzentrieren. Jack kauft noch ein paar geröstete Kastanien, und ich nippe an meinem Glühwein. Ich tauche in die Aromen vertrauter Gewürze ein: Zimt, Nelken, getrocknete Zitrusschale und der herbe Geschmack von Äpfeln, die vor wenigen Monaten noch schwer an den Bäumen hingen.

Ohne uns abgesprochen zu haben, schlendern wir eine kleine Gasse entlang, weg von der Menschenmenge hinunter zum Wasser. Mit jedem Schritt wird es ruhiger, und der Lärm der feiernden Menge lässt nach. Ich atme tief durch. Es scheint, als hätte ich mich schon zu sehr an die Ruhe des abgeschiedenen Tals gewöhnt.

»Was war eben los mit Ihnen?«, fragt Jack und trinkt einen Schluck Apfelwein. »Sah fast so aus, als würden Sie gleich in Ohnmacht fallen.«

Ich nehme auch einen Schluck aus meinem Becher, um Zeit zu gewinnen.

»Ich weiß es nicht«, antworte ich schließlich. »Seit Kurzem geht meine Fantasie manchmal mit mir durch.« Ich zwinge mich zu lächeln. »Das muss wohl der Enysyule-Effekt sein. Hat Thomasina … wissen Sie, ob sie jemals Visionen oder etwas in der Art hatte?«

Jack macht ein nachdenkliches Geräusch. »Keine Ahnung. Ich würde es jedenfalls nicht ausschließen, sie war schon etwas seltsam.« Er sieht mich von der Seite an. »Sie hat mit Perrin immer gesprochen, als wäre sie keine Katze, sondern eine Mitbewohnerin, mit der sie sich das Tal teilt.«

Ich antworte nicht und bin froh, dass er im Dunkeln mein Gesicht nicht sehen kann. Wir sind am Fuß des Hügels angekommen, wo die Straße auf den Fluss trifft. Jack setzt sich auf die Ufermauer und lässt die Beine baumeln. Ich folge seinem Beispiel. Im Wasser vor uns spiegeln sich die bunten Lichter des Ortes: gold und rot und grün.

»Danke, dass Sie neulich das Skizzenbuch vorbeigebracht haben«, beginnt er nach einer Weile. »Grandpa hat es mir gezeigt. Es bedeutet ihm sehr viel.«

»War doch selbstverständlich«, murmele ich, während ich mir die Hände an dem Pappbecher wärme.

»Nein, war es nicht.« Jack sieht mich an. »Hören Sie, es tut mir leid, dass ich so …« Er verstummt und schüttelt den Kopf, als fände er nicht die richtigen Worte. »Haben Sie sich heute Morgen verletzt?«, fragt er stattdessen. »Ich habe die Jodflasche auf dem Tisch gesehen.«

Ich muss lachen und streife den Ärmel etwas hoch, sodass der große orangegelbe Fleck zum Vorschein kommt. »Das war nur ein Kratzer. Ich wusste gar nicht, dass es noch Leute gibt, die Jod verwenden.«

»Gibt es auch nicht. Grandpa hat diese Flasche seit 1964, glaube ich.«

»Er hat erzählt, dass Sie mit der Flasche öfter Bekanntschaft gemacht haben.«

Jack holt die Tüte mit den Kastanien aus seiner Jackentasche und hält sie mir hin. »Stimmt, ich war ein ziemlicher Unglücksrabe als Kind. Die Werft war mein Spielplatz und da liegen ja alle möglichen Winden und Taue und kaputte Motoren herum …«

»Seit wann arbeiten Sie dort?« Dampf steigt auf, als ich eine der süß und leicht verbrannt riechenden Kastanien schäle.

»Ein bisschen ausgeholfen habe ich immer schon. Dann war ich eine Weile auf der Uni. Aber als Phyllis – meine Großmutter – starb und Grandpa nicht so gut allein zurechtkam«, er zuckt die Achseln, »habe ich mich mit meinem Abschluss eben beeilt und bin zurückgekommen. Seitdem arbeite ich bei ihm.«

»Was ist mit dem Rest Ihrer Familie?«

»Was soll mit ihnen sein?«, fragt er. »Sie meinen, warum sie nicht auch auf der Werft arbeiten?« Ich nicke. »Sie haben ihre eigenen Berufe. Meine Mutter ist Buchhalterin und mein Vater hat eine Autowerkstatt weiter landeinwärts. Boote waren noch nie seine Welt. Und meine Schwester Amy interessiert sich nur für die Welt unter Wasser. Sie ist Meeresbiologin und arbeitet im Ausland.« Prüfend dreht er eine Kastanie in den Händen. »Bleibe also nur ich.«

Unwillkürlich sehe ich die Familie Roscarrow vor mir, wie sie ausgelassen am Kamin feiert. Drei Brüder und der Vater, alle erhängt. Generationen später sind die Folgen immer noch zu spüren. Zum ersten Mal beginne ich zu verstehen, weshalb der Groll zwischen den Tremennors und den Roscarrows so tief geht.

»Jack, wissen Sie, wie es kam, dass Thomasina und ihre Mutter in Enysyule wohnten? Mel konnte mir nur berichten, was man sich hier so erzählt, aber ich brauche einfach etwas Konkretes.«

Er sieht mich an. »Wegen Roger? Grandpa hat mir gesagt, was

er vorhat.« Er spielt mit seinem leeren Becher. »Ich vermute mal, dass Alex da auch mit drinsteckt?«

Trotz der Kälte beginnt mein Gesicht zu glühen. Ich hatte gehofft, er würde Alex nicht erwähnen, aber es ist offenbar nicht Jack Roscarrows Art, mit Dingen hinter dem Berg zu halten.

»Er muss die ganze Zeit davon gewusst haben«, sage ich leise.

Jack verzieht das Gesicht. »Tut mir leid.«

»Sie müssen sich wirklich nicht entschuldigen. Ehrlich gesagt frage ich mich, was er sich bei alldem gedacht hat.« Ich halte inne. »Und ich frage mich, was *ich* mir dabei gedacht habe.«

Jack schweigt, die Lippen aufeinandergepresst.

»Wenn Ihnen jetzt ein ›Ich habe es Ihnen ja gleich gesagt‹ auf der Zunge liegt, dann …«

»Fiele mir im Traum nicht ein«, beeilt er sich zu sagen und grinst breit, genau wie Mel. »Um Ihre Frage zu beantworten, nein, ich weiß auch nicht mehr als Grandpa. Das liegt im Wesen dieser Gegend. Geschichten sind unsere Geschichte und unsere Geschichte besteht aus Geschichten. Von Fakten halten wir nicht viel. Tut mir leid, dass ich Ihnen nicht mehr sagen kann.« Plötzlich hellt sich seine Miene auf. »Aber Sie sollten zu Geoff gehen, Michaelas Mann. Er leitet das Heimatmuseum und ist mit unserer Vergangenheit besser vertraut als irgendjemand sonst. Er ist nicht von hier«, er gibt mir einen sanften Stoß mit dem Ellbogen, »so wie Sie. Er ist völlig unbelastet von den ganzen alten Legenden.«

»Aber Michaela hat ihn doch bestimmt schon dazu befragt?«

Jack zuckt mit den Schultern. »Kann schon sein. Aber ist doch gut möglich, dass sie nicht die richtigen Fragen gestellt hat.«

»Und Sie meinen, ich werde die richtigen Fragen stellen?«

Jack lächelt und ich betrachte ihn eingehend: sein gebräuntes Gesicht, die kräftige Nase und die Augen, die wie Kastanien glänzen und die stets zwischen Ernst und Schalk zu schwanken scheinen.

»Ja, das meine ich«, sagt er leise.

Wir sehen uns an. Er ist so nah, dass ich die Wärme seines Körpers spüre. Er verströmt den Geruch von verbranntem Holz, Seife und warmer Haut.

»Gut.« Ich sehe wieder auf den Fluss, damit er nicht bemerkt, wie ich erröte. »Wenn es so ist, gehe ich morgen zu Geoff. Wo, sagten Sie, ist das Museum?«

»Gleich neben der Kirche.« Jack lehnt sich zurück, und die eisige Novemberluft fährt zwischen uns. »Aber morgen wird geschlossen sein. Wenn mich nicht alles täuscht, ist das Museum nur dienstags und donnerstags geöffnet.«

Ich stöhne. »Der Termin mit Tremennor ist am Montag. Ich hatte gehofft, bis dahin irgendetwas in der Hand zu haben.«

»Wissen Sie was«, sagt Jack und springt von der Mauer, »wir fragen mal Grandpas Freunde. Die haben inzwischen bestimmt schon etwas Schlagseite. Und selbst wenn dabei nichts Brauchbares herauskommt, kann es zumindest ganz lustig werden.«

Ohne nachzudenken, strecke ich die Hand aus – er zieht mich hoch und wir stehen auf einmal ganz nah beieinander.

»Diese Freunde von Ihrem Großvater«, sage ich rasch und gehe los, »sind das dieselben, die im Pub waren, als ich …?«

»Als Sie durch den Raum gestürmt kamen, um uns die Leviten zu lesen?« Jack lacht. »So ist es. Genau die.«

»O Gott.«

»Keine Sorge, Miss Pike.« Wir kommen auf die Hauptstraße, die bunte weihnachtliche Beleuchtung strahlt grell in der Dunkelheit. Vor dem Pub steht Mel. Als er uns entdeckt, grölt er uns entgegen. Jack muss grinsen. »Den Schlimmsten von allen kennen Sie ja schon.«

Am Montagmorgen ziehe ich mich mit einem mulmigen Gefühl im Magen für das Treffen mit Tremennor und seinem Anwalt an. Ich versuche, möglichst schick und seriös auszusehen. Normalerweise würde ich jetzt in einer übergroßen, alten Strickjacke am Küchentisch sitzen und schreiben und dabei meine dritte Tasse Tee trinken. Auch Perrin hat ihre Morgenroutine. Sobald ich mich an den Tisch setze, quietscht das Spülküchenfenster und Pfoten kommen durch den großen Wohnraum getappt, die einer nassen, mit Schlamm bespritzten Katze gehören, die erst einmal über meine Tastatur laufen muss. Wenn das erledigt ist, verzieht sich Perrin in den alten Ohrensessel am Feuer, widmet sich ihrer Morgentoilette und gönnt sich anschließend ein Nickerchen.

Sie wirkt nicht erfreut, als sie mich heute aufbruchsbereit an der Tür warten sieht statt an meinem üblichen Platz am Tisch. Sie springt für alle Fälle wie immer auf den Tisch und verteilt ihre Fußspuren auf dem Holz. Ich streiche ihr vorsichtig übers Fell, damit mein Outfit nicht zu viele Katzenhaare abbekommt.

»Wünsch mir Glück«, bitte ich sie. »Ich kämpfe heute für dein Zuhause.«

Sie antwortet mit einem kleinen Gurren und steuert den Kamin an. Ich wünschte, ich könnte mich ihr anschließen. Stattdessen versuche ich mich irgendwie zu beschäftigen, um die Wartezeit zu überbrücken, und werde dabei zunehmend nervöser. Kurz vor der verabredeten Zeit piept mein Handy, ich habe eine Nachricht bekommen. Das muss Liza sein, die mich oben an der Straße abholen will. Mein Handy liegt am äußersten Rand der Kommode, die einzige Stelle, an der ich manchmal Netz habe. Das Geräusch hat Perrins Interesse geweckt – sie springt auf die Kommode und schnuppert neugierig am Telefon. Seltsam, denke ich und gehe zu ihr, bisher hat sie sich noch nie für das Handy interessiert.

»Perrin«, sage ich warnend, als sie anfängt, es mit den Tatzen zu stupsen.

Sie hält inne, eine Pfote in der Luft, und sieht mich mit ihren wissenden gelben Augen prüfend an. Dann senkt sie die Pfote bedächtig und katapultiert das Handy mit einem gut gezielten Schubs von der Kommode.

»Perrin!« Ich mache einen Satz, doch es ist zu spät. Das Gerät landet mit einem Knall auf den Steinfliesen und schlittert in eine dunkle Ecke.

Meine Verärgerung prallt an Perrin vollkommen ab. Sie widmet sich der Säuberung ihrer Pfote, als hätte sie sich bei ihrer Schandtat schmutzig gemacht. Fluchend lasse ich mich auf die Knie fallen und spähe unter die Kommode. Vor mir tut sich eine Sphäre der Vernachlässigung auf: Spinnweben, dicke Staubballen, Ansammlungen von undefinierbarem Schmutz, Kellerasseln, Spinnen und ganz hinten – mein Telefon. *So viel zum Thema schick und seriös*, denke ich grimmig und lege mich flach auf den Bauch, um es herauszuangeln. Ich strecke meine Hand aus und spüre mit Grauen, wie ich Spinnweben durchtrenne. Doch das Telefon liegt zu weit weg, ich muss den Schürhaken holen.

Als ich mit dem Schürhaken unter der Kommode herumfuchtele, stoße ich auf Widerstand und ich höre das Kratzen einer Glasscherbe. Dann kommt mein Handy zum Vorschein, starr vor Schmutz, aber intakt und das Display voll mit blinkenden Nachrichten. Liza wartet sicher schon auf mich … Eilig fahre ich mit dem Schürhaken noch einmal unter die Kommode, um alles, was sonst noch dort im Verborgenen liegt, hervorzuholen. Meine Finger berühren etwas, das sich wie Holz anfühlt, und ich befreie es von Staub und Spinnweben.

Es ist ein Rahmen, dunkel von Alter und Kaminrauch, das Glas darin ist in drei Stücke zersprungen. Auf schwarzem Samt sind dahinter zwei runde Bronze-Scheiben befestigt. *Medaillen?*, frage ich mich. Auf der Rückseite hängen zwei lose Enden einer Schnur. Sie muss irgendwann gerissen und der Rahmen unbemerkt hinter die Kommode gefallen sein. Ich fahre mit den Fingern über das schmutzige Glas. Die Metallscheiben ziehen mich geradezu magnetisch an, als ob sie mich locken wollten, sie anzufassen …

Auf dem Boden beginnt mein Handy wütend zu schnarren und holt mich aus meinen Träumereien. Ich ziehe meine Hand weg – jetzt habe ich keine Zeit für diese Dinge. Was auch immer es mit diesen Medaillen auf sich hat, es muss warten. Ich lege sie in eine der Schubladen, für den Fall, dass Perrin weiterhin in Spiellaune ist. Dann schnappe ich meine Handtasche, meinen Mantel und stecke das mit Staub und Krümeln verklebte Handy ein. Ich will gerade die Tür hinter mir schließen, als mein Blick auf Perrin fällt, die wie festgewachsen auf ihrem Sessel am Feuer sitzt. Sie blinzelt mir zu. Wenn ich es nicht besser wüsste, würde ich sagen, sie ist sehr mit sich zufrieden.

»Wo haben Sie gesteckt?«, fragt Liza, als ich verschwitzt vom schnellen Laufen und staubig von meiner Rettungsaktion zu ihr ins Auto klettere. »Wir sollten zu diesem Termin auf keinen Fall zu spät kommen.«

»Tut mir leid, aber Perrin … Ach, egal. Hallo, Michaela.«

Michaela nickt mir vom Rücksitz zu, ohne aufzusehen. Um sie herum verteilt liegen Papiere, Aktenordner und Notizbücher. Sie trägt ein sehr schickes Kostüm in einem Rot, das einem die Augen tränen lässt, und hat nicht an Haarspray gespart: Ihr Haar sitzt robust wie ein Helm.

»Sie sucht noch nach Schlupflöchern«, murmelt Liza, als wir im Tiefflug davonrasen, »irgendetwas, damit wir vor Roger besser dastehen.«

»Am Wochenende habe ich mit Mel Roscarrow gesprochen«,

erzähle ich ihr, »auch mit seinen Freunden. Sie behaupten alle ziemlich übereinstimmend, dass Thomasinas Mutter Enysyule vor ungefähr hundert Jahren zugesprochen wurde, aber keiner weiß, wie und warum.«

»Dann wird uns das nichts nützen, fürchte ich«, sagt Liza mit ernstem Gesicht.

»Aber gibt es denn keine ... Besitzurkunden oder irgendetwas in der Art?«, bohre ich nach. »Irgendjemand muss doch etwas wissen.«

»Die Urkunden sind verschwunden«, tönt eine düstere Stimme vom Rücksitz. Ich sehe nach hinten, in Michaelas leicht gerötete Augen. »Deswegen denkt Roger ja, dass er damit durchkommt. Er wird die Neuausstellung des Grundbriefes beantragen und dabei Beweise vorlegen, dass das Land ihm gehört.«

Frustriert lasse ich mich in den Sitz zurückfallen und starre vor mich hin, bis wir von der Straße abbiegen. RIVERVIEW GOLF CLUB, steht auf einem Schild, NUR FÜR MITGLIEDER. Keine von uns spricht, während sich das Auto eine kurvige Auffahrt entlangwindet. Hier findet sich keine Spur von den in der Gegend üblichen braunen Stachelhecken und den gelb gefleckten Stechginsterbüschen – nur perfekt gepflegter, millimeterkurzer Rasen.

Wir sind ein recht bizarres Trio, wie wir so in das Foyer des Golfclubs marschieren: ich in meinem verknautschten, staubigen Blazer, Michaela in Grellrot mit dicken Schulterpolstern, Liza adrett, mit wippendem Pferdeschwanz und einem Bündel Akten unter dem Arm. Außerdem scheinen wir hier weit und breit die einzigen Frauen zu sein.

»Hier entlang«, sagt der junge Mann an der Rezeption und blickt etwas ängstlich über die Schulter. »Mr Tremennor hat die *Garden Suite* reserviert. Er erwartet Sie bereits.«

»Wieso überrascht mich das nicht?«, bemerkt Michaela säuerlich und wir folgen dem jungen Mann über einen mit dickem Teppich ausgelegten Gang, der von Fotografien verblichener Clubmitglieder gesäumt ist.

Durch eine doppelflügelige Rauchglastür kann ich Roger Tremennor erkennen, lässig auf einen Besprechungstisch gelehnt, eine leere Tasse Kaffee vor sich. Ihm gegenüber sitzt ein junger Mann im eng anliegenden, schmalen Anzug und tippt lachend etwas in sein Handy. Meine Kehle ist staubtrocken und ich muss schlucken. Ich habe das Gefühl, in eine völlig andere Welt zu geraten, die aus rechtsverbindlichen Erklärungen und klimatisierten Konferenzräumen besteht und Tausende Meilen weit von dem ursprünglichen, in wildes Grün gebetteten Enysyule entfernt liegt, wo Stein und Wurzel und Wasser alles ist, was wirklich zählt.

Roger Tremennor steht umständlich auf und streckt die Hand aus, die Michaela jedoch geflissentlich übersieht. Wortlos geht sie an ihm vorbei. Ich unterdrücke ein kleines Lächeln. Sie ist nicht sehr optimistisch, was die Rettung von Enysyule angeht, aber sie ist offensichtlich entschlossen, sich nicht kampflos zu beugen. Sie zerrt den Stuhl am Kopfende des Tisches heraus und lässt sich darauffallen.

»Also schön«, sagt sie, »lassen Sie uns anfangen. Sie sind wohl Mr Mitchell«, wendet sie sich an den jüngeren der beiden Männer, »der Anwalt aus Truro?« Der Angesprochene öffnet den Mund, um zu antworten, doch Michaela beachtet ihn nicht und fährt fort: »Dies ist Ms Graff, meine Assistentin, und Miss Pike, die in Enysyule wohnt.«

»Sehr erfreut, Sie alle hier begrüßen zu können«, antwortet der Mann aalglatt, »obwohl ich in meinem Schreiben ja darauf hingewiesen habe, dass die Mieterin nicht anwesend sein muss.«

Die Mieterin. Ich beiße die Zähne zusammen. »Wenn mein

Mietvertrag für unwirksam erklärt werden soll, möchte ich wenigstens den Grund dafür erfahren«, sage ich spitz.

Er lächelt unbeirrt freundlich, als hätte ich nichts von Belang von mir gegeben. »Also«, sagt er, »wollen wir damit beginnen, den Status quo zu besprechen?«

»Die gegenwärtige Situation ist uns bestens vertraut, vielen Dank«, gibt Michaela gereizt zurück. »Was wir nicht wissen, ist, was Roger im Schilde führt.«

»Aber, aber, Michaela, ich bin doch nicht derjenige, der sich nicht an unsere Abmachung gehalten hat.« Tremennor beugt sich etwas vor, die Hände gefaltet. »Wir hatten uns doch schon so gut wie geeinigt, dass ich Enysyule übernehme.«

»O nein, das ist nicht zutreffend. Wir haben lediglich *theoretisch* über diese Möglichkeit gesprochen, bevor ich eine Anzeige für das Cottage geschaltet habe, was – wenn ich Sie erinnern darf – der Treuhandfonds so vorschreibt. Ich habe es nicht zu verantworten, wenn Miss Pike den Vertrag vor Ihnen unterschrieben hat.«

»Der Treuhandfonds«, unterbricht Mr Mitchell, ohne den Blick von seinem Handy zu lösen, »sieht also vor, ›dass zu gewährleisten ist, dass ein Hüter und Beschützer für Enysyule bereitgestellt wird, solange Perrin lebt‹?«

»So ist es«, erwidert Michaela kühl.

»Und Perrin ist …?«

Ich bemerke ein Zucken in ihrem Gesicht. »Eine Katze.«

»Eine Katze«, wiederholt Mr Mitchell und stiert sie an. »Wie ungewöhnlich.«

»Vielleicht ungewöhnlich, aber völlig legal«, fügt Liza hinzu und tippt auf den Aktenordner vor ihr. »Ich habe hier eine Kopie der Unterlagen, falls Sie sich die Mühe machen wollen, sich dessen zu vergewissern.«

Ich schicke ihr ein kleines Lächeln.

Ihre Mundwinkel heben sich fast unmerklich.

»Es ist nur dann legal, wenn ihr das verdammte Grundstück überhaupt gehört hat«, donnert Roger. »Was nicht der Fall ist. Rechtlich gesehen ist Enysyule nach wie vor Teil der Tremennor Estates.«

»Das ist völliger Blödsinn!« Michaelas Gesichtsfarbe hat das Rot ihres Kostüms angenommen. Sie holt tief Luft und versucht, ruhig zu sprechen. »Einer Ihrer Verwandten hat Thomasinas Mutter den Besitz zugesprochen. Das ist die Wahrheit. Ich weiß es, Sie wissen es, das ganze Dorf weiß es.«

»Nichts als der übliche Klatsch und Tratsch«, gibt Tremennor beißend zurück.

»Jetzt hören Sie mir mal zu!« Michaela ist schon halb aus ihrem Stuhl und auch Roger hat seinen Stuhl schon zurückgeschoben.

»Es besteht überhaupt kein Grund, laut zu werden«, sagt Mr Mitchell. »Mrs Welwyn, wir können diese Angelegenheit binnen weniger Minuten klären. Sie müssen uns lediglich einen entsprechenden Beweis vorlegen. Nur einen einzigen. Können Sie das?«

Michaela starrt ihn an und antwortet mit einem knappen Kopfschütteln.

»Nun, nachdem Mr Tremennor im Besitz einer unterzeichneten Erklärung ist, in der Miss Roscarrow ihre Eigenschaft als Mieterin anerkennt, und angesichts des doch recht fragwürdigen, ähm, tierischen Gegenstands des Treuhandfonds«, er lächelt uns an, »fürchte ich, dass Ihre Argumentation auf äußerst wackeligen Füßen steht.«

Mit einem Klicken lässt er die Mine aus seinem Kugelschreiber herausfedern und zieht ein Blatt Papier zu sich heran. »Lassen Sie uns also einen Vergleich aufsetzen, was meinen Sie? Mr Tremennor ist bereit, eine ausgesprochen großzügige Summe für Ihre

Kooperation anzubieten.« Er kritzelt eine Zahl. »Das ist unser aktuelles Angebot.« Er schiebt Michaela das Blatt zu. Ich sehe, wie ihre Gesichtsfarbe von Tiefrot zu Wachsweiß wechselt. Ich kann mich nicht länger zurückhalten.

»Aber so geht das doch nicht, verdammt noch mal«, schrillt meine Stimme durch das allgemeine Schweigen. »Was wird aus Perrin? Thomasina wollte, dass sie für den Rest ihres Lebens *im Cottage* versorgt wird. Nur deswegen hat sie den Treuhandfonds eingerichtet. Zählt das denn überhaupt nicht?«

»Wenn ich richtig informiert bin«, sagt Mr Mitchell mit Unschuldsmiene, »ist das Tier ja bereits sehr betagt. Sobald es stirbt, wird jegliche vorherige Vereinbarung nichtig. Und dann müssen wir mit all dem wieder von vorne anfangen. Das erscheint doch ganz und gar unvernünftig, meinen Sie nicht auch?« Er lächelt mich an. »Wie alt werden Katzen eigentlich?«

»Wie alt werden Katzen eigentlich«, wiederhole ich knurrend, als wir über den Parkplatz marschieren. »Was wollte er damit sagen?« In der Zwischenzeit ist es draußen noch dunkler geworden, die Wolken hängen tief und der Himmel hat ein intensives Kopfschmerzgrau angenommen.

Niemand antwortet, und wir steigen ins Auto. Liza lässt den Motor an. Das beharrliche Schweigen der beiden zerrt an meinen Nerven.

»Und was machen wir jetzt?«, frage ich und drehe mich zu Michaela um. »Wenn er lügt, muss es doch irgendeinen Weg geben, das zu …« Ich verstumme. Michaela sitzt vornübergebeugt, den Kopf in den Händen.

»Wir können nichts mehr tun«, sagt sie undeutlich durch ihren Schal. »Sie haben ja gesehen, welche Summe er für den Vergleich bietet. Wenn er freiwillig so viel Geld in den Ring wirft, damit wir stillhalten, dann können wir uns ausrechnen, wie viel mehr er erst ausgeben würde, um uns vor Gericht wie Ameisen zu zerquetschen.« Erschöpft blickt sie mich an. »Unsere Agentur kann sich das einfach nicht leisten. Es tut mir furchtbar leid, Jess. Wenn ich das geahnt hätte, hätte ich nie zugelassen, dass Sie diesen Mietvertrag unterschreiben.«

Ich drehe mich zum Fenster, starre hinaus und versuche, nicht loszuheulen. Die Vorstellung, dass Enysyule – der Ort, an dem ich mich lebendiger fühle denn je, wo ich spüre, dass ich mit etwas Größerem als mir selbst verbunden bin – mir entrissen und dem Erdboden gleichgemacht werden könnte, ist mehr, als ich ertragen kann, und lastet zentnerschwer auf meiner Brust. Und Perrin, wieder auf sich allein gestellt, ihr Zuhause für immer verloren … Nein. Ich schließe die Augen und versuche, in die Zukunft zu sehen, einen Weg zu finden.

Enysyule. Sein Name webt sich durch meine Gedanken wie schon so oft. Grau und grün. *Safran und Regen. Fackeln in der Nacht. Licht fällt auf alten Stein. Stechpalmen, Schneeflocken und eine Gestalt mit Pfoten aus Rauch und Krallen aus Dornenzweigen und Augen, so gelb wie der Herbstmond …*

»Wann müssen Sie Tremennor Rückmeldung geben, ob Sie den Vergleich akzeptieren?«, frage ich unvermittelt.

»Wir haben eine Bedenkzeit von fünf Werktagen«, antwortet Michaela stirnrunzelnd. »Also nächsten Montag.«

»Geben Sie mir bis dahin Zeit.« Ich sehe die beiden beschwörend an. »Bitte, geben Sie mir noch einige Tage, um einen Ausweg zu suchen. Ich finde, das sind Sie mir schuldig.«

Michaela seufzt. »Also gut«, sagt sie. »Bis Montag halten wir still. Aber bitte machen Sie sich keine allzu großen Hoffnungen, Jess. Gegen einen Tremennor kommt man in dieser Gegend nicht an, man könnte genauso gut gegen Windmühlen kämpfen.«

Die Kirche liegt etwas außerhalb des Dorfs. Von der Hauptstraße mit ihrer Weihnachtsbeleuchtung aus geht es am Pub vorbei, dann führt hinter dem letzten strohgedeckten Cottage ein Weg den Hügel hinauf. Auf seinem Gipfel thront die Kirche, unter sich Lanford auf der einen Seite und den Fluss und seine verborgenen Bachzuläufe auf der anderen. Als ich oben bin, bleibe ich auf dem Platz vor der Kirche stehen, um wieder zu Atem zu kommen. Es ist ein seltsames Bauwerk, das aus verschiedenen Stilen zusammengewürfelt scheint, als ob viele Hände über die Jahrhunderte hinweg immer wieder etwas hinzugefügt und repariert hätten. Ein gedrungener grauer Turm mit von Wind und Wetter verblichener Fassade ragt an einer Seite der Kirche empor.

ST. PIRAN steht auf einem Holzschild neben dem Eingang. Durch ein massives Tor mit Giebeldach gelangt man auf einen grasbewachsenen Friedhof. Es ist ein sehr altes Friedhofstor, wahrscheinlich noch aus dem Mittelalter. Auch der Friedhof selbst mit seinen kreuz und quer aus dem Boden ragenden Grabsteinen scheint uralt zu sein. Mein Blick bleibt an den in Stein gemeißelten Namen hängen, und ich gehe näher heran, um sie besser lesen zu können. Es sind immer wieder die gleichen Namen und ich kenne sie: Roscarrow und Graff, Blyth und Hesketh und Polkinghorne. Der Name Tremennor fehlt, zweifellos haben die ihren Privatfriedhof. Ich schlendere auf die andere Seite des Friedhofs, wo eine Reihe sturmzerzauster Bäume steht und das Gelände steil zum Fluss hin abfällt. Hier am Rand gibt es weder frische Blumen noch abgebrannte Grablichter. Das Gras wächst höher, und die Steine sind fast bis zur Unkenntlichkeit verwittert. Viele sind umgestürzt oder zerbrochen, und ihre herumliegenden Überreste werden langsam von der Erde verschluckt. Ich bücke mich und versuche, einige der flechtenbewachsenen Buchstaben zu entziffern. Der Wind wird wieder stärker und fegt durch die klauenartigen Bäume. Die scharfe, eisige Luft schlägt mir wie eine Ohrfeige ins Gesicht. Über mir versuchen Möwen, mit ihrem Geschrei den Wind zu übertönen.

»Kann ich helfen?«, fragt plötzlich jemand von der Seite, und ich fahre vor Schreck heftig zusammen.

Es ist Geoff, Michaelas Mann, der mich durch seine runde Brille ansieht. In der Hand hält er ein dickes Ringbuch. »Oh, Miss Pike«, sagt er und ringt sich ein Lächeln ab. »Hallo. Ich habe schon gehört, dass Sie vorbeikommen wollten.«

Ich habe mich immer noch nicht daran gewöhnt, wie klein Lanford manchmal ist. »Hallo. Äh – ja.« Unschlüssig blicken wir uns an. »Haben Sie schon geöffnet?«

»Natürlich«, beeilt sich Geoff zu sagen, »natürlich, ich war nur kurz mittagessen. Kommen Sie.«

An die Rückseite der Kirche befindet sich ein flacher, scheunenartiger Anbau, der vielleicht einmal der Gemeindesaal war. Auf einem Plastikschild neben der wuchtigen Holztür steht HEIMATMUSEUM LANFORD. Innen ist es kalt und dunkel, und als Geoff die Beleuchtung einschaltet, sehe ich, dass der ganze Raum von oben bis unten mit Geschichte vollgestopft ist. Vitrinen, die schon bessere Tage gesehen haben, beherbergen riesige, in Leder gebundene Bände, Münzen, landwirtschaftliche Utensilien, Keramikscherben, Feuersteine und Pfeilspitzen. An den Wänden hängen dicht an dicht gerahmte alte Fotografien und Zeichnungen, Landkarten und Zeitungsausschnitte. Lanfords gesamte Vergangenheit, Abertausende von Geburten, Todesfällen und Eheschließungen, Hunderte Ernten und Weihnachtsfeste finden sich komprimiert in diesem einen Raum.

Staunend sehe ich mich um. Im Vergleich zu diesen Zeugnissen der Geschichte erscheint mir mein eigenes Leben auf einmal kurz und flüchtig, und zum ersten Mal verstehe ich das Gewicht, das ich immer spüre, wenn ich die Grenze zu Enysyule überschreite: Es ist das Gewicht der Zeit, der Jahrhunderte, die sich in dem kleinen Tal gesammelt haben wie Regen in einer Mulde.

»Verzeihen Sie das Durcheinander«, unterbricht Geoff brummend meine Gedanken. »Wir brauchen dringend größere Räume.« Er lächelt entschuldigend und schaltet zwei Heizlüfter an, um die Kälte etwas zu vertreiben.

»Das hier ist einfach … unglaublich«, sage ich, während ich eine Sammlung von Gegenständen aus Zinn begutachte. »Und Sie führen das Museum ganz allein?«

»Nun ja, ab und zu kommen ein paar Ehrenamtliche«, antwortet er und sieht sich stirnrunzelnd um, »aber es stimmt schon, im Großen und Ganzen bin ich hier auf mich allein gestellt. Es ist nicht immer so ruhig wie jetzt, im Sommer kann es auch mal recht lebhaft zugehen.«

Ich lächele ihn an und frage mich, wie um alles in der Welt ein derart ruhiger, introvertierter Mann an einen solchen Wirbelwind wie Michaela geraten konnte.

»Sie wissen sicher schon, weshalb ich hier bin?«, frage ich und rücke etwas näher an einen der Heizlüfter.

»Ja«, seufzt er, »eine traurige Sache. So aufgelöst habe ich Michaela noch nie erlebt, und sie ist nun wirklich nicht leicht aus der Fassung zu bringen.« Er verschwindet in einer Nische und ich folge ihm. In der Ecke steht ein alter Schrank, der als Büroersatz dient, ein altersschwacher Computer und ein Stuhl, der in den Bergen von Archivkartons, Kisten und Aktenordnern fast untergeht. Geoff deponiert das Ringbuch auf einem turmhohen Stapel und schiebt sich vorsichtig auf den Stuhl. »Ich fürchte nur, dass ich Ihnen da überhaupt nicht helfen kann«, sagt er und schaltet den Computer ein. »Ich habe mir schon den Kopf zerbrochen und ein paar Nachforschungen angestellt.«

Ich lehne mich an die Wand. »Ich habe mit Mel Roscarrow gesprochen«, beginne ich, »und er sagt, dass Thomasinas Mutter

Enysyule von jemandem aus der Familie Tremennor zugesprochen wurde. Aber leider weiß er nichts Genaueres.«

»Das ist die Geschichte, die ich auch kenne und die sich alle hier im Dorf erzählen«, bestätigt Geoff, »aber das hilft uns kaum weiter, nicht wahr? Ich habe mal versucht, die Sache zeitlich etwas einzugrenzen.« Blinzelnd sieht er sich um, bis er gefunden hat, wonach er sucht – einen Hocker, der unter einem Stapel mit Ordnern verborgen ist. »Hier, legen Sie die irgendwohin und setzen Sie sich.«

Geoff ist völlig verändert. Der schüchterne, reservierte Mann, den ich im Pub kennengelernt habe, ist kaum wiederzuerkennen. Hier zwischen staubigen Kisten und Fragmenten aus der Vergangenheit ist er völlig bei der Sache und quicklebendig. Ich setze mich auf den Hocker und er öffnet eine tabellarische Übersicht, die vage an einen Familienstammbaum erinnert.

»Ich habe die Aufzeichnungen früherer Volkszählungen durchgesehen«, erklärt er und scrollt durch die Tabelle. »Die Übergabe des Eigentums – wenn es sich denn um eine solche gehandelt hat – muss nach 1911 stattgefunden haben.« Er zeigt auf einen Namen. »Hier ist Thomasinas Mutter, Violet. Laut der Volkszählung im Jahr 1911 lebte sie damals mit Mann und Sohn bei den anderen Roscarrows am Fluss.«

»Was ist mit der nächsten Volkszählung?«, frage ich und beuge mich vor. »Haben sie da schon in Enysyule gelebt?«

Geoff lächelt nachsichtig. »Das können wir leider nicht feststellen. Die Daten der darauffolgenden Zählung sind noch nicht freigegeben.«

Enttäuscht lasse ich mich zurücksinken. »Vielleicht gibt es Landkarten oder Aufzeichnungen der Gemeinde?«, frage ich. »Irgendwie muss doch festgehalten werden, wem hier was gehört.«

»Auf Landkarten ist selten verzeichnet, wem etwas gehört.

Aber ich hatte den gleichen Gedanken. Also habe ich mal einen Blick in das Archiv des Katasteramtes geworfen, verstehen Sie?«

Ich habe nicht die leiseste Ahnung, wovon er spricht, aber ich nicke trotzdem und lasse mich nur zu gern von seinem Enthusiasmus mitreißen.

»Hier kann man alle Grundstückseigentümer für den gesamten Bezirk zwischen 1909 und 1915 einsehen.« Er klickt sich rasch durch verschiedene Dateien, bis die gescannte Aufnahme einer Buchseite auf dem Bildschirm erscheint. Er strahlt mich an. »Vor ein paar Tagen war ich in der Stadt und habe der Behörde einen Besuch abgestattet. Ich habe sie um eine Fotokopie der Seite zu Enysyule gebeten.« Die Freude auf seinem Gesicht wird schwächer. »Ich fürchte aber, dass das Ergebnis nicht das ist, was Sie hören möchten.«

»Enysyule gehörte 1915 immer noch den Tremennors?«

»So ist es. Und etwas Anderslautendes kann ich nicht finden.« Er blickt bekümmert. »Das ist alles ziemlich ärgerlich. Wenn wir nur Zugang zum Archiv von Tremennor Estate hätten …« Er zieht die Augenbrauen hoch und sieht mich bedeutungsvoll an. »Ich vermute allerdings, dass Roger Tremennor seine Gründe hat, weshalb er das Archivmaterial nicht als Beweismittel vorlegt.«

»Könnte man ihn nicht per Gerichtsbeschluss dazu zwingen?«, will ich wissen und versuche, mir meine Ungeduld nicht anmerken zu lassen.

»Ich denke nicht. Sehen Sie, es sind ja private Aufzeichnungen, und niemand kann sagen, was sie enthalten. Roger könnte ja einfach«, er macht eine Handbewegung, als wolle er etwas verschwinden lassen, »behaupten, die entsprechenden Unterlagen seien verloren gegangen oder es habe sie nie gegeben.« Er lehnt sich zurück, was der morsche Stuhl mit einem Ächzen quittiert. »Es tut mir wirklich leid, Miss Pike. Das Ganze ist eine ziemliche Zwickmühle.«

Entmutigt starre ich auf die flackernden Zeilen des altertümlichen Monitors. »Und es gibt keine anderen Möglichkeiten?«, frage ich matt. »Kein Archivmaterial, das ich durchforsten könnte?«

»Ich habe überlegt, ob man die Protokolle der Gemeinderatssitzungen aus den Jahren 1911 bis in die Zwanziger einsehen sollte und prüfen, ob Enysyule da irgendwo erwähnt wird. Aber die sind noch nicht digitalisiert. Genauso gut könnten wir nach einer Nadel im Heuhaufen suchen.«

»Aber dürfte ich es versuchen?« Wie elektrisiert springe ich von dem Hocker auf und löse um ein Haar eine Papierlawine aus. »Kann ich sie mir einfach mal ansehen?«

»Schon«, nickt Geoff skeptisch. »Warum nicht? Sie sind hier irgendwo archiviert. Ich müsste überlegen, wo ich sie habe …«

Es erfordert noch einiges an Überredung und sanftem Druck, doch als ich meine Hilfe beim Suchen anbiete, führt Geoff mich in den Keller des Museums. Hier unten herrscht Eiseskälte. Wände und Boden sind aus Stein, was mich ein bisschen sehr an eine Gruft erinnert. Die Neonröhren an der Decke werfen ein grelles Licht auf die Mitte des Raumes, doch so gut wie keines in die Ecken. Auch der Keller ist randvoll mit Gegenständen, Regale beugen sich unter der Last von Journalen und Kartons, Plastikkisten sind übereinandergestapelt, und in dunklen Winkeln lauern große, mysteriöse Objekte unter weißen Laken. Geoff bahnt sich routiniert und unbeirrt seinen Weg durch das Chaos.

»Da haben wir es«, murmelt er und reckt den Kopf zu einem Regal mit fadenscheinigen Buchrücken, »Gemeinderat – ach nein, das sind die Bücher der Kämmerer.« Er stellt sich auf die Zehenspitzen. »Ah! Das ist es, was wir brauchen.« Er hievt ein gedrungenes, in Leder gebundenes Buch, dick wie eine mittelalterliche Bibel, vom Regal herunter und legt es mir in die Arme.

PROTOKOLLE DER GEMEINDERATSSITZUNGEN VON LANFORD ist in verblasster Schrift mit Tinte auf die Titelseite geschrieben, *1887–1916*.

»Und die hier brauchen Sie dann auch, denke ich.« Geoff stemmt einen zweiten Band aus dem Regal, dann einen dritten. »Das sind alle Mitschriften bis ungefähr 1940.«

An seinem Schreibtisch ist kein Platz mehr für mich, deshalb weist mir Geoff einen freien Fleck neben einem der Heizlüfter zu, wo ich die Bücher durchsehen kann. Ich öffne den ersten Band und staune über die akkurate Handschrift, in der die Seite beschrieben ist.

Die Zusammenkunft des Gemeinderates wurde
am 15. Januar 1887 abgehalten, um sieben Uhr abends.
Anwesend waren zwölf Gemeindemitglieder.

Ich blättere um. Fast der gleiche Text, nur drei Monate später. Dann wieder und wieder, Seite für Seite. Ich rutsche auf dem kratzigen Teppich hin und her und versuche, eine etwas bequemere Haltung zu finden. Das hier wird noch eine ganze Weile in Anspruch nehmen. Der brüchige Rücken des Bandes ächzt, als ich schnell weiterblättere, bis ich bei 1915 angelangt bin, als Enysyule noch den Tremennors gehörte. *O bitte*, flehe ich stumm und umklammere das Buch auf meinem Schoß, *bitte erzähl mir etwas, das mir hilft*.

Die Protokolle erlauben mir, einen Blick in den Alltag von Lanford vor über hundert Jahren zu werfen. Ich blättere in den Seiten, die die Spuren von vielen Dutzend Händen tragen. Es wird darüber diskutiert, wer eine Hecke zu schneiden hat, wer das Recht auf einen Bootsliegeplatz hat und ob man den Postboten überreden sollte, zusätzlich auch abends Briefe auszutragen. Als sich das Jahr dem Ende zuneigt und ein neues beginnt, wird deutlich, dass auch Lanford nicht von dem Grauen verschont bleibt, das den Rest der Welt erschüttert.

Für das Jahr 1916 gibt es praktisch keine Aufzeichnungen, nur einige hastig auf das Papier gekritzelte Notizen zu einer kurzen Jahressitzung. 1917 werden die Protokolle wieder aufgenommen, wenn auch aus sehr ernsten Gründen. Die Schatten des Krieges ergießen sich über die Seiten wie verschüttete Tinte. Tremennor Estate wird gebeten, Teile seines Waldes für Kleingärten zur Verfügung zu stellen, was der Verwalter ablehnt, weil sich der Gutsherr gegenwärtig in Frankreich aufhält, wohin er von der Krone entsandt wurde. Es geht um Lebensmittelrationierungen, Kohlerationierungen, Dorfbewohner, die Zäune verbrennen, um sich zu wärmen … In der Mitschrift der letzten Sitzung von 1918 wird schließlich der Waffenstillstand erwähnt.

Doch es findet sich nichts zu Enysyule. Durch das winzige Fenster des Museums sehe ich, dass es bereits zu dämmern beginnt. Geoff bringt mir eine Tasse Tee und einen Keks – nicht ohne mich eindringlich zu bitten, nichts zu verschütten – und teilt mir mit, dass er in einer Stunde schließen muss. Ich widme mich wieder den Protokollen und versuche, die nagende Enttäuschung in meinem Magen zu ignorieren.

1919 dreht sich alles um Gedenkzeremonien und Feste, mit denen das Kriegsende gefeiert wird, aber auch um Erbschaftssteuern und Steuererhöhungen. Hinten im Raum höre ich, wie Geoff den Computer herunterfährt und sich bereit macht, nach Hause zu gehen. Fieberhaft überfliege ich die Seiten. August, Oktober, Dezember … Ich will eben zum nächsten Jahr, zum nächsten Jahrzehnt blättern, als ich an einem Wort hängen bleibe, an dem Bogen eines E, an zwei geschwungenen Y. Ich packe den Band fest mit beiden Händen.

Brief von Colonel Tremennor, betreffend Situation in Enysyule. Der Gemeinderat nimmt die Angelegenheit zur Kenntnis.

Die folgende Zeile beschäftigt sich mit dem Abwassersystem des Ortes. Entgeistert starre ich darauf und gehe noch einmal alles durch, was vor und nach diesem Eintrag notiert wurde. *Welche Situation?*, möchte ich den Protokollführer am liebsten anschreien. *Was ist damit gemeint?* Doch es ist sinnlos, wer auch immer diesen Satz fein säuberlich niedergeschrieben hat, ist längst nicht mehr unter uns und hat sein Wissen mitgenommen.

Geoff gibt ein missbilligendes Schnalzen von sich, als ich ihm den Eintrag zeige. »Faule Schriftführer sind der Fluch des Historikers.« Er tätschelt meinen Arm. »Sie sind herzlich eingeladen, in den nächsten Tagen wiederzukommen und weiterzusuchen, wenn Sie möchten.«

Ich schüttele nur den Kopf, ich bekomme kein Wort heraus. Ich habe das sichere Gefühl, dass die besagte »Situation« genau den Moment in der Geschichte von Enysyule meint, nach dem ich gesucht habe. Aber es ist kein Beweis. Für alle Fälle fotografiere ich die Seite aber trotzdem mit dem Handy ab, bevor Geoff die Bände wieder in den Keller trägt.

Vor der Kirche fegt ein Windstoß vom Fluss herauf, und ich zittere in seiner eisigen Umarmung, wie es zweifellos auch vielen Menschen in jenen dunklen Tagen des Jahres 1918 ergangen ist. Langsam und mit leeren Händen mache ich mich auf den Rückweg nach Enysyule. Hinter mir flackern die Weihnachtslichter an ihren Drähten.

Das Land lebt nicht, wie menschliche Wesen leben. Es erträgt alles, wie es Menschen nicht können. Es wird alt und erneuert sich dann wie ein Wasserbecken zwischen den Felsen, das sich mit den Gezeiten füllt und wieder leert. Und doch können Menschen das Land prägen, sie können das Land für immer verändern, zum Guten wie zum Schlechten …

Der Abend geht ruhig dahin. Ich habe keinen Appetit und stochere lustlos in meinem Essen. Sogar ich kann allmählich keine Bohnen auf Toast mehr sehen. Meine düstere Stimmung scheint auf Perrin abzufärben, denn sie rührt sich nicht von ihrem Sessel – nicht einmal, als ich ihr eine Portion Makrele aus der Dose hinstelle. Das sieht ihr überhaupt nicht ähnlich.

Ich knie mich auf die Steinfliesen vor den Sessel, aber sie hebt kaum den Kopf und blinzelt mich nur apathisch an. Ich streiche über ihren Kopf und ihre Schnurrhaare. Ihre Nase ist ganz trocken. Besorgt nehme ich sie hoch. Sie schnurrt, als sie auf meinem Schoß liegt, aber nicht so freudig wie sonst.

»Geht es dir nicht gut, meine Kleine?«, murmele ich und betrachte ihre halb geschlossenen Augen. Ein Gedanke durchfährt mich, der mir fast physische Schmerzen bereitet. Was, wenn sie krank wird oder ihr etwas zustößt? Ich kann mir das Leben hier ohne sie überhaupt nicht vorstellen. Perrin ist Enysyule, sie ist die Seele des Tals, sein schlagendes Herz. Ich stelle ihr frisches Wasser hin und nehme sie mit, als ich ins Bett gehe. Sie protestiert nicht und rollt sich gleich neben mir zusammen.

Ich vergrabe mich tief in den Decken – es ist kalt. Körperlich fühle ich mich todmüde, doch in meinem Kopf jagt ein Gedanke den nächsten. Ich habe Perrin versprochen, ihr Zuhause zu beschützen, aber ich bin ratlos, was ich noch tun könnte, um es zu retten. Mich Tremennor entgegenzustellen, ist wenig aussichtsreich. Genauso gut könnte ich versuchen, ein Hochwasser mit bloßen Händen aufzuhalten. Ich liege wach und denke nach, dabei höre ich den Wind, wie er in den Kamin hineinfährt, und eine Eule, die in der Dunkelheit ruft. Ich wünschte, Perrin würde ihren Buckel machen und mit ihr die ganze Nacht den Mond ansingen.

Stunden vergehen – ich drifte zwischen Halbschlaf und Wachsein hin und her, aber Perrin rührt sich nicht. Ich habe noch nie erlebt, dass sie so still ist. In den frühen Morgenstunden lege ich die Hand auf ihre Seite, um zu fühlen, ob sich ihr Brustkorb hebt und senkt. Sie öffnet ein Auge und sieht mich an. In dem schwachen Schein des Kamins schimmert es wie Bronze. Ich reiße meine eigenen Augen weit auf und springe aus dem Bett. Die Stufen sind kalt unter meinen nackten Füßen, die Steinfliesen noch kälter. Wie konnte ich das nur vergessen?

Die Medaillen sind noch genau da, wo ich sie hingelegt habe – friedlich ruhen sie in der Kommode. Ich nehme sie heraus, die Samtverkleidung fühlt sich fast wie ein lebendiges Wesen an. Ich schüre das Feuer, damit es wärmer und heller wird, und halte sie in das Licht der auflodernden Glut. Sie reflektieren die Flammen wie zwei Augen aus Bronze. Auf ihrer angelaufenen Oberfläche erkenne ich Verzierungen und Worte … Stirnrunzelnd sehe ich sie mir näher an.

»Er starb für Freiheit und Ehre«, lese ich flüsternd. Ein Schauer läuft mir über den Rücken, als mir klar wird, dass das keine Verdienstmedaillen sind, sondern Gedenkmünzen. Mit zitternden Fingern streiche ich Buchstabe für Buchstabe über die eingravierten Namen.

Frank John Roscarrow.
Thomas Peter Roscarrow.

Plötzlich wirft die Bronze die Ahnung einer Bewegung zurück, ein flüchtiger Schatten, der vorüberhuscht.

»Perrin?«, rufe ich. Im Zimmer hinter mir ist nichts. Ich wende mich wieder dem Feuer und den Münzen zu – und wieder ist da diese Bewegung. Dieses Mal drehe ich mich nicht um, sondern behalte die Spiegelung im Auge. Erneut bewegt sich ein Schatten. Es ist die Haustür, die sich sacht und langsam öffnet.

Noch vor Kurzem hätte mich das in Panik gestürzt. Nun aber bleibe ich still sitzen und warte, auch wenn mir der Atem stockt. Nach einer Weile höre ich eine Frauenstimme, den fernen Hall eines Liedes und sehe hinter mir gerade noch die Spitze eines schwarzen Schwanzes durch die Tür wischen.

»Warte!« Verwirrt rappele ich mich auf. »Perrin, warte!«

Draußen ist es noch dunkel, doch es wird bald dämmern. Am Ende des Wegs flackert ein Licht wie von einer Laterne. Ich mache einen Schritt, dann noch einen.

»Warte …«

Unvermittelt stehe ich vor einer Mauer aus dicken grünen Blättern. Ich bin völlig außer Atem, obwohl ich mich nicht erinnern kann, gerannt zu sein, ich weiß nicht einmal, wie ich hierhergekommen bin. Ich beuge mich vornüber, um nach Luft zu schnappen. Der Himmel über mir hat sich verändert. Er ist nicht mehr nachtschwarz, sondern schimmert zart wie ein Schleier aus Seide in winterlichem Lilagrau.

Da ist jemand. Eine Frau sitzt mit dem Rücken am *Perranstone*, mit einem Baby im Arm. Ich will sie gerade fragen, was sie da tut, als mir einfällt, dass ich es nur zu gut weiß. Sie ist hier, um ein altes Versprechen einzulösen, einen Schwur, der ihrem Mann mit in die Wiege gelegt wurde und auch ihrem Sohn und der nun auf ihre Tochter übergehen wird. Wenn sich die Beeren der Stechpalmen rot färben, müssen sie ins Tal kommen. Sie müssen Nahrung bringen, das Beste, was sie finden können. Die Fischer wussten Bescheid, als sie ihnen sagte, wohin sie geht, und haben ihren Korb mit allem gefüllt, was sie entbehren konnten.

Die Abenddämmerung rückt näher. Den Rückweg wird sie mit der Laterne ertasten müssen. Sie fröstelt und ihr Kind wird unruhig, die winzige Stirn leicht gerunzelt. Die Mutter wiegt es in ihren Armen und haucht ihm ein Lied ins Ohr, damit es wieder einschlummert.

»Ha'n kelynn yw an kynsa a'n gwydh oll y'n koes …«

Ein gelbes Blitzen, Blättergeraschel und zwischen den Bäumen tritt eine schwarze Katze hervor. Sie trottet in die Mitte der Lichtung und beginnt zu miauen. Ihre Laute verschmelzen mit den Tönen des leisen Liedes, das die Frau singt …

»*Hou*, Perrin«, grüßt sie das Tier und bettet das Kind in ihren Schoß.

Die Katze scheint älter, als sie sie in Erinnerung hat. Ihr schwarzer Pelz ist von weißen Flecken durchzogen. Doch sie stolziert ohne Scheu auf sie zu, riecht an ihren Stiefeln und reibt ihren Kopf an dem Stein, als begrüßte sie einen alten Freund. Dann inspiziert sie das Baby auf ihrem Schoß und beschnuppert es neugierig. Die Frau lässt sie nicht aus den Augen, während sie ihren Korb leert – schließlich ist sie ein wild lebendes Tier. Aber dann lässt die Katze von dem Baby ab, anscheinend zufriedengestellt. Es ist wach geworden, vielleicht von der feuchten Nase des Tieres. Schläfrig sieht es die Katze an. In seinen blauen Augen sind schon einige kastanienbraune Flecken zu erkennen.

»Schon gut, schon gut«, murmelt die Frau, als die Katze die Pfote nach einem der in Zeitung gewickelten Päckchen ausstreckt. Sie öffnet es für sie und hervor kommt Fisch, der vor Frische glänzt. Die Katze stürzt sich darauf. Lächelnd löst die Frau die Verpackung der anderen zwei Bündel und legt sie neben den Stein. Zunächst hatte sie Sorge, dass andere Tiere kommen und der Katze das Futter wegfressen könnten, aber die alten Fischer haben ihr versichert, dass es im Umkreis von vielen Meilen kein Fuchs, Dachs oder Vogel wagen würde, Perrins Futter zu stehlen.

Vor Freude über den frischen Fisch schnurrt die Katze beim Fressen, was über die ganze Lichtung zu hören ist. Das Baby beginnt, das Gesicht zu verziehen und zu strampeln, also öffnet die

Frau die Knöpfe ihrer Bluse. Sie schaudert, als die eisige Winterluft auf ihre warme Haut trifft. Hastig zieht sie ihr Schultertuch enger und legt das Kind an ihre Brust.

»Kelynn … kelynn …«, summt sie und betrachtet ihre winzige Tochter, ihre Hoffnung, der einzige Grund weiterzuleben, nachdem ihre Welt in Scherben brach. Ein letztes Geschenk ihres Mannes, makellos und voller Leben.

Eine kleine Weile ist alles friedlich. Der Himmel wird dunkler, der Atem der Frau ist in der Luft zu sehen, bald kommt der Frost. Gleich muss sie zurück zur Werft unten am Fluss, um für ihre Schwiegerleute zu kochen. Sie will alles tun, damit das erste Weihnachten nach dem Krieg ein fröhliches Fest wird. Doch in dieser stillen Stunde kann sie noch etwas allein sein mit ihrer Familie, auch wenn sie nur noch zu zweit sind. *Oder zu dritt, wenn man sie mitzählt*, denkt sie mit einem Lächeln.

Sie will gerade ihr Baby von der Brust lösen, aufstehen und nach der Laterne greifen, als die Katze einen Laut von sich gibt. Starr blickt sie über die Lichtung. Die Frau sieht, wie sich zwischen den Bäumen ein Schatten bewegt. Voller Entsetzen starrt sie in das Schwarz des Waldes und glaubt für einen irren Augenblick, dass sie zu ihr zurückkommen – an diesem dunklen Weihnachtsabend, an dem die Mauern zwischen den Welten durchlässig werden.

»Frank?«, ruft sie, doch ihre Stimme gehorcht ihr nicht richtig. »Tom?«

Ein Mann tritt hinaus auf die Lichtung. Natürlich ist es keiner der beiden. Er trägt eine Militäruniform unter seinem Überrock, mit Bandschnallen und blank polierten Medaillen, als gäbe es einen besonderen, feierlichen Anlass. Ihre Blicke treffen sich, dann bemerkt er das Kind an ihrer Brust und blickt rasch zur Seite.

»Entschuldigen Sie«, sagt er förmlich. »Ich wollte nicht … Ich bin auf der Suche nach Mrs Violet Roscarrow.«

»Das bin ich«, antwortet die Frau, während sie ihre Bluse zuknöpft und ein Taschentuch hervorzieht, um das Baby aufstoßen zu lassen. Der Mann schweigt. »Man hat Ihnen wohl gesagt, dass ich hier bin?«, erkundigt sie sich.

»Ja«, erwidert er abwesend. Er macht tiefe Atemzüge und hält eine Hand vor die Brust, als hätte er Schmerzen. Seine Augen weiten sich, als er die Katze sieht, die gerade ihr Abendessen beendet hat und nun ihrerseits den Mann anstarrt.

»Eigenartig, sehr eigenartig«, murmelt der Mann, doch dann nimmt er Haltung an. »Mrs Roscarrow«, setzt er mit grimmiger Entschlossenheit an. »Ich bin gekommen, um Ihnen mein tief empfundenes Beileid auszusprechen. Ihr Mann und Ihr Sohn haben mit äußerster Tapferkeit für ihr Land gekämpft.« Er greift in die Tasche seines Überrocks. »Ich bitte Sie, dies an diesem Weihnachtstag als Zeichen der Dankbarkeit der Krone anzunehmen, in Anerkennung ihrer Pflichterfüllung.«

Er streckt ihr ein in braunes Papier eingeschlagenes Päckchen hin und wartet wie ein Soldat auf seinen Befehl. Die Frau reagiert nicht und schweigt lange, streicht nur sanft über den Rücken ihres Kindes. Ein lebendiges Wesen, nicht kaltes, hartes Metall. Sie drückt das Kind noch etwas enger an sich.

»Was immer das ist, ich habe keine Hand frei«, sagt sie schließlich leise, »seien Sie so freundlich und legen es in den Korb dort.«

Der Mann runzelt die Stirn, seine Kiefer mahlen, aber er geht zu dem Korb hinüber und legt das Päckchen hinein. Unsicher, was er jetzt tun soll, bleibt er stehen und starrt zornig zu Boden.

»Hätten Sie etwas dagegen, das Bündel hier für mich auszupacken?«, bittet die Frau, als deutlich wird, dass er nicht die Absicht hat, sich von der Stelle zu bewegen. »Dieses hier zu meiner Linken, das in Zeitungspapier.«

Er blinzelt, als habe sie ihn um etwas Unerhörtes gebeten, aber dann nickt er knapp.

»Was ist das?«, fragt er angewidert, als er den schleimigen Inhalt sieht.

»Fischabfälle. Für sie.« Sie zeigt auf die Katze, die die beiden nicht aus den Augen lässt. »Geben Sie sie ihr doch bitte.«

»Ich werde auf keinen Fall eine Katze füttern«, blafft der Mann, und sein Gesicht bekommt wieder Farbe.

Die Frau schweigt und wiegt ihr Kind, das leise jammert. Der Mann stiert die Fischstücke an, dann packt er sie und marschiert zur Katze hinüber.

»Da!«, stößt er hervor und wirft das Päckchen auf den Boden. Verächtlich blickt die Katze in die entgegengesetzte Richtung, doch der Geruch der Fischreste ist zu verführerisch und sie kann nicht lange widerstehen. Mit zuckenden Schnurrhaaren nähert sie sich.

Der Mann kehrt zu der Frau zurück, die immer noch mit dem Rücken am Stein sitzt. Er betrachtet dessen raue graue Oberfläche und das Loch in seiner Mitte, das die Witterung glatt geschliffen hat.

»Darf ich?«, fragt er verlegen und deutet auf den Boden neben ihr.

Die Frau versucht, sich ihre Überraschung nicht anmerken zu lassen. Ein recht absonderlicher Besuch, denkt sie bei sich, aber es ist ja auch eine besondere Zeit im Jahr.

»Sicher.«

Mit einem leichten Ächzen lässt sich der Mann neben ihr nieder und lehnt sich vorsichtig an den Stein. »Hier habe ich noch nie gesessen«, sagt er nach einer Weile leise. »Als Kind hatte ich immer Angst vor diesem Ort.«

Die Frau lächelt in sich hinein. »Ich auch.«

»Aber jetzt nicht mehr.«

»Nein.«

Der Mann atmet tief ein und legt die Hand auf den Stein.

Seine Augen flackern, irgendetwas macht sie unruhig. »Ich bin froh, dass er noch da ist«, sagt er, »so vieles ist verschwunden.« Er dreht sich zu ihr, es ist beinahe schon dunkel. »Ich kann mich einfach nicht an die Lücken gewöhnen. Meine Trauzeugen, mein Mechaniker, der Junge aus der Brauerei … Sie haben eine solche Leere hinterlassen. Ich verstehe nicht, wie sich die Welt einfach weiterdrehen kann, wenn doch so viele Teile fehlen.«

Die Frau sieht ihm in die Augen. »Sie dreht sich weiter, Colonel Tremennor. Ganz einfach. So wie sie es immer getan hat.«

»Sie hassen mich, nicht wahr?« Seine Augen glänzen. »Alle Roscarrows verfluchen uns für das, was wir ihnen all die Jahre angetan haben. Und Sie haben recht, wissen Sie? Ich habe nichts anderes verdient.«

Die Frau lehnt den Kopf an den Stein. »Ich kann nicht für die anderen sprechen«, seufzt sie. »Aber ich … nein. Vielleicht früher einmal, als Thomas noch lebte. Nach seinem Tod habe ich nicht mehr viel gefühlt und das wenige, das noch übrig war, starb mit Frank. Danach war ich völlig leer. Bis ich sie in mir gespürt habe.« Sie sieht ihre Tochter an. »Jetzt habe ich in meinem Herzen nur noch Platz für das, was sie mir geschenkt hat, und das ist Hoffnung, Liebe und manchmal Sorge, aber keinesfalls Hass auf Sie, Colonel. Ich habe einfach keinen Platz dafür.«

Das Baby fängt an zu zappeln. Es strampelt in seiner Decke und schafft es, einen Arm freizukämpfen. Es streckt ihn in die kalte Luft und winzige Finger bewegen sich. Beide sehen zu dem kleinen Wesen hinunter.

»Wusste Fr…«, die Stimme des Mannes wird dürr, »wusste Ihr Mann, dass er eine Tochter bekommen würde?«

»Nein.« Die Frau umschließt die kleinen Finger schützend mit ihrer rauen Hand. »Ich wusste selbst nicht, dass ich schwanger war, als mich die Nachricht von seinem Tod erreichte. Ich dachte, ich wäre schon zu alt, obwohl wir sehr um ein weiteres Kind gebetet haben nach Thomas.«

Schmerzerfüllt schließt der Mann die Augen. »Ich hätte sie nach Hause bringen müssen«, sagt er. »Ich hätte Ihnen Ihre Männer zurückbringen müssen anstatt dieser verdammten Gedenkmünzen. Sie sollten Weihnachten nicht allein verbringen müssen.«

»Ich bin ja nicht allein. Ich habe sie hier«, sie wiegt das Baby, »und sie«, sie nickt zur Katze hinüber, die damit beschäftigt ist, die letzten Bissen vom Papier zu lecken, »und diesen Ort.« Sie sieht hoch zum Stechpalmenhain, dessen Zweige sich schwarz gegen den Himmel abheben. »Frank sagte immer, dass ihm Enysyule im Blut liegt. Irgendwie habe ich das Gefühl, dass ein Teil von ihm und Thomas hiergeblieben ist.«

»Dieser Ort …«, wiederholt der Mann und starrt in die Dunkelheit. Langsam verändert sich sein Gesichtsausdruck, seine Miene hellt sich auf. »Sie sind gern hier?«

»O ja.« Die Frau schenkt ihm ein trauriges Lächeln. »Hier finde ich Ruhe und Frieden.«

»Dann erlauben Sie mir, dass ich Ihnen ein Weihnachtsgeschenk mache, Mrs Roscarrow«, lächelt er mit einem Zucken um die Mundwinkel, »ein richtiges.«

Er greift nach unten und hebt vom Fuß des Steins eine Handvoll Erde, vermischt mit Resten vertrockneter Stechpalmenblätter, auf. Sanft nimmt er die Hand der Frau und bevor sie protestieren kann, streut er sie ihr in die Handfläche.

»Enysyule gehört Ihnen«, sagt er. »Und ihr. Frohe Weihnachten.«

Sie schließt die Hand um das Geschenk, ein ganzes Tal in einer Handvoll Erde. Auch ich schließe die Hand, versuche es festzuhalten, aber es rutscht mir durch die Finger. Als ich die Finger beugen will, merke ich, dass sie steif gefroren sind. Ich zittere bis tief in die Muskeln hinein. Schlaftrunken taste ich nach der Decke auf dem Ohrensessel. Meine Hand greift in Blätter, dicke, ledrige, stachelige Blätter. Ich reiße die Augen auf.

Ich sitze auf der Lichtung.

Der Schreck durchfährt mich in Wellen, ich blinzele heftig und versuche aufzuwachen. Dabei bin ich längst wach. Und kurz vor dem Erfrieren. Mein Schlafanzug ist kalt und feucht, meine nackten Füße voller Schlamm. Das ist kein Traum. Der Himmel über mir ist hellgrau – es ist Morgen. Wie lange bin ich schon hier?

Hektisch sehe ich mich um, auf der Suche nach einem Hinweis, wie viel Zeit vergangen ist – und in welchem Jahrhundert ich mich befinde. Doch ebenso gut könnte ich versuchen, auf Glatteis Halt zu finden. Ich erinnere mich noch an die Bronzetaler, das Feuer … doch was danach war, entzieht sich mir, sosehr ich auch versuche, mich zu entsinnen. Dann schließe ich die Augen, und ich sehe eine Frau und einen Mann vor mir, die an den Stein gelehnt sitzen, und Perrin …

»Perrin?«, rufe ich und öffne wieder die Augen. Ein Schauer überläuft mich wie Krallen, die sich in meinen Nacken schlagen, und erst jetzt fühle ich es. Etwas Kaltes in meinem Rücken. Langsam sehe ich auf. Über mir ragt der *Perranstone* empor, düster wie eine Eule im Dämmerlicht. Ich könnte schwören, dass er mich ansieht. Zitternd, mit vor Kälte blau angelaufenen Fingernägeln, strecke ich meine Hand nach seiner Oberfläche aus.

In der Stechpalme neben mir raschelt es, Zweige knacken. Perrin schießt aus dem Gebüsch und schreit lauthals. Ich war noch nie so froh, sie zu sehen. Sie trampelt energisch mit ihren Pfoten auf meinen Beinen herum und erweckt sie so wieder zum

Leben, dabei reibt sie laut miauend den Kopf gegen mein Kinn, als wollte sie gleichzeitig mit mir schimpfen und mich trösten. Mit steifen Fingern rubbele ich über ihr kaltes Fell und bemerke, dass Reif den Boden überzieht. Ich sollte schleunigst zusehen, dass ich ins Haus komme, denke ich, und Worte wie *Erfrierungen* und *Unterkühlung* schwirren mir vage durch den Kopf. Vorsichtig bewege ich meine tauben Finger und Zehen und reibe sie mühsam und umständlich, bis das Blut nach und nach wieder etwas schmerzhaft zu zirkulieren beginnt.

Nach einigen Minuten gelingt es mir, mich hinzuknien. Stöhnend versuche ich meine steifen Muskeln zu lockern. Neben mir plappert Perrin ärgerlich vor sich hin, wie sie es sonst mit Vögeln tut. Aber hier sind keine Vögel, nicht einmal Rotkehlchen. Ich sehe mich um und folge ihrem Blick. Sie starrt wie gebannt auf den Stein.

Meine Beine geben unter mir nach, als ich versuche, mich aufzurappeln. Ich knie im Raureif und sammele meine Kräfte. Mist. Bis zur Haustür zu schlafwandeln ist schön und gut, aber das hier wird langsam gefährlich. *Verzweifelte Zeiten erfordern verzweifelte Maßnahmen*, stellt eine grimmige Stimme in meinem Hinterkopf fest. *Du wolltest doch, dass das Tal dir etwas erzählt, das weiterhilft. Und das hat es getan.*

Ich beiße die Zähne zusammen und stemme mich wieder hoch. Dieses Mal gelingt es mir, ein paar Schritte zu gehen, bevor mir schwindelig wird und ich auf die Knie sinke, um nicht zu fallen. Ich bin kurz davor loszuheulen. Ich muss zurück ins Cottage und wieder warm werden, und zwar schnell. Wenn ich so weitermache, sitze ich in Stunden noch hier.

Noch einmal zwinge ich mich aufzustehen – ich will versuchen, eine Stechpalme zu erreichen, an der ich mich festhalten kann –, da verwandelt sich Perrins Gezeter in freundliche Begrüßungslaute. Ich drehe mich um und sehe, wie jemand aus dem

Wald kommt. *Nicht Alex*, bete ich, *bitte, nicht jetzt*. Ich kann eine Wachsjacke erkennen und eine über die Schulter geworfene Tasche. Aber es kommt kein Hund aus dem Unterholz geschossen, und Perrin wirkt völlig entspannt.

»Jess!«, ruft Jack von Weitem, als er mich bemerkt. Einen Moment lang will ich vor Erleichterung auflachen, da fällt mir ein, in welchem Zustand ich mich befinde. Wie um alles in der Welt soll ich ihm das erklären?

»Ich hatte gehofft, dass Sie zu Hause sind«, beginnt er und betritt die Lichtung. »Hören Sie, ich …« Er verstummt und sein Blick wandert von meinem Schlafanzug zu meinen bloßen Füßen und zurück zu meinen klappernden Zähnen. »Großer Gott, was tun Sie da?«

Hätte ich noch Blut in mir, das fließen könnte, würde ich jetzt rot anlaufen. So aber zerre ich meine tauben Lippen gewaltsam zu einem Lächeln auseinander. »Kleiner Morgenspaziergang«, sage ich.

»Sie haben ja keine Schuhe an!«, stellt Jack ungläubig fest. »Und das ist nicht zufällig ein Schlafanzug, was Sie da tragen?«

»Thermo-Wander-Anzug«, witzele ich müde.

Jack verdreht die Augen. »Ihre Lippen sind schon ganz blau«, sagt er sachlich und lässt seine Tasche fallen, um sich die Jacke abzustreifen. »Hier, ziehen Sie die an.«

Mir ist so unfassbar kalt, dass ich gar nicht erst in Erwägung ziehe zu widersprechen. Ich schlüpfe in die Ärmel und wickele mich in die Jacke, die noch seine Körperwärme gespeichert hat.

»Was auch immer Sie hier treiben, können Sie mir später erzählen«, sagt er. »Jetzt bringen wir Sie erst mal ins Warme. Ich habe auch einige … Neuigkeiten für Sie.« Er wirft sich die Tasche wieder über die Schulter. »Natürlich nur, wenn Sie Ihren Morgenspaziergang schon beendet haben.«

Der Gedanke, mich beim Gehen von Jack stützen zu lassen,

ist so peinlich, dass ich die Zähne zusammenbeiße und mich zwinge, einen Fuß methodisch vor den anderen zu setzen. Nach einer Weile beginnen meine Glieder allmählich wieder, mir zu gehorchen, und Beine und Füße werden langsam wieder durchblutet. Jack scheint über etwas zu grübeln, während wir zum Cottage gehen. Ich merke, wie er mir verstohlene, sorgenvolle Blicke zuwirft.

»Wie spät ist es?«, frage ich, als wir fast an der Furt im Bach sind. Der Morgen wird immer heller.

»Was?« Er runzelt die Stirn. »Ach so. Etwa acht vielleicht. Warum? Wie lange waren Sie denn da draußen unterwegs?«

Als ich die Bronzetaler aus der Schublade geholt habe, war es noch dunkel, also kann es höchstens halb sechs Uhr morgens gewesen sein. Also fast drei Stunden draußen in der Eiseskälte … Ein Schauer läuft mir über den Rücken.

»Ich weiß es nicht genau«, murmele ich.

Jack sagt nichts, aber seine aufeinandergepressten Lippen lassen darauf schließen, dass er sich eine Bemerkung verkneift. Endlich sind es nur noch wenige Meter bis zum Haus. Die Haustür steht sperrangelweit offen. Jack gibt einen missbilligenden Laut von sich.

Ich bin viel zu erschöpft und durchgefroren, um irgendetwas zu erklären, und steuere geradewegs auf den Kamin zu, in dem noch ein schwaches Feuer glimmt. Die Bronzetaler liegen in der Asche davor, und ich bringe sie rasch in Sicherheit, ehe Jack sie sieht. Aus irgendeinem Grund empfinde ich sie als Privatsache, als etwas Persönliches. Ich stecke sie zwischen die Polster des Sessels.

»Hier.« Jack schüttelt eine Decke aus und legt sie mir um die Schultern. »Jetzt müssen Sie erst mal wieder warm werden. Und dann reden wir.«

Ich sitze eingemummt im Sessel, während Jack mit dem

Schürhaken die Glut wieder in Gang bringt und neues Holz auflegt, bis im Kamin hohe, leuchtende Flammen züngeln, die wohlige Hitze verbreiten. Verstohlen sehe ich mir noch einmal die Bronzetaler an.

»Frank John Roscarrow, Thomas Peter Roscarrow«, lese ich leise für mich.

»Was?«, fragt Jack vom Herd aus, wo er gerade den Wasserkessel aufsetzt.

Blinzelnd blicke ich zu ihm hinüber. »Nichts. Machen Sie Tee?«

»Jep. Ich würde auch Frühstück machen, aber ich finde nur Büchsen mit Bohnen.«

»Im Kühlschrank ist auch noch Frühstücksspeck«, setze ich mich zur Wehr. »Und in dem Korb da ist noch Brot. Glaube ich zumindest.«

Jack macht sich weiter in der Küche zu schaffen und murmelt Unverständliches vor sich hin. Ich vergrabe mich tiefer in meiner Decke und schließe die Augen. Was war das, was ich da auf der Lichtung gesehen habe? Diese Träume sind so flüchtig. Ein Mann, der mit Verlust und Trauer kämpft, eine Frau, der nur das Kind bleibt, das sie in den Armen hält, eine Handvoll Erde, die ein Weihnachtsgeschenk ist und ein ganzes Tal in sich trägt …

Ein rauchiger, herzhafter Geruch dringt in meine Nase und reißt mich aus meinen Gedanken. Speck. Ich stelle fest, dass ich kurz vorm Verhungern bin. Als Jack meinen Blick bemerkt, bringt er mir einen Becher mit Tee. Kurz darauf folgt ein Speck-Sandwich aus daumendicken Brotscheiben.

»Ich habe mir auch eines gemacht«, sagt er und rückt einen Hocker an den Kamin. »Hoffe, das ist okay.«

»Aber natürlich.« Ich stelle den Tee ab und nehme einen Riesenbissen von meinem Sandwich – weiches Brot, knusprig gebratener Speck, geschmolzene Butter. »Das ist köstlich, vielen

Dank«, murmele ich mit vollem Mund. Ich will gerade zu einem zweiten Bissen ansetzen, als ich Jacks Blick auffange. Ich schlucke. »Sie möchten eine Erklärung?«

»Na ja … geht mich eigentlich nichts an«, sagt er. »Aber ich muss zugeben, dass ich etwas neugierig bin.«

Ich seufze und wappne mich innerlich für den Verlauf, den dieses Gespräch möglicherweise nehmen wird. »Was würden Sie sagen, wenn ich Ihnen erzählte, dass ich schlafwandele?«

Er lacht kurz auf. »Das würde immerhin den Schlafanzug erklären. Ich würde sagen, dass ich das für sehr unwahrscheinlich halte. Eine so lange Strecke zurückzulegen, ohne aufzuwachen …«

»Ich weiß, es klingt verrückt«, stimme ich leise zu und starre auf meinen Teller. »Aber in all meinen Träumen hier geht es um Enysyule. Und sie erscheinen mir so vollkommen real, als ob das Tal versuchte, mir etwas mitzuteilen …« Ich verstumme und erröte. Wie albern das klingt. »Sie halten das sicher für ziemlichen Unsinn«, füge ich hinzu, als er nichts erwidert.

»Ich weiß nicht.« Zwischen seinen dunklen Augenbrauen bildet sich eine schmale Falte. »Bei jedem anderen Ort würde ich das vermutlich sagen, aber …« Er blickt sich um, betrachtet die Wände und den Steinboden des Cottage, ausgetreten von den Füßen vieler Generationen. »Aber Enysyule war immer schon etwas Besonderes. Keiner im Dorf würde es je zugeben, aber die meisten fürchten sich davor hierherzukommen.« Er grinst schief. »Die alten Geschichten, die man sich erzählt, sind nicht totzukriegen.«

»Sie halten mich also nicht für vollkommen übergeschnappt?«, frage ich und versuche, nicht allzu hoffnungsvoll zu klingen.

»Das kann ich nicht beurteilen«, lacht er, »aber ich würde mich nicht wundern, wenn das alles hier eine bestimmte Wirkung auf Sie hätte. Die dafür sorgen würde, dass Sie sich irgendwie in Ihren Gedanken verheddern.« Er umschließt seinen Becher mit den Händen. »Auf der Uni hatte ich einen Freund, der Geologie studierte. Er war ständig irgendwo in der Wildnis unterwegs und erzählte immer von Orten, die … *sich erinnern*. Das hat ihn bei den Tutoren nicht besonders beliebt gemacht, aber ich habe immer an diesen Ort hier gedacht, an dem ich aufgewachsen bin, und musste zugeben, dass da was dran sein könnte.«

Er lächelt mir zu und ich lächele dankbar zurück. Mir ist schon viel leichter ums Herz.

»Ich glaube, so langsam wird mir wieder warm«, sage ich, und während ich mich aus seiner Jacke schäle, fällt mir ein, dass ich immer noch nicht weiß, weshalb er hier ist. Seine Anwesenheit fühlt sich so selbstverständlich an, dass ich gar nicht mehr daran gedacht habe.

»Wollten Sie mich besuchen?«, frage ich und reiche ihm seine Jacke. Seine Finger berühren kurz meine Hand. Die Wärme seiner Haut auf meiner fühlt sich so gut an, dass ich den Moment am liebsten festhalten möchte. Ich lasse mich wieder in den Sessel fallen und blicke nach unten, damit er mein Gesicht nicht sieht.

»Ja, das wollte ich.« Er wird ernst und steht auf, um seine Tasche zu holen. Seine gute Laune scheint wie weggeblasen. »Ich war gestern schon einmal da, aber Sie waren nicht zu Hause. Und da ich Ihre Nummer nicht habe, dachte ich, ich versuche es heute noch einmal.«

Als er zum Kamin zurückkommt, hat er einen mit Schnur zugebundenen Schuhkarton in der Hand.

»Das hier wird Ihnen nicht gefallen«, warnt er mich und nimmt den Deckel ab. Gespannt luge ich hinein. In der Schachtel sind einige mit einem Logo bedruckte Plastikdosen, gefüllt mit hellblauen Körnern, von denen ein paar herausgefallen sind und auf dem Boden des Kartons liegen.

»Was zum Teufel …?« Ich greife hinein, aber Jack reißt den Karton schnell wieder weg.

»Nicht anfassen«, warnt er.

»Warum? Was ist das?«

»Rattengift. Hochgiftig.«

Ungläubig starre ich ihn an. »Aber ich verstehe nicht … woher haben Sie das?«

Vorsichtig stellt er den Karton auf den Boden. »Gestern war ich auf dem Weg hierher, um mich zu erkundigen, wie das Treffen mit Tremennor gelaufen ist. An der Lichtung habe ich dann Perrin gesehen. Sie war ganz seltsam, saß einfach nur da und starrte eine tote Maus an – ohne mit ihr zu spielen, sie zu fressen oder sonst etwas. Mir ist aufgefallen, dass das Unterholz in der Nähe niedergetrampelt war. Ich habe mir das genauer angeschaut und auch gleich das erste von den Dingern da« – er deutet auf den Karton – »entdeckt. Die anderen waren auch nicht schwer zu finden. Wer auch immer sie aufgestellt hat, hatte es ziemlich eilig.«

Verwundert schüttele ich den Kopf. »Aber das ergibt doch keinen Sinn, warum sollte jemand …?« Da kommt mir ein grässlicher Verdacht. Vor meinem inneren Auge erscheint ein Mann, der lächelnd fragt: *Wie alt werden Katzen eigentlich?*

»Nein«, flüstere ich, »das würden sie nicht tun.« Jack und ich sehen uns an. Sein Gesichtsausdruck ist angespannt. Ganz offensichtlich denken wir das Gleiche. *Doch, das würden sie.*

Ich springe aus dem Sessel und meine Füße verfangen sich in der Decke. »Perrin!«

Jack hält mich am Arm fest. »Jess, sie ist wohlauf«, beeilt er sich, mich zu beruhigen. »Sie ist viel zu clever, um auf so etwas hereinzufallen.«

»Eben nicht!« Hektisch suche ich nach meinen Stiefeln. »Gestern ging es ihr überhaupt nicht gut, ich wusste, dass irgendetwas mit ihr nicht stimmt.« Auf einmal breche ich in Tränen aus, sie laufen mir in Strömen über das Gesicht. »Diese verdammten Mistkerle«, fluche ich, »wenn sie ihr auch nur ein Haar krümmen …«

Ich reiße die Tür auf – und werde von einem leisen Miauen begrüßt. Perrin sitzt auf der Stufe vor der Tür und wartet darauf, hereingelassen zu werden. Ich nehme sie hoch und vergrabe mein Gesicht in ihrem kalten Fell, das nach dem Frost des Morgens riecht. Auf meinem Arm fühlt sie sich stark und voller Energie an und ihre Augen leuchten. Keine Spur mehr von der schlappen und teilnahmslosen Katze, die sie gestern war. Ich trage sie zum Sessel am Kamin, wo sie von meinem Arm springt und es sich auf meiner Decke gemütlich macht. Einen Moment später fühle ich Jacks Hand auf meiner Schulter.

»Sie sieht ganz munter aus«, sagt er. »Ich denke, wir würden schon merken, wenn dem nicht so wäre.«

Ich nicke und wische mir mit dem Ärmel die Tränen weg. Als ich mein Gesicht wieder unter Kontrolle habe, sehe ich hoch und blicke in seine leuchtend kastanienbraunen Augen, in denen Mitgefühl schimmert. »Danke, Jack.«

Er lächelt, und da ist es wieder – dieses Gefühl von elektrischer Spannung zwischen uns beiden. Eine endlose Sekunde lang denke ich, dass er einen Schritt auf mich zumachen und mein Gesicht in seine Hände nehmen wird, doch dann hüstelt er und wendet sich ab.

»Ich – ähm – ich werde das für Sie entsorgen«, sagt er rasch und nickt in Richtung Haustür. Auf der Stufe davor liegt eine tote Spitzmaus und es ist glasklar, dass sie *keines* natürlichen Todes gestorben ist. Perrin muss sie mitgebracht haben.

»Lassen Sie sie hier«, antworte ich, als er ein Stück Küchenpapier abreißt. »Auch den Karton. Ich brauche beides.«

Er richtet sich auf. »Wofür?«

Ich lächele grimmig. »Als Beweismittel.«

Ich bin so wütend, dass der Karton unter meinem Arm bebt. Ich packe ihn fester, damit ich ihn nicht noch fallen lasse. *Reiß dich zusammen*, ermahne ich mich, aber in meinem Inneren tobt ein Orkan. Ich greife nach dem schweren, alten Türklopfer und lasse ihn dreimal mit Wucht gegen die Tür knallen.

Es vergeht eine Minute, dann zwei, aber niemand macht auf. Ich bearbeite die Tür wieder mit dem Türklopfer, diesmal noch lauter als eben. Stille. Ich bin eigens den weiten Weg gekommen und habe mir genauestens ausgemalt, was für eine Szene ich ihm machen werde, und das alles für nichts und wieder nichts? *Was, wenn Tremennor mich sehen kann?*, fällt es mir plötzlich ein. *Wenn er mich mithilfe irgendeiner verborgenen Kamera beobachtet und sich in der Sicherheit seines Büros köstlich über mich amüsiert?* Ich stelle den Karton vor der Tür ab und schleiche ums Haus. Alle Türen sind verschlossen, wegen des kalten Wetters sind auch alle Fenster zu. Frustriert stehe ich am Hintereingang und starre auf die Feuerstelle und den mit einer Mauer abgetrennten Teil des Gartens, wo Alex und ich … Ich unterbreche meine Gedanken, das führt zu nichts. Soll ich warten oder es später noch einmal versuchen? Jetzt den Rückzug anzutreten, fühlt sich wie eine Niederlage an.

Kaum habe ich mich entschlossen, noch etwas zu warten, als ich aus dem Augenwinkel etwas Braunes vorbeiflitzen sehe. Ich drehe mich um und sehe, wie Maggie den Weg vom Kutscherhaus hochkommt und geradewegs in Richtung Haustür läuft.

»O nein!« Ich renne, so schnell ich kann, um das Haus. Leise fluchend sprinte ich über den Kiesweg. Ich bin so ein Idiot. Maggie hat bereits mit der Pfote den Deckel von dem Karton geschoben und untersucht den Inhalt.

»Maggie!«, schreie ich und laufe auf sie zu. Mein plötzliches Erscheinen lässt sie kurz innehalten, sie stellt die Ohren auf und sieht sich um. Die vergiftete Spitzmaus hat sie bereits zwischen den Zähnen.

»Aus!«, rufe ich mit zittriger Stimme. »Aus, Maggie, aus!« Sie sieht mich aufmerksam an und tänzelt aus meiner Reichweite, als ich nach der Maus greifen will. Sie denkt, ich will spielen. »Maggie!«, rufe ich wieder, nehme die Verfolgung auf und pralle gegen eine Gestalt, die von der anderen Seite der Hecke kommt.

»Jess!«, sagt Alex. »Was …?«

»Sag ihr, sie soll sie fallen lassen«, keuche ich und zeige auf die Hündin.

Völlig verwirrt starrt er erst mich an, dann Maggie. »Fallen lassen … wovon sprichst du?«

»Alex, sie soll sie fallen lassen! Sofort!«

Die Panik in meiner Stimme überzeugt ihn, nicht weiter zu fragen, und er dreht sich zu Maggie, die schwanzwedelnd auf die Fortsetzung des Spiels wartet.

»Maggie«, sagt er streng, »aus.«

Sie duckt sich und weicht ein Stück zurück, um ihn zum Spiel aufzufordern. Alex wiederholt den Befehl, diesmal energischer, und sie öffnet das Maul und lässt die tote Spitzmaus zögernd aus ihren Fängen. Ich mache einen Satz auf sie zu und packe die Maus. Sie ist ganz warm und schleimig von Maggies Speichel, aber ich bin so erleichtert, dass es mir egal ist. Ich gehe zum Karton, werfe sie wieder hinein und klemme alles fest unter meinen Arm. Maggie kommt angerannt und springt an mir hoch, sie will weiterspielen.

»Jess«, sagt Alex und kommt auf mich zu. »Was zum Teufel ist hier los? Was machst du hier?«

Ich atme tief ein, um mich etwas zu beruhigen. »Ich wollte mit deinem Vater reden. Über seinen letzten Winkelzug.«

Sein Gesichtsausdruck ist verschlossen. »Wovon sprichst …?«

»Spiel nicht den Ahnungslosen«, falle ich ihm wütend ins Wort. Die Feindschaft mit Roger beruht auf Gegenseitigkeit, die Fronten sind klar abgesteckt, doch mit Alex … »Du warst es wahrscheinlich sogar, der das Zeug ausgelegt hat. Daddys braver Laufbursche wie üblich.«

»Hör mal, was auch immer es ist, in das du dich dieses Mal hineinsteigerst – ich habe nichts damit zu tun.«

»Tatsächlich?«, frage ich bissig. »Du hast hierfür also keine Erklärung?« Ich drücke ihm den Karton in die Hand.

Er hebt den Deckel an und verzieht angesichts der toten, inzwischen reichlich mitgenommenen Spitzmaus, die zwischen grellblauen Körnern liegt, angeekelt das Gesicht. »Was zum Teufel …? Das wolltest du uns vor das Haus stellen? Was hast du eigentlich für ein Problem?«

»Nein, ich wollte das deinem Vater zeigen. Und ich wollte ihn darüber informieren, dass ich die Polizei rufe, wenn er noch einmal versucht, meine Katze zu töten.«

Alex wird blass. »Was?«

Ich deute auf den Karton. »Was ist das? Sag es mir.«

Er öffnet die Schachtel erneut und sieht sich ihren Inhalt genauer an. »Rattengift«, murmelt er und wirkt auf einmal mitgenommen.

»Ich dachte mir schon, dass es dir bekannt vorkommen würde. Irgendjemand hat das Zeug im Wald um Enysyule ausgelegt. Höchstwahrscheinlich in der Hoffnung, Perrin damit zu töten.« Ich sehe ihm in die Augen. »Soweit ich weiß, gibt es nur eine Person, die davon profitieren würde.«

Alex schüttelt sprachlos den Kopf, und zum ersten Mal kommt mir der Gedanke, dass sein Entsetzen echt sein könnte.

»Nein«, sagt er schließlich, »das würde er nicht tun, das ist … Wahnsinn. Ich gehe dort fast jeden Tag mit Maggie spazieren.« Er hält inne und dreht sich nach Maggie um. Geduldig und mit hängender Zunge sieht sie zu ihm auf.

»Verstehst du jetzt, warum sie die Maus fallen lassen sollte?«, frage ich und merke, wie mein Ärger langsam abebbt. »Hätte sie sie gefressen, wäre sie vergiftet worden. Zum Glück ist Perrin zu klug für solche Fallen.«

Alex bückt sich zu Maggie. Er krault sie hinter den Ohren und schaut ihr in die Augen. »Woher weißt du, dass mein Vater dahintersteckt?«, fragt er, ohne sich umzusehen.

»Wer sollte es sonst gewesen sein?«

Er antwortet nicht. Ganz offensichtlich zerbricht er sich den Kopf, wie er meine Argumente entkräften kann.

»Du hast keine Beweise«, sagt er schließlich, ohne mich anzusehen. »Du kannst nicht nachweisen, dass er es war.«

»Ich wette um jeden beliebigen Betrag mit dir, dass in eurem Haus irgendwo ein halb voller Sack mit dem Zeug herumliegt«, erwidere ich. Er schweigt, und ich lache bitter. »Wie auch immer, Alex. Richte ihm einfach meine Nachricht aus, okay?«

Ich drehe mich um und fühle, wie meine Energie verpufft. Ich will weg von hier, wo alles hässlich und voller Konflikte ist, und zurück in die Geborgenheit meines stillen Tals, zu meinem Kamin und zu Perrin, wo mich nur die Träume stören.

»Warte!« Alex packt mich am Ärmel. »Können wir das alles nicht einfach vergessen? Wir hatten doch Spaß zusammen, du und ich, bevor das alles passiert ist.«

»Du hast mich angelogen.« Ich ziehe meinen Arm weg. »Wie kannst du nur so tun, als ob dir etwas an mir liegen würde?«

»Ich dachte, dass ich das Richtige tue. Jess, du kennst meinen Vater nicht, du weißt nicht, wie er sein kann … Bitte, ich will es wiedergutmachen.«

»Wiedergutmachen? Verdammt, Alex, hier geht es nicht um einen vergessenen Geburtstag oder eine geplatzte Verabredung …«

»Das weiß ich doch.« Er greift erneut nach meinem Ärmel. »Aber es muss doch irgendetwas geben, das ich tun kann. Bitte. Das alles tut mir fürchterlich leid. Und … du fehlst mir.«

Ich blicke auf seine Hand, die sich in meinen Mantel krallt, und dann in seine Augen, die mich voller Hoffnung ansehen. »Vielleicht gibt es doch etwas, das du tun könntest.«

»Wirklich? Sag es mir, egal, was es ist.«

»Du kannst mir helfen zu beweisen, dass dein Vater in Bezug auf Enysyule nicht die Wahrheit sagt«, verlange ich schroff. »Ich muss wissen, was er als Beweis in der Hand zu haben glaubt.«

»Jess.« Er lässt meinen Ärmel los. »Das kann ich nicht.«

»Doch, du kannst. Du weißt genau, dass es falsch ist, was er tut.«

Alex sieht mir in die Augen, und für einen kurzen Augenblick denke ich, dass er auf meine Bitte eingehen wird. »Ist nicht mein Problem«, murmelt er und wendet sich zum Gehen. »Ich sage Dad, dass du da warst.«

Er ruft Maggie und geht zum Haus, den Kopf tief geneigt, als müsse er gegen einen Sturm ankämpfen.

Manchmal verfängt sich die menschliche Vernunft im Gewebe des Lebens. Sie sieht nur, was sie zu sehen erwartet, nicht, was sein könnte oder gewesen ist, nicht einmal, was im Augenblick ist. Das menschliche Herz jedoch hat seine eigene Landschaft, und was hart wie Fels erscheint, kann im Wüten eines Sturms weich werden wie der Sand im Fluss.

Das Gefühl völliger Erschöpfung verwandelt sich bald in eine verstopfte Nase und Halsschmerzen. Meine Augen sind trocken und brennen, meine Wangen glühen. Ich mache keinen Tee, sondern trinke literweise Leitungswasser. Meine Zähne reagieren empfindlich auf das eiskalte Wasser, aber mein Durst ist nicht zu stillen. Irgendwann wird mir klar, dass das der Preis für mein schlafwandlerisches Abenteuer ist: eine schauderhafte Erkältung.

Mit Schüttelfrost liege ich in der Nacht unter meinen Decken, während mir der Schweiß den Nacken hinunterläuft. Nach ein, zwei Tagen ist das Fieber vorbei und ich bin vollkommen erledigt. Mein Körper nimmt sich Zeit, wieder gesund zu werden, als ob er wüsste, dass ich mich in einigen Tagen einer Begegnung stellen muss, die mein Leben verändern könnte. Am Montag muss ich Roger Tremennor entgegentreten und damit der Möglichkeit, mein neues Zuhause zu verlieren. Aber für den Moment gehört Enysyule mir und nur mir. Die dicken Steinwände schützen Perrin und mich, hier sind wir im Trockenen, sicher und behütet. Während die Tage dahingleiten, verliere ich das Auge für die Makel des Cottage. Sein Charakter und seine Zeitlosigkeit hüllen mich ein wie eine dicke, Geborgenheit spendende Daunendecke.

Ich durchstöbere das zweite Zimmer, zerre die Laken von den Möbeln, die sie seit Jahren verhüllen, öffne Kartons und entdecke Schätze und wertlosen Plunder: stapelweise alte Kunstjournale, einen kaputten Stuhl, einen ramponierten, leeren Koffer und einen Korb, der verdächtige Ähnlichkeit mit dem hat, den die Frau in meinem Traum bei sich hatte …

In einer Ecke des Raumes stoße ich auf eine grob gezimmerte Kiste, die voller vergilbtem Zeitungspapier zu sein scheint. Als ich sie anhebe, sehe ich etwas glänzen. Ich greife in den Haufen zerknüllten Papiers hinein und fühle dünnes, zerbrechliches Glas. Ich befreie den Gegenstand – es ist eine Weihnachtskugel. So eine habe ich noch nie gesehen. Als ich klein war, bestand unser Weihnachtsschmuck aus einem bunten Durcheinander aus Filzschneemännern, Plastikeiszapfen, zusammengewürfeltem Lametta und einem Holzstern für die Baumspitze, der ein heiß geliebtes Geschenk meiner Großmutter aus Istanbul war und schon bessere Tage gesehen hatte. Die Kugel, die ich in den Händen halte, ist hauchdünn und wunderschön.

Behutsam wische ich den Staub ab. Sie ist aus dunkelgrünem Glas und trägt ein Muster aus Blättern oder Schneeflocken, so genau kann ich es nicht erkennen. Sie ist goldverziert und funkelt im Licht, als ich sie im Schein der Deckenlampe drehe. Ich lege die Kugel wieder zurück und muss lächeln. Ich spüre ein Kribbeln, das ich seit Jahren nicht mehr gefühlt habe: Vorfreude auf Weihnachten.

Was auch immer passiert, womit auch immer Tremennor mich konfrontieren wird, ich werde Weihnachten in Enysyule feiern, das nehme ich mir fest vor. Nach dieser Entscheidung geht es mir augenblicklich besser. Auch wenn mein Hals noch kratzt, meine Nase läuft und mein Kopf schmerzt, fange ich wieder an zu schreiben. Irgendwie gelingt es mir in diesen wenigen Tagen, mich völlig von der Wirklichkeit abzukapseln. Ich ziehe meine kuscheligste Strickjacke über meinen Schlafanzug, schlüpfe in dicke Socken und lasse meiner Fantasie freien Lauf. Ich schreibe über ein Land aus Felsen und Geistern, von Wesen aus Eis und Fell, über eine Welt, die man nur an einem Tag im Jahr betreten kann, indem man durch das Loch in einem Stein sieht …

Perrin hilft, so gut sie kann, schubst meine Taschentücher auf den Boden, marschiert über meine Tastatur und stellt sich mir in den Weg, wenn sie mich an ihr Abendessen erinnern will. Sie ist wie immer ausgesprochen gesprächig und dickköpfig, obwohl es mir vorkommt, als sei sie langsamer als sonst. Sie geht auch nicht mehr so oft nach draußen, was vielleicht am kalten Wetter liegt.

Sie bewegt sich etwas steif und hat schon lange nicht mehr versucht, meine Laptop-Maus zu attackieren.

Eines Abends hebe ich sie aus dem Ohrensessel am Feuer und auf meinen Schoß. Sie lässt es mit sich geschehen, drückt ihre Krallen in die Wolle meines Pullovers und beginnt, leise und schläfrig zu schnurren. Ich streichele ihren Kopf und wünsche mir, dass die Furcht der Leute vor diesem Tal berechtigt wäre, dass hier tatsächlich etwas Altes und Ursprüngliches wohnt, das diesen Ort mit Zähnen und Klauen verteidigen könnte, wenn es notwendig würde. Als ich Perrins Rücken kraule, fallen mir einzelne weiße Stellen in ihrem Fell auf, die an blassen Schnee erinnern. Das ist nur das Winterfell, beruhige ich mich, um die aufflackernde Sorge gleich im Keim zu ersticken.

Der Sonntagnachmittag geht in den Sonntagabend über, und zum ersten Mal seit meiner Schulzeit graut es mir vor dem nächsten Tag. Ich koste die letzten Stunden des Wochenendes aus, damit die Zeit nicht so schnell vergeht. Morgen werden Tremennor und sein Anwalt triumphierend in Michaelas Büro stolzieren. Ich kann nicht fassen, dass er es schaffen soll, Enysyule aufgrund einer lächerlichen Unterschrift auf einem Stück Papier an sich zu reißen. Alles, was ich dagegenhalten kann, sind Träume und alte Geschichten. Sie mögen stark genug sein, sich in meinen Schlaf zu stehlen und mich dazu zu bringen, mitten in der Nacht das Tal zu durchqueren, doch in dem Moment, in dem ich sie gegen Tremennor ins Feld führen will, werden sie zu Staub zerfallen. *Es tut mir leid, Thomasina*, denke ich, als ich im Bett liege. *Ich habe es versucht.*

Nach vier Tagen im Schlafanzug fühlt sich meine normale Kleidung unbequem an. Dieses Mal gebe ich mir gar nicht erst die Mühe, mich schick zu machen, sondern achte nur darauf, dass ich für den Weg ins Dorf warm genug angezogen bin. Ich bin immer noch nicht ganz gesund und sehe blass, bedrückt und müde aus. Nicht die besten Voraussetzungen, um in die Schlacht zu ziehen. Passenderweise ist das Wetter feucht, kalt und grau, und dichter Nebel hängt tief über dem Tal und um den Stein herum. Vorsichtig gehe ich an ihm vorüber, überschreite die Grundstücksgrenze und betrete den Wald. Der Gegensatz nach mehreren Tagen völliger Isolation von der Welt ist dramatisch. Ich fühle mich klein, schutzlos und sehr allein.

Ich bin noch nicht weit gekommen, als es in meiner Tasche hektisch zu brummen beginnt. Mein Handy. Ich hatte so lange kein Netz mehr, dass ich es fast vergessen habe. Ich hole es hervor. Zwei verpasste Anrufe, einer von meinem Agenten, einer von Mum und eine Nachricht. Meine Finger umschließen krampfhaft das Kunststoffgehäuse. Sie ist von Alex. Ich bin kurz in Versuchung, sie ungelesen zu löschen, aber dann überwiegt meine Neugier.

Ich öffne die Nachricht und sehe, dass er mir nichts geschrieben, sondern nur ein Foto geschickt hat, heute am frühen Morgen. Das Foto zeigt ein Dokument, eine einzelne handbeschriebene Seite mit einer Unterschrift am Ende. Mit zitternder Hand vergrößere ich das Bild, ungläubig starre ich es einige atemlose Sekunden lang an – und dann renne ich los.

Ich laufe, so schnell ich kann, durch den Wald, ohne meinen kraftlosen Muskeln, meinem schmerzenden Hals und meiner geschwollenen Nase Beachtung zu schenken. Unter meinen Stiefeln spritzen Schlamm und Laub auf und hinterlassen Schmutzflecken auf meinen Jeans. An der Weggabelung lasse ich das Dorf links liegen und nehme die Abzweigung zur Werft. Ich folge dem vom winterlichen Regen angeschwollenen Bach hinunter zum Fluss. *Bitte, seid zu Hause*, bete ich, während ich laufe, *bitte, lass jemanden zu Hause sein.*

Als ich etwas später die Brücke unterhalb von Lanford überquere und mich den Hügel hinauf in den Ort kämpfe, bin ich kurz vor dem Kollaps, aber es ist mir gleichgültig. In meiner Brust ist etwas grell aufgeflammt – Hoffnung, so blitzend und unaufhaltsam wie der Funken eines Feuersteins. Ich hoffe nur, ich komme nicht zu spät. Durch die Fenster der Agentur sehe ich Michaela und Liza an einem Schreibtisch sitzen, der Anwalt über sie gebeugt. Roger Tremennor steht an der Seite und spielt mit einem Briefbeschwerer. Michaela starrt grimmig ein Dokument an, einen Kugelschreiber in der Hand. Keuchend drücke ich die Klinke herunter und stürze durch die Tür.

»Nicht!«, versuche ich zu rufen, aber das Wort geht in einem Hustenanfall unter. Alle vier sehen mich überrascht an und mustern mein knallrotes Gesicht, die schmutzige Jeans und die zerzausten Haare. Liza erholt sich als Erste von meinem Anblick und holt mir rasch ein Glas Wasser.

»Ah«, höre ich den Anwalt sagen, während ich es schnell hinunterkippe, »die Mieterin. Miss Price, wenn ich mich recht erinnere? Ich fürchte, Sie haben sich vergeblich hierherbemüht …«

»Haben Sie schon irgendetwas unterschrieben?«, falle ich ihm ins Wort und starre Michaela an. Ich sehe bestimmt furchtbar aus, völlig aufgelöst, mit tränenden Augen, mit einer Hand umklammere ich krampfhaft das leere Glas.

»Nein«, sagt sie. »Ich wollte warten, bis Sie kommen. Warum?«

Statt einer Antwort ziehe ich mein Handy heraus, auf dem Display das Foto, das Alex mir geschickt hat. »Ist das Ihr Beweis?«, frage ich Tremennor und halte ihm das Handy hin.

Stirnrunzelnd und mit zusammengekniffenen Augen beugt er sich über das Display. Ich sehe, wie sich sein Gesichtsausdruck verändert und sich sein Hals rötet, und reiße ihm das Telefon weg, als er danach greifen will.

»Das ist ein vertrauliches Dokument!«, zischt er. »Wo zum Teufel haben Sie das her?«

»Sie haben meine Frage nicht beantwortet«, erwidere ich sachlich. »Ist das Ihr Beweis? Das Dokument, in dem Thomasina erklärt, dass sie lediglich Mieterin von Enysyule ist?«

»Jess«, sagt Michaela verwundert und steht vom Schreibtisch auf. »Was ist los?«

Mit einem Schritt zurück bringe ich etwas Abstand zwischen Tremennor und mich und öffne den Reißverschluss meiner Tasche. Ich ziehe das Skizzenbuch hervor, das ich mir vor wenigen Minuten von Mel geholt habe. »Das gehörte Thomasina«, erkläre ich. Die Seiten knistern leise, als ich es aufschlage. »Ich habe es im Cottage gefunden. Es ist voller Zeichnungen von ihr.«

Der Anwalt lacht bellend auf. »Bitte entschuldigen Sie, aber wozu soll das gut sein? Wir sind nicht hergekommen, um uns alte Kritzeleien anzusehen.«

Ich beachte ihn nicht, sondern blättere zu der letzten Zeichnung in dem Buch. »Wann hat Thomasina angeblich dieses Dokument unterschrieben?«, frage ich Tremennor.

Er starrt mich stumm an, seine Lippen sind zu einer schmalen Linie zusammengepresst.

»Ich glaube«, schaltet sich Mr Mitchell ein, »das muss etwa einen Monat vor ihrem Tod gewesen sein. Am 20. Mai, wenn ich nicht irre?« Sein Ton bleibt neutral, doch es ist offensichtlich, dass er verunsichert ist. Er wirft Tremennor einen Blick zu, der *Was zum Teufel haben Sie mir sonst noch alles verschwiegen?* sagt.

»Ja«, nickt Tremennor angespannt. »Am Zwanzigsten.«

Ich lege das Skizzenbuch auf den Schreibtisch und drehe es so, dass es alle sehen können. Die Zeichnung selbst ist fast nicht zu erkennen und besteht nur aus mehreren dünnen, zitterigen Linien, aber in meinen Augen ist eindeutig, was sie darstellen soll. Es zeigt den *Perranstone*, wie er vermutlich von oben betrachtet aussieht: ein Kreis, umgeben von dunklen Bäumen, die Ränder gehen in Rauch über. In der unteren rechten Ecke sind, kaum leserlich, eine Signatur und ein Datum zu sehen.

»Wenn sie am 18. Mai kaum noch in der Lage war zu schreiben«, fahre ich Tremennor scharf an, »dann erklären Sie mir bitte, wie sie am 20. eine derart glasklare Unterschrift leisten konnte.« Ich vergrößere den Ausschnitt auf meinem Telefon und lege es neben die Zeichnung. Die Unterschriften weichen in geradezu grotesker Weise voneinander ab. »Sie werden verstehen, dass ich berechtigte Zweifel habe, was die … Echtheit Ihres Dokuments betrifft.«

Eine Sekunde lang sind alle erstarrt.

»Das ist völliger Blödsinn«, platzt Roger mit gepresster Stimme heraus. »Dieses Skizzenbuch habe ich noch nie vorher gesehen. Das können Sie genauso gut gefälscht haben.«

»Sie meinen, so wie Sie Thomasinas Unterschrift gefälscht haben?«, kontere ich. »Einer von Ihren kleinen Kunstgriffen, wie der Versuch, Perrin zu vergiften?«

Sein Gesicht läuft dunkelrot an. »Das geht zu weit!«

»Worum geht es hier eigentlich?«, versucht der Anwalt einzuschreiten.

»Ich weiß, dass Sie dahinterstecken!« Meine Stimme wird laut. »Versuchen Sie erst gar nicht, es zu leugnen!«

»Es ist nicht meine Schuld, wenn Sie Probleme mit Ungeziefer haben.«

»Sie elender M…«

»Ruhe!«, donnert Michaela, und alle verstummen vor Schreck. Sie atmet einmal tief durch. »Danke. Zum einen kann ich bestätigen, dass es sich um Thomasinas Skizzenbuch handelt. Ich habe sie oft damit gesehen. Zum anderen«, sie öffnet ein Ringbuch, das auf dem Tisch liegt, und beginnt, darin zu blättern, »dürfen wir nicht vergessen, dass Thomasina im April dieses Jahres auch eine Vereinbarung mit uns unterschrieben hat.« Sie zieht ein umfangreiches Dokument aus einer Prospekthülle und leckt kurz an ihrem Daumen, um besser umblättern zu können. »Das sollte uns eine gute Grundlage geben, die Unterschriften zu vergleichen. Ah, hier …«

Gebannt beobachte ich ihr Mienenspiel, während sie die Unterschrift auf dem Vertrag eingehend untersucht. Sie sieht mich an, und einen grauenvollen Augenblick lang habe ich den Eindruck, sie wolle bedauernd den Kopf schütteln, doch dann läuft ein Zucken über ihre Mundwinkel und um ihre Augen bilden sich kleine Falten. Mit einem nur halbherzig unterdrückten Lächeln legt sie die Seite neben das Buch und mein Telefon.

Wir recken alle gleichzeitig den Hals, um besser sehen zu können.

»Ich fürchte, ich muss Miss Pike recht geben, Roger«, sagt Michaela kühl und schenkt mir von der Seite ein Lächeln. »Bei der Unterschrift in Ihrem ›Beweis‹ wurde anscheinend kräftig nachgeholfen.«

In einem der Schuppen auf der Werft läuft ein Radio. Zielstrebig gehe ich darauf zu. Die feuchtkalte Luft am Fluss brennt in meinen Lungen. Am Eingang bleibe ich stehen, ich habe Seitenstechen. Jack arbeitet an einer Werkbank, die Ärmel seines Pullovers bis zu den Ellbogen hochgeschoben, und hobelt eine Holzplanke glatt. Mein Hals ist völlig ausgetrocknet. Ich brauche drei Anläufe, ehe ich genügend Feuchtigkeit gesammelt habe, um seinen Namen zu krächzen.

Sein freudig überraschtes Lächeln verwandelt sich augenblicklich in einen sorgenvollen Ausdruck, als er sieht, in welcher Verfassung ich bin. Atemlos und mit vor Aufregung glänzenden Augen stehe ich da.

»Jess?« Er legt die Planke weg und kommt auf mich zu. Er wischt sich die Hände an einem Lumpen ab. »Was ist los? Was ist passiert?«

»Wir haben es geschafft«, sage ich und will lachen, aber da kommen mir schon wieder die Tränen. »Wir haben es geschafft, Jack. Michaela und Liza und ich …«

»Was habt ihr geschafft?«, erkundigt er sich drängend.

»Wir haben bewiesen, dass Tremennor keine Grundlage für einen Prozess hat.« Ich kann es immer noch kaum fassen, selbst als ich es laut ausspreche. »Er hat seine Forderung auf Enysyule zurückgezogen!«

Ehe ich mich versehe, hat Jack mich umarmt und in die Luft gehoben. Ich halte mich an seinen Schultern fest, eingehüllt vom Geruch nach frischem Holz und alter Wolle, Seife und Rauch in seinem Haar und auf seiner Haut. Er setzt mich wieder ab und für einen kurzen, fast schmerzhaften Moment sind sich unsere Körper ganz nah und unsere Gesichter noch näher. Übermütig dreht er sich zum Gehen, die herbstfarbenen Augen umrandet von Lachfältchen.

»Kommen Sie mit«, sagt er. »Das müssen wir Mel erzählen. Er wird es nicht glauben!«

Der Nachmittag wird einer der schönsten, die ich bisher in Lanford erlebt habe. Mel holt wieder den Brandy heraus, dieses Mal, um den Erfolg zu begießen. Zur Feier des Tages lassen er und Jack die Arbeit für ein paar Stunden liegen. Mit Blick auf den graugrünen Fluss sitzen wir in der Küche und essen und reden und lachen, gewärmt vom Holzofen, dem Alkohol und einer immensen Erleichterung nach Wochen der Sorge. Ich erzähle ihnen, was in Michaelas Büro geschehen ist, wie Tremennor seine Forderung zurückgezogen und etwas von einem »Missverständnis« gemurmelt hat und wie ihn sogar der Anwalt im Hinausgehen am liebsten mit Blicken getötet hätte.

»Also, junge Frau«, sagt Mel, das Gesicht gerötet. »Heißt das, dass Sie hierbleiben?«

»Genau das heißt es«, bestätige ich lachend und hebe mein Glas, um mit ihm anzustoßen.

Ein Hüter und Beschützer für Enysyule, solange Perrin lebt. Die Worte der Vereinbarung fallen mir wieder ein, als ich einen Schluck Brandy nehme. Sie verursachen einen winzigen Riss in meinem Glück, wie eine einzelne Wolke an einem ansonsten makellos blauen Himmel, und ich denke an die weißen Haare, die ich in Perrins schwarzem Pelz entdeckt habe. Ich schiebe den Gedanken beiseite und höre stattdessen lieber zu, was Mel gerade sagt.

» … schon in zwei Wochen, wissen Sie?«

»Was denn?«

»Weihnachten! Ist hier in dieser Gegend eine wichtige Zeit im Jahr.« Er leert sein Glas und gießt sich noch einen Schluck ein.

Jack öffnet die Klappe des Holzofens und legt ein paar Scheite nach. Die Flammen spiegeln sich in der bernsteinfarbenen Flüssigkeit in meinem Glas. *Flammen in der Dunkelheit*, mit jedem Atemzug, den ich mache, entstehen Bilder vor meinen Augen, *Licht auf Stein, Stimmen, die Lieder singen, Stechpalmenblätter, dunkel wie ein verborgener See, Beeren rot wie Blut …*

»Was geschieht hier denn Besonderes zur Weihnachtszeit?«, erkundige ich mich.

»Fragen Sie lieber, was *nicht* geschieht.« Mel beugt sich zu mir, seine Hände umschließen sein Glas. »Die Nächte werden dunkler und dunkler, die Tage immer kürzer, weil die Sonne müde ist, und der Stoff des alten Jahres so dünn und fadenscheinig, bis er sich schließlich ganz auflöst. Und dann ist es Zeit für *Montol.*« Er nippt an seinem Brandy und sieht mich von der Seite schelmisch an.

»Und was ist Montol?«, frage ich gehorsam.

»Die Sonnenwende«, kommt Jack seinem Großvater zuvor. »Die längste Nacht und der kürzeste Tag. Und das wird gefeiert.«

»Wie bei dem Fest, als die Weihnachtsbeleuchtung angeschaltet wurde?«

Mel schnaubt verächtlich. »Das nennen Sie Fest? Montol ist ein *richtiges* Fest.« Er sieht mich aus weit aufgerissenen Augen an. »Es gibt Musik und Lampions und einen Ball, zu dem die Leute in Masken und Lumpen kommen.«

»Es ist die Nacht, in der alles erlaubt ist und in der alles passieren kann«, sagt Jack und schließt die Ofenklappe. »Es gibt Leute, die monatelang damit beschäftigt sind, ihr Kostüm vorzubereiten.«

»Sie auch?«, necke ich ihn – schließlich erinnere ich mich ganz gut daran, dass er zu Halloween auf jegliche Maskierung verzichtet hat.

»Ich auch«, bestätigt er mit gespieltem Ernst, »so ist es Brauch.«

»Das klingt ja großartig«, lache ich. »Dann muss ich mich aber noch schnell um ein Kostüm kümmern.«

»Das heißt, Sie bleiben?«, fragt Jack leise und sieht mir in die Augen, während er sich auf den Stuhl neben mir setzt. »In Enysyule? Und Sie kommen zu Montol?«

»Ja«, sage ich und muss daran denken, wie er mich in den Armen gehalten und hochgehoben hat, wie warm sich seine Wange angefühlt hat. »Ich bleibe.« Für eine Weile sind wir alle stumm, und als die Stille unbehaglich zu werden beginnt, leere ich rasch mein Glas. Das Brennen in meiner Kehle lässt mich leicht zusammenzucken. »Meine Familie kommt mich über Weihnachten besuchen. Meine Mutter und meine Schwester mit ihrem Mann. Allerdings ist das Cottage immer noch nicht vorzeigbar und ich habe noch nicht einmal richtig angefangen, das zweite Schlafzimmer herzurichten.«

»Klingt, als könnten Sie etwas Hilfe gebrauchen«, sagt Mel scheinbar beiläufig, »jemanden, der Ihnen etwas zur Hand geht.«

Es ist so offensichtlich, worauf Mel hinauswill, dass Jack lachen muss. »Ich helfe gern, Jess«, beteuert er trotz meiner Proteste. »Geben Sie einfach Bescheid, wenn Sie etwas brauchen.«

Es dämmert bereits, als ich den Rückweg durch den winterlichen Wald sehr viel leichteren Herzens als am Morgen antrete. Die Luft ist kalt, aber mein Gesicht glüht noch vom Holzfeuer und vom Brandy, deren Geruch mich einhüllt. Perrin erwartet mich schon auf der Stufe vor der Haustür. Ich sehe, dass sie miaut, bevor ich sie hören kann, als ob sie wollte, dass ich mich beeile und ihr schnell berichte, was es Neues gibt. Schwungvoll nehme ich sie auf den Arm und tanze übermütig mit ihr durch die Küche, während ich ihr alles haarklein berichte – ihr Zuhause ist gerettet. Als ich sie wieder auf den Boden setze, macht sie es sich an ihrem Lieblingsplatz gemütlich und scheint mir mit einem langsamen Blinzeln zu erklären: *Habe ich dir nicht gesagt, dass alles gut wird?*

Da wir Grund zum Feiern haben, gibt es etwas Besonderes zum Abendessen: frische Makrele, die ich bei den Fischern besorgt habe. Meine Portion bereite ich nach deren Anweisung über dem offenen Feuer zu, und nach kurzer Zeit duftet es im ganzen Haus nach Meer und Holz. Draußen bricht die Winternacht herein, und ich versuche mir vorzustellen, wie es jetzt gerade in London aussehen mag. Inzwischen erscheint es mir unvorstellbar, dass sich zu dieser Tageszeit noch Menschenmassen auf der Jagd nach Weihnachtsgeschenken die Oxford Street entlangschieben, die Leute gedrängt in Aufzügen stehen und ihr Atem sich auf den Fenstern der voll besetzten Busse niederschlägt, die sich von Haltestelle zu Haltestelle quälen, während ich hier friedlich sitze und heißen Fisch aus dem Kamin esse.

Ich muss lächeln, als ich feststelle, wie weit ich mich von der jungen Frau entfernt habe, die aus der Stadt geflohen ist, mit staubigen Turnschuhen an den Füßen und den Kopf voll mit unwichtigen Dingen. Dieser Ort hat mich verändert. Ich sehe Perrin zu, die auf dem verschlissenen Teppich mit ihrer Abendtoilette beschäftigt ist, und mein Herz ist plötzlich voller Dankbarkeit, dass ich hier und jetzt in Enysyule sein darf.

Die wilde Jagd über den Winterhimmel geht weiter, sie kreist mit den Sternen und stürzt sich herab mit dem Regen. Ihre Beute ist das alte Jahr, es wird müde und jeder seiner Sprünge dauert einen Tag, jedes Straucheln eine Nacht. Es spielt keine Rolle, wie lange es dauert, denn Jäger wie Gejagter wissen, was Menschen so oft vergessen: dass Zeit nicht das Maß aller Dinge ist.

Tannengrün. Sein Duft drängt sich in meinen Traum und weckt mich sanft, aber wirkungsvoll. Im Dunkeln schlage ich die Augen auf und erwarte eigentlich, dass er nun wieder schwächer wird. Doch der starke, harzige Geruch nach frisch geschnittenen Zweigen erfüllt den ganzen Raum, als ob jemand mein Bett mit Stechpalmen und Tannen bedeckt hätte. Ich setze mich auf und atme tief ein, während ich überlege, ob das Haus wieder einmal seine Späße mit mir treibt. Nein, dafür ist der Geruch zu intensiv. Ich schlüpfe aus dem Bett und setze meine Füße auf die Holzdielen. Meine Haut fühlt sich wie elektrisiert an, als ich ganz langsam aufstehe – ich will nicht stören, was auch immer gerade vor sich geht …

Der Duft wird stärker, als ich auf dem schmalen Treppenabsatz stehe, und beinahe übermächtig, als ich die Stufen in den großen Raum hinuntergehe, wo das Feuer schläfrig rot glimmt. Neben dem Kamin steht die Kiste mit den Weihnachtssachen, die ich in dem kleinen Zimmer gefunden habe. Bevor ich ins

Bett gegangen bin, habe ich sie heruntergeholt, voller Vorfreude darauf, das Cottage für die Feiertage herauszuputzen.

Im Näherkommen bemerke ich etwas Grünes schimmern. Ich weiß, was es ist. Ich knie mich hin und hole vorsichtig die Glaskugel aus ihrem Kokon aus Zeitungspapier. Im ersten Moment zögere ich, sie mir von Nahem anzusehen – zu gut erinnere ich mich, was das letzte Mal geschehen ist, als ich eines der Geheimnisse von Enysyule genauer unter die Lupe genommen habe. Doch der Duft nach Stechpalmen und Tannen wird immer stärker, meine Haut kribbelt von dem Unbekannten, das mich erwartet, und ich weiß, ich habe keine Wahl.

Ich hebe die Kugel hoch und sehe hinein. Sie dreht sich sacht an der Schnur in meiner Hand, und tief in ihrem Inneren regt sich etwas. Eine Gestalt bewegt sich durch einen Raum, der dem hinter mir sehr ähnlich ist. Eine junge Frau steht am Küchentisch vor einem Berg frisch geschnittener Stechpalmenzweige. Sie dreht sich, um eine Schere zur Hand zu nehmen, und für einen kurzen Moment kann ich kastanienbraune Sprenkel in ihren Augen erkennen. Ich habe das Gefühl, sie zu kennen wie jemanden, den ich vor langer Zeit aus den Augen verloren habe. Konzentriert zieht sie die dunklen Augenbrauen zusammen, während sie einen kleinen Zweig herausschneidet. Selbstvergessen singt sie vor sich hin.

»Han kelynn yw an kynsa a'n gwidh oll y'n koes …«

Sie legt die Schere zur Seite und sieht prüfend an sich herab. Sie betrachtet den alten Wollpullover, die Hose aus dickem Stoff, die sie mit einem Männergürtel um ihre Taille befestigt hat. Sonst besitzt sie nur grobe Arbeitskleidung und verschossene Sommerkleider, die nicht zu ihren derben Stiefeln passen. Und ein neues blaues Kleid, das oben hängt, und auf Hochglanz polierte Schuhe. Die sind für einen besonderen Anlass, für eine besondere Person.

Weihnachten. Es soll das erste werden, das sie zusammen hier im Cottage verbringen, so hat sie entschieden. Es spielt keine Rolle, dass sie noch kein offizielles Paar sind. Zwei Tage Heimaturlaub an Weihnachten sind zu kostbar, um sie mit ihrer Familie an der Werft zu verbringen und sich die missbilligenden Blicke und die verstohlenen Bemerkungen über den fremden Soldaten gefallen zu lassen, der von weit her kommt und offenbar kein eigenes Zuhause hat. Sie lächelt spitzbübisch, während sie einen weiteren Zweig abschneidet und sich dabei die Gesichter in Lanford vorstellt, wenn sie von der Heirat erfahren.

»Brodzki«, flüstert sie leise vor sich hin und kostet den Klang des Namens auf ihren Lippen aus, ein kostbares Geheimnis, süß wie Zucker vom Schwarzmarkt, »Mrs Thomasina Brodzki.«

Mit einer Handvoll Stechpalmenzweigen geht sie zu dem großen, alten Büfettschrank in der Ecke. Aus einer der Schubladen nimmt sie eine Pappschachtel, in der eine wunderschöne mundgeblasene Weihnachtskugel liegt, die mit einem goldenen Stern verziert ist. Ein Geschenk für ihren zukünftigen Ehemann, das ihn an Weihnachten in seiner Heimat erinnern soll. Sie lässt sie im Licht funkeln. Es ist so wenig, was sie ihm geben kann, wenn man bedenkt, was er verloren hat. Aber sie hofft, es wird ihn am Weihnachtsabend vielleicht dennoch zum Lächeln bringen.

Sie beginnt, das Zimmer mit den Zweigen zu schmücken, und ihr Blick fällt auf die Bronzetaler, die an der Wand hängen und in die die Namen ihres Vaters und Bruders graviert sind, die sie nie kennengelernt hat. Ein Anflug von Trauer überkommt sie, als sie einen kleinen Zweig hinter die Fotografie ihrer Mutter steckt, die ganz oben in einem Regalfach steht.

Was sie wohl sagen würden, wenn sie hier wären? Würden sie ihre Pläne missbilligen? Sie würden jedenfalls nicht wollen, dass sie allein bleibt, da ist sie sich sicher. Außerdem wird sie hierbleiben, Piotr weiß, dass Enysyule auch sein Zuhause sein wird. Die

Einzige, auf deren Meinung es dabei ankommt, hat bereits zugestimmt.

Sie blickt über die Schulter hinüber zum Ohrensessel. Ein großes schwarzes Fellbündel hat sich darauf eingerollt.

»Du hast wirklich Glück, dass du den Fischern immer noch am Herzen liegst, weißt du«, sagt sie scherzhaft. »Ohne sie müsstest du dich selbst um dein Abendessen kümmern wie eine richtige Katze.«

Die Katze öffnet eines ihrer gelben Augen und sieht sie schräg unter der Pfote hervor an. Die junge Frau lacht und wendet sich wieder dem Büfettschrank zu. Sie greift nach einem Zweig, doch im gleichen Moment streift ein Schatten ihr Gesicht – ihre Augen weiten sich und blicken ins Nichts, ihre Finger krallen sich in die harten Stacheln der Stechpalmenblätter. Erst als sie zu bluten beginnt, kommt sie wieder zu sich. Sie starrt auf einen Tropfen, der zu Boden fällt und wie Regen die Asche auf den Steinfliesen aufwirbelt.

»Nein«, haucht sie. Sie lässt den Zweig fallen und hat ihn bereits vergessen, als sie zur Treppe läuft und immer zwei Stufen auf einmal nehmend hinauf in das Zimmer hastet, das für sie immer noch das Schlafzimmer ihrer Mutter ist. Das Radio steht auf dem Fensterbrett, wo es am ehesten Empfang hat. Sie tastet mit dem Drehknopf die Frequenzen ab, ohne sich um ihre blutigen Finger zu kümmern.

Paris, Moskau, Warschau … Das Land, aus dem Piotr stammt. Wie Kinder haben sie hier am Radio gesessen und versucht, Fetzen aus seiner Heimat aufzufangen. Doch das Radio knarrt und pfeift und jede kleine Bewegung auf der Skala bringt nur träges, endloses Rauschen hervor.

»Komm schon«, bettelt sie, auf der Suche nach einem lokalen Sender, einer Durchsage, einer Bekanntmachung, einer Warnung, »bitte!«

Doch das Radio bleibt stumm und die Furcht in ihr wächst und wächst. Sie kann fühlen, wie etwas in ihrem Innersten immer lauter ruft … Sie gibt es auf, etwas im Radio finden zu wollen, läuft die Treppe hinunter, schlüpft in die tausendfach gestopften Socken und steigt hastig in ihre Arbeitsstiefel, die neben der Tür stehen und noch nass vom Tag auf den Feldern sind.

»Bitte«, hört sie sich inständig flüstern wie ein Gebet, eine Beschwörung, »bitte, bitte.«

Sie reißt die Tür auf und fängt im Hinausstürzen noch Perrins erschreckten Blick auf. Dann rennt sie los, den Weg entlang zum Wald. Sie braucht keine Lampe, sie kennt jeden Pfad hier in- und auswendig und außerdem ist die Nacht klar, der Mond hängt wie ein glotzendes Auge über dem Tal. Mit einem Sprung setzt sie über den Bach, der jetzt im Winter viel Wasser führt, und läuft eilig weiter, dem Ruf folgend, den sie vernimmt.

Am Ende des Wegs erhebt sich vor ihr der Stechpalmenhain. Erst vor wenigen Stunden ist sie hier wie jedes Jahr zwischen ihren alten Freunden spazieren gegangen und hat die Zweige genommen, die sie ihr angeboten haben. Jetzt stehen die Bäume dunkel und unnahbar da, und die Stellen an ihren Händen, wo sie sich an ihren Blättern verletzt hat, bluten noch immer.

Atemlos erreicht sie die Lichtung. Der *Perranstone* erwartet sie, blind und grau. Sie hat keine Angst vor ihm. Er kennt sie, ist vertraut mit den Strähnen ihres Haars, die ihn gestreift haben, dem Salz ihrer Tränen, er hat ihrem fröhlichen Plappern beim Spielen gelauscht und ihren Rücken gestützt, wenn sie an heißen Sommertagen eingenickt ist …

»Was?«, ruft sie und berührt ihn. »Was ist los? Sag es mir!« Ihr Blut hinterlässt Flecken auf dem stillen, bleichen Stein. »Bitte«, keucht sie, immer noch außer Atem. »Bitte sag mir, dass er in Sicherheit ist.«

Ihre Nerven flattern. Sie hört nichts als ihren heftigen Atem. Dann nähert sich von weit her ein Geräusch: Motorenlärm, der vom Himmel herabdröhnt. Überrascht sieht sie auf. Nie zuvor hat sie hier ein Flugzeug gehört. Auf irgendeine Weise scheint der Lärm der Welt nie bis in dieses Tal vorzudringen. Sie hört genauer hin. Es ist tatsächlich ein Flugzeug, auch wenn etwas damit nicht stimmt. Es macht stotternde, hustende Geräusche wie eine Maschine, die kurz davor ist, auseinanderzubrechen. Es kommt immer näher. Sie starrt nach oben, in den kreisrunden Ausschnitt des Himmels über der Lichtung, bis plötzlich etwas in ihrem Blickfeld erscheint.

Nach vier Jahren Angst und Beschuss ist ihr erster Impuls, sich auf den Boden zu werfen oder in Deckung zu gehen, aber ihre Hände können sich nicht von dem Stein lösen, und im hellen Mondlicht erkennt sie genug, um sicher zu sein, dass es sich nicht um ein feindliches Flugzeug handelt. Der Lärm der offenbar defekten Maschine ist jetzt ohrenbetäubend. Sie sieht, dass sich nur noch ein Propeller dreht und dichte Rauchwolken aus der Maschine dringen. Sie dürfte gar nicht hier sein, sie fliegt viel zu tief und ist meilenweit vom nächsten Stützpunkt entfernt. Hier zwischen den Bachläufen und engen Hügeln von Lanford gibt es nirgendwo Platz zum Landen. Es sei denn …

In dem Augenblick, in dem das Flugzeug den Stein überfliegt, weiß sie es. Niemand würde hier, wo es keine Landemöglichkeit gibt, entlangfliegen, mit einer Maschine, die abzustürzen droht. Es sei denn, jemand hat einen bestimmten Grund. Es sei denn, jemand wüsste, dass es die letzte Gelegenheit ist, noch einmal den Ort zu sehen, wo er sich ein neues Leben aufbauen wollte, wo ein geliebter Mensch am Feuer sitzt und träumt oder schläft – ein letzter Blick auf Enysyule, bevor alles zu Ende ist …

»Piotr!«, schreit die junge Frau voller Verzweiflung und versucht, durch den Qualm das Cockpit zu erkennen. Immer und immer wieder ruft sie seinen Namen, auch wenn er sie nicht hören und im besten Fall eine kleine Gestalt neben einem grauen Stein ausmachen kann, die nach oben blickt.

Das Flugzeug stottert und verliert mit aufjaulendem Motor rasch an Höhe. Es ist nun außerhalb ihrer Sichtweite, verschluckt von den Stechpalmen. Sie versucht, der Maschine durch die Bäume zu folgen. Die schwarzen Blätter zerkratzen ihre Arme und leisten Widerstand, bis sie schließlich auf der Lichtung weinend neben den Stein fällt und ihr Schluchzen sich mit dem schwächer werdenden Motorengeräusch vermischt.

Von der anderen Seite der Lichtung her kommt etwas auf sie zu. Sie hebt nicht den Kopf, sie kann nicht, nicht einmal, als sich eine Pfote an ihre tränenüberströmte Wange legt …

Perrin steht auf meinem Schoß, eine Pfote an meinem Gesicht. Sie riecht nach der kalten Nacht, die eisige Luft hängt noch in ihrem Fell, als ob sie gerade von draußen hereingerannt wäre. Als ich sie ansehe, nimmt sie die Pfote herunter, bleibt aber auf meinem Schoß sitzen. Ich atme tief durch und wische die Tränen aus meinen Augen.

Behutsam lege ich die Weihnachtskugel zurück. Soweit ich weiß, hat Thomasina nie geheiratet. Ich habe immer gedacht, dass sie eine Eigenbrötlerin war und es einfach vorzog, allein zu leben. Vielleicht war das ein Irrtum. Vielleicht konnte sie danach mit niemand anders mehr ihr Leben teilen.

Außer mit Perrin. Ich streichele ihren Kopf, während sie vor mir sitzt und ihr Schwanz angespannt hin und her schlägt, als ob sie an meine nächtliche Eskapade von letzter Woche denken würde. Dieses Mal sind es zum Glück nur meine Füße, die sich taub anfühlen. Müde schleppe ich mich die Stufen hinauf, um ins Bett zu gehen. Als ich mich zudecke, ist der Tannenduft kaum noch wahrzunehmen. Perrin lässt sich zu meinen Füßen nieder, und getröstet von ihrer Anwesenheit falle ich kurz darauf in einen tiefen, traumlosen Schlaf.

In einem Ort wie Lanford verbreiten sich Nachrichten wie Lauffeuer, und die ganze Woche über reißt der Besucherstrom in Enysyule nicht ab. Michaela bringt an einem Mittag ein Feldbett und eine aufblasbare Matratze vorbei, sodass ich nun genügend Schlafmöglichkeiten für den Besuch meiner Familie habe. Liza schickt einen Stapel Bettzeug und Handtücher. Und schließlich lässt sich sogar das berüchtigte »Mädchen« für alles, Mrs Hesketh, blicken, um sich um meinen Boiler zu kümmern. Als Unterstützung hat sie ihren Enkel dabei, einen stillen, etwa fünfzehnjährigen Jungen, der dunkelrot anläuft, wenn man ihn anspricht. Mrs Hesketh dagegen ist ebenso mürrisch wie gutmütig und marschiert bereits ins Badezimmer, bevor ich ihr überhaupt schildern kann, worin das Problem besteht. Ich sehe ihr zu, wie sie etwas vom Boiler abschraubt und über die Schulter wirft.

»Gib mir mal das Dings, Tobe«, ruft sie ihrem Enkel zu.

Ich habe den Eindruck, dass die Leute im Dorf abgewartet haben, wie die Sache mit Tremennor ausgeht, bevor sie bereit waren, einen Schritt auf mich zuzugehen. Ich frage sie, wie sie über die Angelegenheit denkt.

»Klar wussten wir, dass er Märchen auftischt«, sagt sie rundheraus. »Aber die Zeiten sind schwierig und es gibt kaum einen, der es Michaela übel genommen hätte, wenn sie die Kohle eingestrichen hätte.«

Ich frage gar nicht erst, woher sie diese – eigentlich vertraulichen – Informationen hat. Schließlich sind wir hier in Lanford.

Der Einzige, der sich nicht meldet, ist Alex. Ungefähr ein Dutzend Mal bin ich kurz davor, ihm eine Nachricht zu schicken, ihm dafür zu danken, dass er das Richtige getan hat, auch wenn er sich damit ganz sicher Ärger mit seinem Vater eingehandelt hat. Aber dann fällt mir jedes Mal ein, was er an jenem Tag am Herrenhaus gesagt hat – *können wir das alles nicht einfach vergessen? Wir hatten doch Spaß zusammen, du und ich, bevor das alles passiert ist* –, und lösche meine Nachricht wieder. Ich möchte nicht, dass er sich Hoffnungen macht. Es ist besser, die Dinge auf sich beruhen zu lassen, einen Schlussstrich zu ziehen. Nicht zuletzt, weil es einen Besucher gibt, auf den ich mich immer ganz besonders freue …

Eines Nachmittags steht Jack in der Tür, einen Eimer Farbe und zwei Farbroller in der Hand.

»Dachte, das könnten Sie vielleicht brauchen«, verkündet er, und sein Blick fällt auf den Tisch, auf dem mein aufgeklappter Laptop steht. »Verzeihung, Sie sind gerade beim Schreiben, ich wollte nicht stören …«

»Nein, gar kein Problem«, beeile ich mich zu versichern, als er sich schon wieder zum Gehen wendet. »Ich wollte ohnehin gerade eine Pause machen. Eine Tasse Tee vielleicht?«

Perrin thront wie gewöhnlich im Ohrensessel, also setzen wir uns einander gegenüber an den Küchentisch. In seinen dunklen Locken hat sich ein Holzspan verfangen. Ich unterdrücke den Impuls, über den Tisch zu greifen und ihn ihm aus dem Haar zu ziehen.

»Jess«, sagt er so unvermittelt, dass ich rot werde. Hat er meine Gedanken erraten? »Kann ich Sie etwas fragen? Wegen Montol?«

»Montol?«, frage ich so beiläufig, wie ich kann. »Das Fest zur Wintersonnenwende?«

»Ja. Das ist hier bei uns eine wirklich große Sache. An dem Abend steht der ganze Ort kopf.«

»Das kann ich mir irgendwie gar nicht vorstellen«, sage ich lachend. »Wann findet es statt?«

»Am Einundzwanzigsten. Diesen Samstag.« Jack setzt seinen Becher ab und sieht mich ernst an. »Jess, ich wollte Sie fragen, ob Sie sich eventuell vorstellen könnten, an dem Abend vielleicht …«

Ja!, rufe ich innerlich schon. *Ja, Jack, ich würde sehr gern mit Ihnen dorthin gehen!*

»… Grandpa dorthin zu begleiten.«

Es dauert einen Moment, bis die Worte bei mir angekommen sind.

»Wie?«, gelingt es mir zu fragen – vielleicht habe ich mich ja verhört. »Sie meinen, ob ich mit Mel hingehe?«

Jack nickt und blickt angestrengt in seinen Tee. »Seit Grandma Phyllis gestorben ist, war er nicht mehr bei Montol. Ich glaube nicht, dass er allein hingehen würde, und auf mich hört er nicht. Aber … ich habe so ein Gefühl, dass er es Ihnen nicht abschlagen würde, wenn Sie ihn bitten.« Er sieht mich an, mit Stirnrunzeln und betrübtem Gesicht. »Sie tun ihm gut, Jess. Er war seit Jahren nicht mehr so lebenslustig wie in den letzten Wochen. Ich glaube fast«, er lächelt leicht schuldbewusst, »der Streit mit Ihnen hat ihm wieder ein bisschen Feuer unterm Hintern gemacht.«

Ich lächele zurück und versuche, mir meine Enttäuschung nicht anmerken zu lassen.

»Natürlich gehe ich mit ihm zum Fest«, sage ich. »Das mache ich gern.«

Mit breitem Lächeln ergreift er meine Hand und drückt sie fest. »Danke, das wird ihm wirklich viel bedeuten.«

Ich sehe ihm in die Augen, aber meine Nase hat andere Pläne. Es gelingt mir gerade noch, meine Hand seiner zu entreißen und nach einem Taschentuch zu greifen, bevor ich explosionsartig niesen muss.

»Andererseits – wenn Sie noch nicht wieder gesund sind …«, meint Jack besorgt.

»Nein, mir geht es gut.« Ich blinzele mit tränenden Augen. »Bis Samstag bin ich wieder völlig in Ordnung, versprochen.«

Als er seine Jacke anzieht, nehme ich meinen Mut zusammen und stelle ihm eine ganz andere Frage.

»Jack, war Thomasina jemals … verlobt oder so? Als sie noch jung war?«

»Thomasina? Verlobt?« Jack macht ein nachdenkliches Gesicht und zieht sich eine Mütze über den Kopf. »Das bezweifele ich. Sie hatte nicht viel für andere Leute übrig. Auf jeden Fall konnte sie keine Schwachköpfe leiden. Warum fragen Sie?«

»Nur so.«

»Haben Sie immer noch diese Träume?«, erkundigt er sich ahnungsvoll.

»Ja«, gebe ich zu. »Aber keine Sorge, es gab keine neuen Abenteuer in der Wildnis.« Ich gebe mir einen Ruck und vertraue mich ihm zögernd an: »Es ist eigenartig. Einerseits werden sie immer intensiver, andererseits machen sie mir nichts mehr aus. Es ist, als ob sie mich mit diesem Ort … enger in Verbindung treten lassen.« Ich schneide eine Grimasse. »Das ergibt irgendwie keinen Sinn, oder?«

Ich erwarte, dass er darüber lacht, doch ich habe mich geirrt.

»Das klingt jetzt vielleicht etwas seltsam«, seufzt er, als könne er selbst nicht fassen, was er gleich sagen wird. »Aber ich fand immer schon, dass Enysyule im Winter anders ist als sonst. Es hat mit Weihnachten zu tun, glaube ich. Es steckt ja schon im Namen, *enys* bedeutet isoliert oder verborgen, und *yule* heißt Weihnachten …« Bedeutungsvoll zieht er die Schultern hoch. »Heutzutage würde man das Haus wahrscheinlich *Yule Cottage* nennen.«

Ich sehe ihn groß an. Er ist sonst immer eher nüchtern und ironisch und ich frage mich, ob er sich womöglich über mich lustig macht.

»Meinen Sie, es hat etwas zu tun mit …?« Ich mache eine Kopfbewegung in Richtung Tal, wo auf der Lichtung stumm und wachsam der *Perranstone* steht.

»Keine Ahnung«, murmelt Jack. Wir stehen ganz dicht nebeneinander, als fürchteten wir, dass uns jemand belauschen könnte. »Es würde mich aber nicht wundern. Der Stein steht dort seit Tausenden von Jahren. Lange schon, bevor es Weihnachten gab.«

Ein gurrender Laut lässt uns beide zusammenzucken. Wir drehen uns in die Richtung, aus der das Geräusch kam: Perrin hat den Kopf aus dem Ohrensessel gestreckt und sieht uns an.

»Sieht so aus, als stimme sie uns zu«, lacht Jack.

»Danke, dass Sie vorbeigekommen sind«, sage ich, als wir an der Haustür stehen. »Und richten Sie Mel aus, dass es mir eine Ehre sein wird, ihn zu Montol zu begleiten.«

»Danke, Jess.« Er wendet sich aber nicht zum Gehen, sondern sucht etwas in der Tiefe seiner Jackentasche. »Ich …«, er räuspert sich und zieht ein kleines in Zeitungspapier gewickeltes Päckchen hervor und drückt es mir in die Hand. »Die habe ich in der Stadt gesehen. Ich dachte, sie würde Ihnen vielleicht gefallen.«

Überrascht schaue ich hinein. Es ist eine kleine Pflanze mit weißen Blüten, deren gelbe Staubgefäße wie winzige Sterne aussehen. Die Blätter sind dunkelgrün, fast so dunkel wie Stechpalmenblätter.

»Wie heißt die?«, frage ich, aber Jack steigt schon den Weg hinauf und winkt über die Schulter zurück.

Freudestrahlend betrachte ich die Blume genauer. An den Stängeln hängt ein kleines Schild an einer dünnen Schnur.

Helleborus niger steht dort fein säuberlich mit der Hand geschrieben, *Christrose*.

Je näher Montol rückt, desto mehr Aufregung und Vorfreude sind in Lanford zu spüren. Jack und Mel haben recht, das Fest scheint für das Dorf ein echter Höhepunkt zu sein. Zwei Tage vorher veranstalten Michaela und Liza eine Weihnachtsparty in ihrer winzigen Agentur, bei der sich die Gäste am Nachmittag drängen und bei Mince Pies und Glühwein gut gelaunt feiern, bis die Fenster so beschlagen sind, dass man nicht mehr hinaussehen kann, und für den Rest des Tages niemand mehr an Arbeit denkt.

Zwischen übermütigem Geplauder und Weihnachtsliedern, die aus den Lautsprechern eines Computers dröhnen, entdecke ich Geoff, der etwas abseits steht und geistesabwesend eine Landkarte studiert, auf der die umliegende Gegend abgebildet ist. Ich kämpfe mich durch die Menge zu ihm hinüber.

»Hallo, Geoff«, sage ich vorsichtig, um ihn nicht zu erschrecken.

Sein Gesicht hellt sich auf. »Miss Pike. Wie geht es Ihnen?«

»Sehr viel besser als das letzte Mal, als wir uns gesehen haben.« Ich lächele. »Danke noch einmal für Ihre Hilfe.«

»Michaela hat mir berichtet, wie Sie Roger in die Knie gezwungen haben.« Er blinzelt durch seine Brille. »Cleverer Schachzug, das Skizzenbuch mit ins Spiel zu bringen.«

Mein Blick wandert zu der Landkarte an der Wand, und ich suche unwillkürlich nach Enysyule.

»Geoff?« Ich starre auf die dicht bewaldeten Hügel und das Flussufer. »Wissen Sie zufällig, ob es während des Zweiten Weltkrieges hier in der Gegend Flugzeugabstürze gegeben hat?«

»Interessante Frage.« Er nimmt die Brille ab und poliert sie an seinem Hemd, als ob er dann klarer in die Vergangenheit sehen könnte. »Es gab tatsächlich einen Fliegerhorst weiter unten an der Küste, ganz in der Nähe. Einige Piloten waren hier im Ort untergebracht. Aber abgestürzte Flugzeuge?« Er setzt die Brille wieder auf. »Schwer zu sagen. Es lässt sich aber nicht völlig ausschließen. Die Regierung neigte dazu, solche Dinge nicht an die große Glocke zu hängen, um die Moral nicht zu schwächen.« Er betrachtet mich mit hochgezogenen Augenbrauen. »Sie versuchen mal wieder, ein Geheimnis zu lüften?«

»So in der Art.«

»Miss Pike!«, ruft jemand und im nächsten Augenblick steht auch schon Reg aus dem Dorfladen mit rosigen Wangen neben mir, einen Mince Pie auf seinem Glas balancierend. »Sie feiern doch Montol mit uns? Sie müssen unbedingt kommen.«

»Oh, ja«, antworte ich und versuche, mein ebenfalls glühendes Gesicht mit dem Handrücken zu kühlen. »Ich komme mit Mel.«

Regs Mince Pie bleibt auf halbem Wege zu seinem Mund in der Luft hängen. »Mel?«, fragt er ungläubig. »Mel Roscarrow?«

»Genau.« Ich muss über sein erstauntes Gesicht lachen. »Inzwischen sind wir Freunde geworden. Jack meint, er bräuchte ein wenig Ermutigung, um an Montol teilzunehmen, deshalb gehen wir zusammen.« Ich nehme einen Schluck von dem süßen, heißen Wein.

»Mel kommt zu Montol«, murmelt Reg mit großen Augen. »'tschuldigung, Miss Pike.« Und weg ist er, verschwunden zwischen den dicht an dicht gedrängten Gästen.

»Was war das denn?«, erkundige ich mich bei Liza, die mit einem Tablett voller Käsestangen neben mir aufgetaucht ist.

»Habe ich das eben richtig gehört – Mel kommt zu Montol?«

»Ja, Neuigkeiten verbreiten sich hier ja mit Lichtgeschwindigkeit.« Ich strecke die Hand nach einer Käsestange aus.

»Was werden Sie anziehen?«, fragt sie mit ernster Miene.

»Wie?« Ich runzele die Stirn. »Ich weiß nicht. Darüber habe ich noch nicht nachgedacht. Die Leute verkleiden sich, nicht wahr?«

»Die Leute verkleiden sich?« Michaela, die uns gehört hat, schiebt sich geschickt durch die Menge und drängt sich neben mich. Sie trägt eine Strickjacke mit Weihnachtsmotiv und ein Rentiergeweih auf der hochtoupierten Frisur. »Ist der Papst katholisch?« Sie unterdrückt ein Rülpsen und nimmt sich eine Käsestange.

»Meine Großmutter hat die Montol-Verkleidungen immer *midjans and jouds* genannt«, erzählt Liza lächelnd. »Fetzen und Lumpen. Bei Montol geht es darum, dass die Dinge nicht das sind, was sie zu sein scheinen. Arm ist reich und Dunkelheit ist Licht.«

»Du solltest ihr wohl besser etwas von deinen Sachen leihen, Liza«, schlägt Michaela vor, »sonst fällt sie bei der Prozession auf wie ein bunter Hund.«

»*Prozession?*«, wiederhole ich, aber Michaela ist schon davongetänzelt, um ihr Glas aufzufüllen. »Jack hat nichts von einer Prozession erwähnt.«

Liza lacht auf. »Tut mir leid, aber Mel geht immer mit der Prozession. Zumindest war das früher so. Wie schön, dass er jetzt wieder mit dabei ist.« Sie wirft mir einen Blick von der Seite zu. »Die Unstimmigkeiten zwischen Ihnen und Jack haben sich offenbar geklärt?«

»Ja, allerdings werde ich hierzu wohl noch ein ernstes Wort mit ihm wechseln müssen.« Ich nippe an meinem Glühwein. »Wissen Sie, ob er … ob er jemanden hat, mit dem er hingeht?«

»Sie meinen, mit einer Freundin?« Liza schnaubt. »Das bezweifele ich. Er sagt immer, dass er für solche Sachen keine Zeit hat.«

»Oh.« Ich versuche, nicht enttäuscht auszusehen.

»Warum fragen Sie?«

»Einfach so.« Ich hoffe, dass sie nicht bemerkt, wie ich rot werde. »Also wann geht diese *Prozession* am Samstag denn los?«

»Um sechs.«

»Bis?«

Liza grinst und stößt mit mir an. »Bis wir das alte Jahr leer getrunken haben.«

Donnernde Hufe und Trommeln und Herzen, das Blut schießt durch die Adern der Erde. Hell lodert das Feuer. Grün brennen die Bäume. Die Sonne begeht ihren kürzesten Tag und heißt die längste Nacht willkommen …

Die Zeit bis Samstag kriecht im Schneckentempo dahin, und als es endlich Samstag ist, ist es noch lange nicht Abend. Ich verbringe den Vormittag mit Schreiben, mein Roman nähert sich langsam, aber sicher seinem Ende. Noch ein paar Tage, dann dürfte ich fertig sein. Zum Glück, denn die Abgabefrist endet ebenfalls in einigen Tagen. Mein Lektor hat hartnäckig darauf bestanden, das Manuskript bis Heiligabend in Händen zu halten, damit er es über die Feiertage zu Hause lesen kann. Mir ist etwas unwohl bei dem Gedanken, wie roh der Text noch ist, doch um ihn noch einmal sorgfältig zu überarbeiten, bleibt keine Zeit. Ich werde um Verständnis bitten und mich im neuen Jahr auf eine Lawine von Anmerkungen gefasst machen müssen.

Endlich naht der Nachmittag und es hält mich nichts mehr am Laptop. Ich schiebe ihn beiseite und kümmere mich um mein Kostüm für heute Abend. Liza hat mir ein Kleid geliehen: Es ist knöchellang, aus flaschengrünem Samt und hat Ärmel, die mir bis über die Hände reichen. Es ist mir ein wenig zu groß, aber mit einem Ledergürtel um die Taille wird es schon gehen. Lizas Rat folgend, widme ich mich dem Entwirren der Ketten aus meiner Schmuckkassette. »Je mehr, desto besser«, lautete ihre Empfehlung. Mein Haar ist gewachsen und fällt mir jetzt bis zu den Schultern. Ich stecke es hoch, damit es aus dem Weg ist, und betrachte das Ergebnis im Spiegel. Alles in allem sehe ich ein bisschen aus wie ein Druide oder wie jemand, der auf dem Weg zu einem Hippie-Festival ist. Doch ich vermute, dass genau das der gewünschte Look ist.

Draußen dämmert es, Dunkelheit kriecht von den Rändern des Himmels heran. Zeit aufzubrechen. Die allgemeine Aufregung in Lanford scheint trotz meiner anfänglichen Skepsis auf mich abgefärbt zu haben: Ich spüre ein unruhiges Kribbeln in meiner Brust, wie Motten, die gegen eine Lampe flattern. *Die Nacht, in der alles passieren kann …*

Perrin liegt nicht an ihrem gewohnten Platz. Sie hockt auf dem Fensterbrett, ein Fleck schwarzes Fell gegen die Dunkelheit des Winterabends. Als ich ihren Namen rufe, dreht sie sich um. Ihre Augen sind gelb wie Ginster, stechend wie die einer Eule, ein uraltes Wesen, jederzeit bereit zu jagen … Ich blinzele und der Moment ist vorbei. Es ist einfach nur Perrin, die mir mit einem leisen Miau antwortet und sich dann wieder ganz der Beobachtung der hereinbrechenden Nacht widmet.

Ich beeile mich, das Tal zu durchqueren, denn das Dunkelblau des Himmels verwandelt sich unaufhaltsam in tiefes Schwarz. Einen Teil des Wegs muss ich mithilfe einer Taschenlampe bewältigen und bin erleichtert, als ich den lehmigen Waldboden hinter mir lasse und den groben Steinboden der Werft betrete, wo sich die warmen Lichter des Bootshauses auf der Oberfläche des Wassers spiegeln.

»Mel?«, rufe ich, als ich mir selbst die Haustür öffne. »Tut mir leid, dass ich spät dran bin, aber …«

Wie angewurzelt bleibe ich stehen. Oben auf dem Treppenabsatz erwartet mich eine Gestalt, die alten Sagen und Legenden entsprungen zu sein scheint. Haar und Bart bestehen aus unzähligen Zweigen, die Augen verbergen sich hinter einer grünen Maske. Auf dem Kopf thront eine Stechpalmenkrone, mit

Beeren so rot wie die tief stehende Wintersonne. Ein prächtiger, wenn auch etwas zerlumpter Mantel in Gold und Grün und Rot fällt von den Schultern der Gestalt. Das königliche Fabelwesen nimmt die Maske ab und der Zauber verfliegt – es ist Mel, der dort oben steht und mich verlegen anlächelt.

»Ich bin bereit, Jessie.«

»Mel!«, platze ich heraus und auf einmal fehlen mir die Worte. »Sie sehen … fantastisch aus!«

»Nun ja, ich bin der Stechpalmenkönig«, sagt er nicht ohne Stolz. »Da erwarten die Leute eben ein bisschen Show. Kommen Sie.«

Ich steige die Stufen hoch und wünschte, ich hätte mir mit meinem Kostüm ein bisschen mehr Mühe gegeben.

»Wo ist Jack?«, erkundige ich mich. Im Haus ist es völlig still. »Kommt er nicht?«

»Ist schon oben«, sagt Mel. Die Wangen über seinem Bart sind leicht gerötet, als er einen Karton vor mir auf den Tisch stellt. »Der Junge aus dem Blumenladen hat die gemacht«, sagt er knapp. »Dachte, Sie würden sie vielleicht gern tragen. Wenn nicht, kein Problem.«

Gespannt nehme ich den Deckel ab und aus dem Karton strömt mir der Duft von frisch geschnittenem Tannengrün, Harz, Pflanzensaft und Blättern entgegen, so intensiv wie in meinem Traum. Ich greife hinein und hole eine Krone heraus. Während Mels aus Stechpalmenzweigen gefertigt ist, besteht diese aus Efeu. Blätter und Zweige sind zu einer Spirale gewunden und mit nackten, frostig schimmernden Zweigen dekoriert.

»Die ist wunderschön«, sage ich leise. »Natürlich trage ich sie.«

»Na gut.« Scheinbar gleichgültig macht er sich an dem Karton zu schaffen, doch es ist offensichtlich, dass er sich freut. »Sie brauchen auch noch eine Maske. Ich habe eine übrig.«

Mit der Maske, die mein Gesicht verbirgt, und dem Efeukranz im Haar habe ich das Gefühl, nicht mehr Jessamine Pike oder Jessie oder Jess zu sein, sondern mich in eine namenlose Frau aus Blättern zu verwandeln. Arm in Arm machen Mel und ich uns auf den Weg zum Anfang der Prozession. Es ist nicht weit, die Leute sammeln sich an der Brücke, die nach Lanford hineinführt, und bilden einen Lichterteppich in der Dunkelheit. Fackeln züngeln und Kerzen in Laternen flackern, Lichterketten winden sich um Hüte oder sind in Mäntel eingearbeitet, Lampions an Stöcken schwanken durch die Finsternis wie riesige, schwerfällige Glühwürmchen.

»Mel«, flüstere ich, als alle ihren Platz in der Prozession einnehmen, »muss ich irgendetwas tun?«

Er schüttelt den Kopf. »Nee. Sie müssen nur mit mir ans andere Ende des Dorfs laufen …«

Der Rest geht im allgemeinen Jubel unter. Alle Instrumente – Geigen und Trommeln und Flöten – beginnen gleichzeitig zu spielen, und dann laufen wir los, wie von einer unsichtbaren Macht bewegt, den Hügel hinauf und hinein in den Ort, wo sich schon die Leute auf den Straßen drängen.

Die Weihnachtslichter tauchen alles in Licht, und gleichzeitig tanzen Schatten in allen Ecken und Winkeln. Die Kostüme sind überwältigend und befremdlich zugleich: Ich sehe Leute in glänzenden, aber zerrissenen Roben und altmodischen Ballkleidern, Mädchen mit Federn und Bändern im Haar, Männer mit Geweihen auf dem Kopf. Manche sind als Vögel, wilde Tiere oder Wesen aus einer anderen Welt verkleidet. Sie drängen sich an den Rand der engen Straße, um Platz für die Prozession zu machen. Ich halte Ausschau nach vertrauten Gesichtern in der Menge. Eine Frau mit gefiederter Maske und einem kleinen Kind an der Hand winkt mir zu. Es ist Liza. Ich versuche zurückzuwinken.

Als wir am *Lamm* vorbeikommen, wird das Gedränge noch dichter, die Leute stehen bis hinunter zum Fluss. Die Atmosphäre ist seltsam aufgeladen. Ich fühle, wie mich der Geist von Montol mitreißt, mich drängt, diese greisenhafte Winternacht bis zur Neige auszukosten. Am Flussufer ist ein riesiges Sonnwendfeuer aus Holzresten und Treibholz aufgeschichtet, das darauf wartet, entzündet zu werden. Die Prozession treibt uns auf die andere Seite, sodass das dunkle Wasser des Lan hinter uns liegt. Ich suche die Menge ab, aber keine Spur von Jack. Plötzlich klingt es, als würde Mel heftig schlucken.

»Alles in Ordnung?«, rufe ich über den Lärm und die Musik hinweg.

»Jaja.« Er tätschelt meinen Arm und ich bemerke, wie seine Hände zittern. »Das erinnert mich nur alles an Phyllis. An Montol haben wir uns verliebt, auf den Tag genau vor einundfünfzig Jahren.«

Ich lege die Hand auf seine faltigen Finger. »Sie würde sich bestimmt freuen, Sie heute hier zu sehen.«

Er lächelt traurig und nickt. »Da haben Sie wohl recht. Danke, dass Sie mich begleiten, Jessie.«

Eine Stimme erhebt sich dröhnend vom Holzhaufen her. Mel nimmt Haltung an und wirkt wieder groß und majestätisch.

»Dann wollen wir mal«, brummt er aus dem Mundwinkel, macht einige würdevolle Schritte und nimmt einem Zuschauer die Fackel aus der Hand. Er streckt sie gen Himmel, was die Menge mit Jubel und Applaus quittiert, dann bückt er sich und entzündet das Feuer. Zwei Herzschläge später klettern die Flammen wie waghalsige Akrobaten von einem Holzstück hinauf zum nächsten, während die Menge vor der Hitze zurückweicht.

»Was jetzt?«, rufe ich Mel zu, als sich die Prozession auflöst.

»Jetzt«, tätschelt er wieder meinen Arm, »ist es höchste Zeit, dass ihr jungen Leute euch amüsiert.«

Sein Blick wandert über meine Schulter und als ich mich umdrehe, steht ein Mann in eindrucksvollem Montol-Kostüm vor mir. Er trägt eine Weste, die über und über mit Stofffetzen und Flicken besetzt ist, einen leuchtend roten Schal um den Hals und eine schwarze Maske, die seine Augen verbirgt. Als ich ihn unschlüssig ansehe, nimmt er die Maske ab, und kastanienbraune Augen blicken amüsiert auf mich herunter.

»Jack!« Ich muss lachen. »Ich habe Sie gar nicht erkannt!«

Er grinst zurück. »Das ist der Sinn der Sache.«

Ich habe ein etwas schlechtes Gewissen, Mel im Stich zu lassen, doch als ich zu ihm zurückblicke, ist er bereits von einer Gruppe umringt, die ihn zu seinem geglückten Auftritt beglückwünscht.

»Kommen Sie«, flüstert Jack in mein Ohr, »schneller als Sie schauen können, wird er im *Lamm* sitzen und nach allen Regeln der Kunst Hof halten.« Er nimmt mich bei der Hand und zieht mich mit sich in die Menge.

Es gibt Stände, an denen Glühwein, Cider und Punsch verkauft werden, auf einem Grill dreht sich ein ganzes Schwein am Spieß, und überall wirbeln Gruppen von Musikern und Tänzern herum. Wir stehen mit Freunden von Jack eng um einen Feuerkorb und spielen *Wer ist wer?* mit den Leuten, die vorbeischlendern. Ich erkenne Michaela, die aussieht, als hätte sie sich für eine Fuchsjagd ausstaffiert, einschließlich Fuchsschwanz, der aus ihrem Mantel ragt. Jack erspäht Lizas Cousin Pete, der in einem grellgelben Cocktailkleid steckt. Wir entdecken sogar Roger Tremennor in schwarzem Cape und einer venezianischen Maske, der in einer Gruppe von Leuten steht, an die ich mich von der Allantide-Party erinnere. Jack legt mir eine Hand auf die Schulter, als seine Freunde uns auf das Grüppchen aufmerksam machen, aber es macht mir nichts aus. Ich genieße dieses Fest viel zu sehr, um mir Gedanken über die Tremennors zu machen.

Aus einem Drink werden drei, dann vier. Ich hake mich bei Jack unter und wir bahnen uns unseren Weg durch die Menge. Seine Hände umschließen meine Taille, als er mich auf einen Briefkasten hebt, damit ich eine künstlerische Einlage über die Schultern der anderen hinweg verfolgen kann. Stunde um Stunde vergeht, es wird immer später und wir stehen immer enger nebeneinander, bis ich die Wärme seiner Haut durch sein Baumwollhemd spüren kann und nur Augen für seine Lippen habe, die ganz nah an meinen sind, wenn er sich herunterbeugt, um mir etwas ins Ohr zu sagen. Wenn unsere Blicke sich begegnen, sagen wir uns tausend Worte und doch nicht ein einziges. Die Atmosphäre lädt sich auf, bis einer von uns grinsen oder lachen muss oder sich wegdreht.

Die Leute um uns herum beginnen einen neuen wilden Tanz, und Jack reicht mir einladend die Hand. Ich nehme sie nur zu gern und stelle mir einen flüchtigen Augenblick lang vor, ihn in eine stille Ecke abseits der Weihnachtslichter zu ziehen, wo wir allein sind, während Wein und Musik durch unsere Adern pulsieren … Da taucht Lizas Mann Dan auf, der uns in den Strom der Tanzenden hineinwinkt, und schon hat uns die wirbelnde Menge verschluckt. Es ist eine Art Kreistanz, und nach kurzer Zeit werde ich von Jack getrennt und tanze mit einer Frau, die ich nie zuvor gesehen habe. Wir kichern wie verrückt, weil wir die Schritte nicht hinbekommen und uns in die falsche Richtung bewegen, sodass uns alle anderen entgegenkommen. Es macht riesigen Spaß, doch ich habe nichts dagegen, als eine Hand meine nimmt und mich energisch aus der Menge zieht, und mein Herz schlägt höher.

Das Feuer einiger Fackeln wird schwächer oder ist schon ganz erloschen. Ohne ihr Licht liegen die Hauswände im Dunkeln. *Umso besser*, flüstert meine innere Stimme, offenbar mit Hintergedanken. Prompt stolpere ich über einen Bordstein, aber Jack erwischt mich rechtzeitig und hält mich. Wir sind beide noch außer Atem vom Tanzen. Ich erzähle ihm lachend, dass ich mit der Schrittfolge völlig überfordert war, doch er beugt sich über mich, drückt mich gegen die Wand, sein Körper an meinem, und küsst mich mit harten, drängenden Lippen.

Einen Augenblick lang bin ich wie erstarrt. Diesen Moment habe ich herbeigesehnt und doch … fühlt es sich nicht richtig an, ich will am liebsten davonlaufen. Die Ahnung eines Dufts, der mir seltsam vertraut erscheint, dringt in meine Nase, und dann verstehe ich. Wütend mache ich mich los.

»Verdammt, was soll das?«

Alex taumelt zurück, als ich ihn keuchend wegstoße. Er trägt ein weißes Hemd und eine schwarze Maske, die der von Jack ähnelt.

»Jess, bitte«, sagt er leicht lallend und macht wieder einen Schritt auf mich zu. Er streckt die Hand nach meinem Gesicht aus.

Ich will ihn gerade wieder von mir wegschieben, als ich über seine Schulter hinweg eine Bewegung wahrnehme. Jack steht am Rand der tanzenden Menge, seine Maske baumelt von seiner Hand. Er starrt uns an. Mir wird schlecht. Alex beugt sich vor und will mich erneut küssen. Ich stoße ihn weg, aber es ist zu spät. Mit verletztem Gesichtsausdruck verschwindet Jack zwischen den Leuten.

Ich versuche ihm nachzulaufen, doch Alex hält meine Hand fest. »Bitte, Jess.« Selbst mit einer Armlänge Abstand kann ich den Alkohol in seinem Atem riechen. »Du siehst so schön aus, gib mir noch eine Chance …«

Dieses Mal schubse ich ihn mit aller Kraft, sodass er das Gleichgewicht verliert und schwerfällig auf den Boden knallt. Ich vergeude keine Zeit damit, ihn anzubrüllen, sondern bahne mir einen Weg durch die wogende Masse, den dissonanten Lärm der Musik und die wild rudernden Arme, die mir vorhin noch fröhlich und ausgelassen erschienen. Die schrägen Klänge malträtieren meine Ohren, als ich mich durch die Leute auf die andere Straßenseite kämpfe, aber noch bevor ich dort ankomme, weiß ich, dass ich zu spät bin.

In diesen dunklen Dezembertagen ruht das Land und wartet. Es wartet, während die Wilde Jagd außer Hörweite ist, wie Donner, der nach Westen zieht. Es wartet, während das alte Jahr an Kraft verliert, wie Nebel in der Sonne, und das neue Jahr noch nicht geboren ist. Es wartet, während alles in der Schwebe ist.

Als der Morgen des 22. Dezembers unter den Gardinen hervorscheint, erwache ich mit dickem Kopf und schwerem Herzen. Einige Augenblicke liege ich ganz still, doch dann fällt mir alles wieder ein. Harte Lippen auf meinem Mund, der Geruch von Alkohol, Jacks Gesichtsausdruck – erst überrascht, dann bestürzt und schließlich verletzt –, wie er sich abwendet ... Ich vergrabe mein Gesicht im Kissen. Gestern Abend dachte ich nur an Jack und bin gar nicht erst auf die Idee gekommen, dass Alex auch auf dem Montol-Fest auftauchen könnte. Ich hätte genauer darauf achten müssen, wer meine Hand ergreift, hätte länger versuchen sollen, Jack zu finden und ihm alles zu erklären. In der Zeit, die zwischen gestern Abend und heute Morgen vergangen ist, sind die Ereignisse starre Realität geworden, die nur schwer wieder aus der Welt zu schaffen ist.

Niedergeschlagen schiebe ich die Decken zur Seite und quäle mich aus dem Bett. Meine Kleidung liegt kreuz und quer über den Boden verteilt, wo ich sie gestern in Tränen aufgelöst hingeworfen habe. Auch der Efeukranz liegt da, schon halb verwelkt und glanzlos. Mein Gesicht im Spiegel ist bleich, die Augen vom Weinen geschwollen, das Make-up darunter verschmiert.

Ich fühle mich noch außerstande, mich dem Tag zu stellen. Perrin begrüßt mich mit ihrem morgendlichen Gemaunze, um ihr Frühstück einzufordern, wenn auch nicht ganz so laut und eindringlich wie sonst. Vielleicht spürt sie, dass ich fürs Erste mit Samthandschuhen angefasst werden sollte. Ich verzichte auf den üblichen Toast und das gemeinsame Frühstück mit Perrin, steige in meine Stiefel und steuere das Bad an. Der Boiler jault und klappert, als hätte sich ein Poltergeist in ihm verfangen, doch was auch immer Mrs Hesketh mit ihm angestellt hat, er funktioniert. Ich drehe den Warmwasserhahn auf und der Anblick des Dampfs, der von dem Wasser aufsteigt, bringt mich beinahe wieder zum Lächeln. Der Steinboden ist eiskalt, und ich fange langsam an zu zittern. Rasch ziehe ich mich aus und steige in das heiße Wasser, bevor es wieder abkühlt. Mit grimmiger Entschlossenheit schrubbe ich Gesicht, Haut und Haare, um alle Erinnerungen an den vergangenen Abend abzuwaschen, doch ohne Erfolg.

Ich sollte dringend weiterschreiben und versuchen, die letzten fehlenden Kapitel fertig zu bekommen, bevor die Abgabefrist an Heiligabend abläuft, aber ich kann nicht. Ich muss zu Jack und ihm erklären, was passiert ist, auch wenn das bedeutet, ihm meine Gefühle unter denkbar misslichen Umständen zu offenbaren. Ich mache mich auf den Weg zum Flussufer, und Dutzende mögliche Varianten, wie das Gespräch verlaufen könnte, wirbeln mir durch den Kopf. Der Stein auf der Lichtung sieht aus wie immer, doch es ist, als läge eine gewisse Mattigkeit in der Luft, wie trübe Augen, die mühsam in die Ferne starren, als ob er die Ankunft von etwas oder jemandem erwarte und vorher keine Ruhe finde.

Je näher ich der Werft komme, desto mehr krampft sich mein leerer Magen zusammen. Vielleicht ist alles halb so wild, sage ich mir. Vielleicht sitzt du in einer halben Stunde am Küchentisch, isst Eier mit Speck und lachst über die ganze Sache. Ich zwinge mich, einen Fuß vor den anderen zu setzen, bis ich an der Haustür angekommen bin.

Niemand reagiert auf mein Klopfen. Ob sie noch schlafen? Ich hebe gerade wieder die Hand, als ich Schritte höre, die sich knirschend von der Seite des Hauses nähern. Mein Herz schlägt bis zum Hals, während ich warte.

»Jack?«

Um die Ecke biegt Mel, die Arme voll bepackt mit Holzscheiten. Er blinzelt gegen das helle Tageslicht, er geht schleppend und etwas unsicher. Ich nehme all meine Kraft zusammen und lächele ihn an.

»Sie sehen aus, wie ich mich fühle«, rufe ich ihm entgegen.

Überrascht blickt er auf. »Jessie.« Er runzelt kurz die Stirn, doch er beeilt sich, rasch zurückzulächeln. Offensichtlich hat er mitbekommen, dass etwas nicht stimmt. »Tasse Tee?«

»Gern.« Ich öffne die Tür für ihn. »Ist …« Ich schlucke. »Ist Jack da? Ich muss mit ihm sprechen.«

»Fürchte nein«, sagt Mel und lässt die Scheite mit einem Stöhnen fallen. »Ist gleich heute Morgen los, auch wenn es mir ein Rätsel ist, wie er es geschafft hat, so früh aus dem Bett zu kommen.«

»Oh. Wissen Sie, wann er zurück ist? Vielleicht kann ich ja auf ihn warten.«

Mit gequälter Miene schüttelt Mel den Kopf. »Das wird eine ganze Weile dauern. Er holt seine Schwester vom Flughafen ab, zumindest steht es so auf dem Zettel, den er dagelassen hat.«

Tränen steigen mir in die Augen und ich beiße mir von innen in die Wangen, um sie zurückzuhalten, doch ich fühle, wie sie in meiner Brust einen dicken Knoten bilden.

»Ist da etwas zwischen euch beiden passiert?«, erkundigt sich Mel. »Jack kam nämlich mit einem Gesicht nach Hause, das düsterer war als der Hintern einer Gewitterwolke. Hat aber keinen Ton gesagt.«

Die Tränen gewinnen die Oberhand, sie schießen mir in die Augen, und ich wende mich ab.

»Na, na«, sagt Mel tröstend und legt mir den Arm über die Schulter. »Kommen Sie schon, Kindchen, so schlimm wird es schon nicht sein. Was auch immer es ist, es kommt schon wieder in Ordnung. Hattet ihr beiden Streit?«

Ich nicke und wische die Tränen weg, die gar nicht mehr aufhören wollen zu fließen. »Es war einfach nur ein dummes Missverständnis«, sage ich knapp, »aber Jack wird das alles völlig falsch auffassen, wenn ich es ihm nicht erklären kann.«

»Machen Sie sich keine Sorgen, Jessie. Er wird sich schon wieder beruhigen, auch wenn er stur wie ein altes Wiesel ist.«

Das bringt mich zum Lachen, jedenfalls genug, um mir das Gesicht mit dem Ärmel zu trocknen und ein wenig zu lächeln.

»So ist es gut«, brummt Mel. »Tränen und Weihnachten passen nicht zusammen. Und hatten Sie nicht gesagt, dass Sie Besuch bekommen?«

»Ja«, schniefe ich. »Sie kommen an Heiligabend mit dem Zug.«

»Dann haben Sie vorher sicher noch alle Hände voll zu tun«, stellt er praktisch fest. »Jedenfalls haben Sie keine Zeit, sich wegen dieses Holzkopfs zu sorgen und Trübsal zu blasen.«

»Geben Sie mir Bescheid, wenn er wieder da ist?«

»Mach ich«, verspricht Mel. »Und jetzt genehmigen wir uns eine schöne Tasse Tee. Mein Schädel fühlt sich an, als wäre er so groß wie die Grafschaft Devon.«

Mel gibt mir Jacks Telefonnummer, obwohl es mir etwas unangenehm ist, ihn darum zu bitten, und ich bin den ganzen Rückweg über damit beschäftigt, eine Nachricht zu formulieren. Kurz vor der Lichtung sehe ich mir das Ergebnis auf dem Display an – mehr als diese dürren Worte bekomme ich nicht zustande.

Jack, es tut mir leid. Können wir reden? Jess.

Das klingt ausgesprochen dürftig und viel zu armselig, um auszudrücken, was ich fühle. Ich drücke auf Senden und sehe zu, wie diese neun Wörter der Hoffnung in den Äther entschwinden.

Auch wenn Mel meint, in der Weihnachtszeit sei kein Platz für Traurigkeit, komme ich nicht zur Ruhe. Nach einigen Hundert Wörtern Text springe ich auch schon wieder auf und suche nach einem Vorwand nach draußen zu gehen, wo der Empfang besser ist, um nachzusehen, ob eine Nachricht gekommen ist. Der Nachmittag geht bereits in den Abend über, als mein Telefon endlich eine Nachricht anzeigt, doch es ist nicht die, auf die ich warte.

Tut mir leid wegen gestern Abend. Ich war völlig betrunken, aber das ist natürlich keine Entschuldigung für mein bescheuertes Benehmen. Sorry, Alex.

Seine Worte heben meine Laune nicht besonders. Erklär das Jack, schreibe ich wütend zurück.

Auch Perrin ist voller Unruhe und spaziert durch das Haus, als ob sie etwas suche. Sie rollt sich an ihren Lieblingsplätzen zusammen, springt aber gleich darauf mit zuckendem Schwanz und wie durch elektrische Ladung aufgestelltem Fell wieder auf. Als die Dunkelheit hereinbricht, lassen wir uns beide erschöpft in den Ohrensessel fallen und starren in die Flammen.

»Jetzt reicht es«, sage ich zu Perrin. »Mel hat völlig recht, Herumsitzen und Grübeln bringen mich keinen Schritt weiter.«

Mit neuem Schwung laufe ich zur Haustür. Auf der Stufe davor liegen die Stechpalmenzweige, die ich vor Kurzem geschnitten habe. Sie sind schon feucht vom Abendtau und erfüllen das Haus mit ihrem starken Waldgeruch, genau wie in meinem

Traum. Ich werde das Cottage mit den Stechpalmenzweigen und Weihnachtsschmuck wunderbar festlich schmücken, und wenn meine Familie kommt, wird sie verstehen, weshalb ich diesen Ort so liebe. Wir werden am Kamin sitzen und ich werde ihnen alles erzählen. Wir werden zusammen essen und trinken, bis es im ganzen Raum nach Weihnachten duftet: nach Orangen und Gewürzen, Safran und Portwein. Und am Weihnachtstag wird Perrin Papierfetzen und Geschenkband über die Steinfliesen jagen und uns zum Lachen bringen.

Mir fällt auf, dass sich eine Melodie in meine Fantasien geschlichen hat – ich summe das Lied, das ich in meinen Träumen gelernt habe.

»Kelynn, kelynn«, singe ich leise und schmücke den Kaminsims mit Zweigen.

Nach und nach hole ich den Weihnachtsschmuck aus seiner Kiste. Perrin beobachtet mich ein wenig gedankenverloren, den Kopf auf den Pfoten. In der Kiste finde ich Glaskugeln, leicht verbeulte Metallfiguren und kleine Schiffe, Könige und Hirten aus Holz, deren Farben mit den Jahren blass geworden sind. Ich hänge sie in die Stechpalmenzweige, wo sie ihre eigene kleine Prozession vollführen, während über ihnen Blechsterne funkeln. Als Letztes angele ich die grüne Glaskugel hervor und platziere sie genau in der Mitte. Sie schimmert wie der Mond oder die Sonne oder ein Fenster zu einer anderen Welt.

Dann kommt der Weihnachtsmorgen, ein heller, klarer und kalter Tag. Eiskalt. Ich öffne die Tür und sehe hinaus. Das Tal wirkt wie verzaubert, Raureif blitzt auf allen Zweigen in der bleichen Wintersonne. Die kleinen Pfützen zwischen den Feldsteinen auf dem Weg tragen eine Eisschicht, und jeder einzelne Grashalm ist steif gefroren, als ob die Zeit stehen geblieben wäre. Perrin stellt sich neben mich und schnuppert in die Winterluft, aber dann gehen wir lieber wieder hinein zu unserem Frühstück am wärmenden Feuer. Ich sehe mich im Cottage um und versuche, keine Krümel auf den blitzblanken Steinfliesen zu hinterlassen. Es hatte auch sein Gutes, dass ich mich dringend beschäftigen musste. Alles ist sauber und ordentlich, der Tisch ist poliert, der Weihnachtsschmuck funkelt im Schein des knisternden Feuers. Oben warten frisch bezogene Betten und ein Berg zusätzlicher Decken, in die man sich nach einem fröhlichen Abend kuscheln kann. Jetzt fehlen nur noch Menschen, um all das zu teilen.

Der strahlend blaue Himmel hebt meine Stimmung beträchtlich, als ich mir einen dicken Schal um den Hals wickele und meinen Laptop in die Tasche stecke. Auf der Festplatte wartet ein – wenn auch etwas hastig zusammengeschriebenes – Manuskript darauf, versendet zu werden.

»Es ist Weihnachten«, informiere ich Perrin tapfer, »und ich werde dafür sorgen, dass es ein schöner Tag wird. Wenn Jack Roscarrow zu störrisch ist, sich meine Erklärungen anzuhören, dann ist er selbst schuld. Was meinst du?«

Perrin antwortet nicht, sondern zuckt nur mit den Ohren, während sie geduldig beobachtet, wie ich mich fertig mache. Als ich losgehe, folgt sie mir, obwohl ich versuche, sie davon abzuhalten. In den letzten Tagen sind ihre Bewegungen immer langsamer geworden und ich habe Sorge, dass die Kälte ihr schaden könnte. Aber natürlich lässt sie sich nicht davon abbringen, mich bis zum Stein zu begleiten – stumm trottet sie neben mir her.

Es sieht ihr gar nicht ähnlich, so still und in sich gekehrt zu sein. Als wir am Stein angekommen sind, kraule ich sie hinter den Ohren und sehe ihr in die Augen, um mich davon zu überzeugen, dass es ihr gut geht. Sie blickt mich ernst und fast stoisch an. Für einen Augenblick vergesse ich, dass sie eine Katze ist, und möchte dieses sonderbare, gravitätische Wesen fragen, was es bedrückt.

Aber sie reibt nur ihren Kopf an meiner Handfläche und setzt sich, was bedeutet, dass ich die Lichtung allein überqueren soll. Als ich zurückblicke, sitzt sie immer noch an derselben Stelle, perfekt eingerahmt von dem Loch im Stein, und sieht mir nach. Auch wenn es mir ein wenig absurd erscheint, hebe ich die Hand, um ihr zum Abschied zuzuwinken.

In Lanford herrscht reges Treiben. Die Kinder haben schulfrei, viele Erwachsene müssen heute nicht arbeiten und haben Verwandte zu Besuch, die Weihnachten hier verbringen. Durch die Fenster funkeln geschmückte Tannenbäume, an den Türen hängen Kränze aus Stechpalmenzweigen, Weihnachtssternen und bunten Bändern. Sogar manche Boote sind festlich verziert und tragen Lametta um den Mast.

Im Café-und-Angelzeug-Postamt drängen sich viele Leute, die vor der bitteren Kälte Schutz suchen, und wärmen ihre Hände an Bechern mit dampfend heißer Schokolade. Ich ergattere noch einen Platz an einem Tisch ganz hinten und nutze das WLAN, um das Manuskript an meinen Lektor zu schicken. Ich schreibe eine knappe E-Mail dazu, in der ich ihn vorwarne, dass es sich um eine allererste Rohfassung handelt, und ihm frohe Weihnachten wünsche. Ich klicke auf »Senden« und atme erleichtert auf, als die Nachricht vom Bildschirm verschwunden ist.

Bei aller Entschlossenheit, mir den Tag nicht verderben zu lassen, ertappe ich mich doch dabei, dass ich ständig an Jack denke. Ich starre jeden, der vorbeigeht, durch das angelaufene Fenster an und warte darauf, sein Lachen in dem fröhlichen Plaudern um mich herum zu hören. Irgendwann nehme ich mich zusammen und überlasse meinen Tisch einem Trio alter Damen. Als ich mich auf den Weg zum Dorfladen mache, vibriert mein Telefon.

Hi, Schwesterherz, das Wetter spielt verrückt! Zug hat Verspätung, aber es geht jeden Moment los. Drück dich!

Stirnrunzelnd sehe ich nach oben. Es war mir noch gar nicht aufgefallen, aber das Wetter scheint tatsächlich umzuschlagen. Wie dicke, nasse Wollknäuel treiben graue Wolken über den Himmel. Im Laden zwängen sich die Kunden in den schmalen Gängen aneinander vorbei, auf der Suche nach den letzten Kleinigkeiten, die sie noch vergessen haben. Zum Glück habe ich schon alles beisammen, was ich brauche – Regs Neffe hat mir meine Bestellung gestern mit seinem Quad bis vor die Tür geliefert.

»Miss Pike«, begrüßt Reg mich strahlend. Auf seiner Glatze balanciert ein Elfenhut. »Hat mit Ihrer Bestellung alles geklappt? Sie und Perrin haben hoffentlich nicht schon alles aufgegessen?«

»Nein«, lache ich, »ich wollte Ihnen nur frohe Weihnachten wünschen.«

»Frohe Weihnachten, Miss Pike. Sie sagten, Sie bekommen Besuch von Ihrer Familie aus London?«

»Sie sind schon unterwegs. Das hoffe ich zumindest. Scheint, als hätten sie da oben schlechtes Wetter.«

Ein Mann in einem gewaltigen Mantel lässt eine Flasche Sherry auf den Tresen krachen. Es ist einer der Fischer.

»Aye, da braut sich ganz schön was zusammen«, verkündet er. »Würde mich nicht wundern, wenn es Schnee gäbe.«

»Schnee in Cornwall?«, schnaube ich ungläubig. »Das glaube ich erst, wenn ich es sehe.«

»Schätze, Sie sehen es heute Abend«, sagt der Mann ungerührt und verstaut die Flasche in einer seiner Manteltaschen. »Frohe Weihnachten, Miss Pike.« An der Tür bleibt er noch einmal stehen. »Und … auch für Perrin.«

Als ich an der Brücke bin, hat der Wind aufgefrischt und fegt mit eisiger Härte über die Wasseroberfläche. Entgegen meinen besten Vorsätzen kann ich nicht widerstehen und mache einen Umweg über die Werft, obwohl ich weiß, dass die beiden inzwischen sicher längst bei Jacks Eltern sind. Der Kies knirscht unter meinen Stiefeln, als ich auf den Hof trete, und tatsächlich sieht alles verlassen aus. Hinter den bunt zusammengewürfelten Fenstern, die sonst so einladend leuchten, ist heute alles dunkel. In den Werkstätten und Schuppen rührt sich nichts. Um sicherzugehen, klopfe ich an die Tür, aber niemand antwortet.

Ein wenig bedrückt mache ich mich auf den Weg zurück nach Enysyule. Als ich Richtung Wald laufe, verschlucken dichte Wolken auch das letzte Nachmittagslicht und der Himmel wird immer dunkler, obwohl es erst in einigen Stunden dämmern wird. Die kalte Luft fühlt sich in meinen Lungen wie zerstoßenes Eis an. Auf der Lichtung ist es so still, als wäre jeglicher Laut aus der Welt gesogen, und ich stelle fest, dass der alte Fischer recht hatte.

Ganz sacht, fast unmerklich, fällt Schnee auf den kreisrunden, kahlen Grund der Lichtung und auf den *Perranstone*. Ich beobachte, wie die ersten vereinzelten Flocken auf seine uralte, geschundene Oberfläche treffen. Dann drehe ich das Gesicht zum Himmel und lasse den Schnee auf meine Wangen und Augen fallen. Die Wärme meiner Haut lässt ihn sofort schmelzen, und ich könnte schwören, dass ich vom Rand der Lichtung her kaum wahrnehmbare Stimmen höre.

Auch wenn die Worte, von denen manche gewispert, andere gerufen oder gesungen werden, undeutlich bleiben, so verstehe ich doch, dass sie in dieses Tal gehören. Enysyule hat diese Stimmen in seine Obhut genommen und schenkt sie mir nun, Jahrhunderte später, als Echo.

Hände behauen Stein, Füße laufen, Hufe galoppieren, Lippen öffnen sich und singen, Tränen fallen in den Schnee. Und bei allem, was sich hier zugetragen hat, gab es stets einen Zeugen, jemand, der alles gesehen hat. Alte Augen, gelbe Augen, wild wie die eines Falken. Erst habe ich es für eine Laune meiner Fantasie gehalten, dass sie in jedem meiner Träume aufgetaucht ist. Doch was, wenn nicht? Was, wenn sie tatsächlich immer da war, beobachtend, schützend? Andererseits … Ich öffne die Augen wieder. Heute ist kein gewöhnlicher Tag. Heute ist Heiligabend, das Herzstück von Weihnachten, die glühende Kohle, die das lodernde Feuer nährt. Früher haben Menschen geglaubt, dass in dieser Nacht die Mauern zwischen den Welten durchlässig werden und Seelen die Erde besuchen.

Plötzlich fällt mir ein, wie eigenartig feierlich sich Perrin heute Morgen benommen hat, wie sie auf der Lichtung saß und mir nachgesehen hat – wie jemand, der weiß, dass seine Zeit naht, und gefasst sein Ende erwartet. Auch der Stein scheint zu warten. Zwischen den fallenden Flocken wirkt er mächtiger denn je. Gegen den weiß gefleckten Grund ragt er dunkelgrau in den Himmel, als könne er den Beginn der Weihnachtsnacht nicht erwarten.

Eine Ahnung überfällt mich.

»Perrin«, flüstere ich und laufe los.

Wo ein Feuerstein ist, wird es immer Flammen geben. Wo sie Nahrung finden, wird es immer Feuer geben. Wo Menschen sind, wird es immer Hoffnung geben. Und das Land weiß, dass nichts besser Feuer zu entzünden vermag als Hoffnung …

Der Schnee bleibt bereits liegen und beginnt, sich auf der Gartenmauer anzusammeln, als ich außer Atem und mit Seitenstechen das Cottage erreiche. Das Strohdach sieht aus, als wäre es mit Puderzucker bestäubt. Ich schließe die Tür auf und ziehe sie hinter mir zu. Alles ist, wie ich es heute Morgen verlassen habe.

»Perrin!«, rufe ich. Keine Antwort. Kein freundliches Begrüßungsgurren, kein beleidigtes Miauen. Der Sessel am Kamin ist leer. Ich lege die Hand auf das Sitzkissen, aber der Stoff ist kalt.

Wieder und wieder rufe ich ihren Namen und lausche dann bewegungslos, weil ich damit rechne, dass gleich ihre Pfoten auf dem Dielenboden über mir und dann auf der Treppe nach unten zu hören sein werden. Dann suche ich alle ihre Lieblingsschlafplätze ab: die Fensterbretter, den Teppich – nirgendwo eine Spur von Perrin. Ich kontrolliere sogar das Badehaus draußen, um sicherzugehen, dass sie dort nicht versehentlich eingeschlossen ist.

»Perrin?«, rufe ich noch einmal an der Haustür und klappere mit einer Thunfischdose, ein Trick, der immer funktioniert. Nichts rührt sich, außer dem Schnee, der still und sanft auf das Tal fällt. Ich schließe die Tür, und durch meinen Kopf jagen die wildesten Gedanken, die schlimmsten Befürchtungen.

Die Schlafzimmer, versuche ich mich zu beruhigen, *geh und sieh in den Schlafzimmern nach, vielleicht schläft sie ja und hört dich nicht.*

Immer zwei Stufen auf einmal nehmend, renne ich die Treppe hoch, die ächzt und knarrt, und reiße die Tür zum kleinen Schlafzimmer auf. Alles ist, wie es war, die Betten ordentlich gemacht, das Fensterbrett leer. Hektisch stürme ich in mein Schlafzimmer und knalle mit dem Schienbein gegen die Truhe am Fußende meines Betts.

»Verdammt«, fluche ich. Perrin ist nicht da, weder auf dem Bett noch auf dem Kleiderhaufen in der Ecke. Meine Augen füllen sich mit Tränen, die nichts mit dem Schmerz in meinem Schienbein zu tun haben. *Sie kommt schon wieder*, denke ich mit wachsender Verzweiflung, *jeden Moment wird sie an der Tür kratzen oder durch das Spülküchenfenster springen.* Trotzdem kann ich nicht leugnen, dass eine unerklärliche Unruhe an mir nagt, die mir sagt, dass etwas nicht stimmt.

Der Aufprall meines Schienbeins hat die Truhe etwas zur Seite verschoben. Ich rücke sie wieder gerade und fühle mit der Hand über die vielen Schrammen in ihrem Holz, an dem Perrin jahrelang ihre Krallen geschärft haben muss. Meine Finger bleiben an etwas hängen, das einen guten Zentimeter aus dem Holz herausragt. Ich bücke mich und sehe eine Art Würfel, der in die Seite der Truhe eingearbeitet ist. Ich rüttele leicht daran, und das Holzstück löst sich und lässt sich aus der Seitenwand ziehen. Nach vorne hin verjüngt es sich und sieht ein wenig wie ein Pflock aus, der ein Schloss sichern soll. Ich starre das Ding an, und mein Herz schlägt schneller. Ich habe die ganze Zeit über nach einem Schlüssel gesucht, aber vielleicht gibt es ja gar keinen? Möglicherweise verwahrt die Truhe ihre Geheimnisse genau wie Enysyule auf ihre ganz besondere Art und Weise?

Rasch greife ich auf die andere Seite der Truhe und ertaste genau den gleichen Bolzen, der gerade weit genug herausragt, dass man ihn mit den Fingerspitzen fassen kann. Klappernd fällt er zu Boden. Die Truhe scheint mich im hereinbrechenden Dämmerlicht mit ihren Knoten-Augen anzusehen, halb hypnotisiert lege ich meine Hände auf den Deckel und klappe ihn auf.

Aus dem Dunkel im Inneren der Truhe leuchten die kräftigen Farben von buntem Garn in Grün, Ockergelb und Grau, mit denen etwas bestickt ist, das wie ein Quilt aussieht und das sorgfältig zusammengefaltet am Boden der Truhe ruht. Mein Atem stockt. Auf der Decke liegt ein Briefumschlag aus dickem cremefarbenem Papier, auf dem nur zwei Wörter stehen:

Lieber Unbekannter

Wie ferngesteuert heben meine Hände den Umschlag aus der Truhe und brechen, ohne auch nur eine Sekunde zu zögern, das Siegel auf seiner Rückseite. Innen steckt eine Seite Briefpapier, beschrieben in der mir mittlerweile vertrauten Schrift und mit einem Datum versehen – Heiligabend vor einem Jahr.

Lieber Unbekannter,
hoffentlich lesen Sie diese Zeilen mit dem gleichen Vergnügen, das mir das Schreiben dieses Briefs bereitet! Wenn Sie das hier lesen, bin ich vermutlich tot. (Sollte ich nicht *tot sein und Sie kein Unbekannter, sondern mein Neffe Melvin oder Mrs Welwyn aus dem Dorf, die hier herumschnüffeln, dann HÖRT SOFORT AUF, DEN BRIEF ZU LESEN, UND LEGT IHN WIEDER ZURÜCK. Er ist nicht an euch gerichtet.)*
Dieser Brief ist für Sie, lieber Unbekannter. Ich hoffe, Sie haben schon begonnen, die Freuden dieses Tals zu entdecken, meines geliebten Enysyule. Ich sage »begonnen«, weil selbst ich während meines langen Lebens nicht alle seine Geheimisse ergründen konnte. Es gibt Wochen, die ereignislos verstreichen. Doch dann kann mein Auge sich nicht von einem Tautropfen in der Wiese lösen, mein Ohr vernimmt den Ruf einer Krähe, oder wie aus dem Nichts dringt der Geruch nach Safran und Regen in meine Nase – und für eine Weile bin ich verschwunden. Wenn ich zurückkehre, habe ich wieder ein bisschen mehr über diesen Ort erfahren. Ich weiß nicht, ob es Ihnen genauso ergehen wird, aber ich bin sicher, das Tal wird Mittel und Wege finden, sich mitzuteilen. Das hat es immer schon getan.
Viel wichtiger ist, dass Sie jetzt Perrin kennen. Wenn Sie diesen Brief in Händen halten, bedeutet das, dass Sie ihre Billigung gefunden haben. Andernfalls hätten Sie es hier kaum mehr als eine Nacht ausgehalten. Perrin hat eine ausgezeichnete Menschenkenntnis, wie Sie noch feststellen werden, und ich vertraue ihr völlig in ihrer Entscheidung, ob Sie hierherpassen oder nicht. Ich vertraue auch darauf, dass Sie sich um sie kümmern werden, wie ich es getan habe und meine Mutter vor mir und die Familie meines Vaters vor ihr.
Dies ist mein letztes Weihnachten in Enysyule, lieber

Unbekannter, ich fühle es. Daher werde ich jetzt, da das alte Jahr fast dahin ist und das neue seine ersten Schritte macht, meine Vorbereitungen treffen, an deren Ende Ihre Person stehen wird, wie ich hoffe. Jemand, der sich um Perrin kümmert und ihr ein Heim am warmen Kamin schafft, damit sie nicht verwildert. Jemand mit frischen Augen und einem neuen Namen, jemand, der nicht in einem halben Jahrtausend Bitterkeit und Groll verfangen ist. Ich wollte selbst einen neuen Namen hierherbringen, wollte Kinder, die diesen Namen tragen und in deren Blut sich das Vertraute und das Fremde mischen. Doch das sollte nicht sein. Also übertrage ich diese Aufgabe Ihnen, lieber Unbekannter.

Ich weiß nicht, wann Sie meine Zeilen lesen werden, ob die Sommersonne gerade durch die Fenster des Cottage scheint, der Regen auf das Strohdach prasselt oder der Boden von Raureif bedeckt ist, aber ich wünsche Ihnen frohe Weihnachten, weil es das letzte Mal ist, dass ich es sagen kann. Wenn Sie möchten, können Sie die Wünsche gern bis Heiligabend aufheben. Ich habe keine Zweifel, dass Sie feststellen werden, wie besonders diese Zeit des Jahres hier im Tal ist. Haben Sie keine Angst.

Ich sende Ihnen meine Segenswünsche für Weihnachten und bitte Sie, auf Perrin achtzugeben, wie sie auf mich achtgegeben hat und hoffentlich noch viele Jahre auf Sie achtgeben wird.

Ihre abwesende Freundin,

Thomasina Roscarrow

Ich starre die Worte auf dem Briefbogen an und höre Thomasinas Stimme in ihrem Rhythmus. Ich kann sie förmlich vor mir sehen, wie sie am Küchentisch sitzt, am Ende jedes Satzes die knotigen Finger dehnt und versucht sich vorzustellen, wer ihren Brief lesen wird, welche Augenfarbe und was für einen Charakter der oder die Unbekannte haben wird, wie er oder sie heißen wird … Ich halte die Seite ganz fest und lese sie wieder und wieder. Ich wünschte, ich könnte ihr zurückschreiben, ihr etwas in die Vergangenheit flüstern, ihr erzählen, dass ich es bin, die nun hier ist, und dass ich verstehe …

Das Kribbeln in meinen eingeschlafenen Beinen holt mich in die Gegenwart zurück. Heftig blinzelnd blicke ich von Thomasinas Brief auf und sehe mich im Zimmer um. Vom Fenster her dringt schwaches, leicht lilafarbenes Licht herein, das an blaue Flecken erinnert. Es kann doch unmöglich schon dunkel werden?

Ich angele mein Handy aus der Hosentasche. Nach dem glatten, trockenen Briefpapier fühlt es sich eigenartig unhandlich und glitschig an. Entgeistert starre ich darauf – eine ganze Stunde ist vergangen, seit ich angefangen habe, den Brief zu lesen. Eine volle Stunde, in der der Schnee weitergefallen ist, die Dämmerung eingesetzt hat und Perrin immer noch nicht nach Hause gekommen ist. Außerdem habe ich neue Nachrichten und verpasste Anrufe auf meinem Handy. Offenbar hatte es kurz Netz und muss in meiner Tasche vibriert haben, ohne dass ich es bemerkt habe.

Ich scrolle durch die Nachrichten und sehe die Worte verspätet, Schienenersatzverkehr, gestrichen. Ich renne zum Fenster, bete, dass ich Empfang habe, und rufe meine Schwester zurück. Sie nimmt sofort ab.

»Wo warst du?«, will sie wissen. Ihre Stimme klingt sehr weit entfernt. »Ich habe zigmal bei dir angerufen.«

»Tut mir leid, ich habe eben erst … was ist los? Wo seid ihr?«

»Wir hängen hier fest.« Sie scheint angespannt. »Der Zug hat mitten im Niemandsland gehalten, irgendwo kurz vor Swindon. Der Schnee sorgt hier für totales Chaos, Jess.«

»Ana, bleib ganz ruhig. Ist Mum in der Nähe?«

Ich höre Geräusche, die wie Schritte klingen, das Telefon wird weitergereicht, und dann meldet sich meine Mutter.

»Jessamine, na endlich, wir fingen schon an, uns Sorgen zu machen.« Ihre Stimme klingt so wunderbar vertraut an meinem Ohr, dass ich heulen möchte. Ich wünschte, ich könnte ganz schnell die vielen Meilen zwischen uns überwinden und sie umarmen.

»Entschuldige«, sage ich stattdessen, »was ist passiert?«

Am anderen Ende des Telefons höre ich ein tiefes Seufzen. »Der Zugverkehr, Jessamine, der Schnee hat alles zum Stillstand gebracht. Wir stehen jetzt seit über einer Stunde hier. Der Zugführer sagt, dass uns der Zug heute eventuell wieder nach London zurückbringen kann, aber auf keinen Fall in die andere Richtung.« Ihre Stimme bricht weg. »Schätzchen, es tut mir so leid, wir hätten früher losfahren sollen.«

»Nein, Mama.« Um ihretwillen versuche ich so ruhig und vernünftig wie möglich zu klingen. »Ihr könnt nichts dafür. Das dumme Wetter ist schuld. Ich wette, manche wünschen sich jetzt keine weiße Weihnacht mehr.«

Sie muss lachen und ich höre, wie sie schnieft und sich die Nase putzt.

»Hoffentlich kommt ihr wieder heil nach London«, sage ich. »Vielleicht könnt ihr versuchen, am zweiten Feiertag zu kommen, bis dahin müssten die Schienen doch wieder frei sein.«

»Aber was ist mit dir?« Sie klingt tief betrübt. »Du kannst doch nicht ganz allein sein, nicht an Weihnachten.«

»Ich bin ja nicht allein.« Ich bemühe mich um einen fröhlichen Tonfall, auch wenn mir die Sorge die Brust abschnürt. »Schließlich habe ich Perrin, erinnerst du dich? Sie wird mir morgen Gesellschaft leisten.«

»Ich meine *menschliche* Gesellschaft, Jessamine. Was ist mit deinen neuen Freunden? Die mit den Booten? Könntest du zu ihnen gehen?«

»Ja«, schwindele ich. Ich will nicht, dass sie ein noch schlechteres Gewissen bekommt. »Macht euch keine Sorgen um mich. Und der Truthahn wird schon noch ein, zwei Tage halten.«

Sie erwidert etwas, aber die Verbindung wird schwächer. Ich lehne mich dicht an die kalte Fensterscheibe und drücke das Handy fest an mein Ohr, um ihre Stimme festzuhalten.

»Mama, ich hab dich lieb, und bitte mach dir keine Sorgen.«

»Ich habe dich auch lieb …« Ihre Worte werden von Stille unterbrochen, das Telefon gibt einen Piepton von sich und ich habe kein Netz mehr.

Eine Ewigkeit lang bleibe ich am Fenster stehen, das Telefon immer noch an mein Ohr gepresst. Ich hatte gehofft, mit diesem Weihnachten würde alles anders, dass es der Anfang eines neuen Lebens sein würde und ich es mit den Menschen verbringe, die ich am meisten liebe. Doch es ist niemand da. Meine Mutter ist nicht da, meine Schwester ist nicht da, mein Vater hat uns schon vor so langer Zeit verlassen … nicht einmal Perrin.

… bitte Sie, auf Perrin achtzugeben, wie sie auf mich achtgegeben hat.

Ich sehe aus dem Fenster. Draußen ist es jetzt vollends dunkel. Schneeflocken wirbeln im Licht der Schlafzimmerlampe. Der Wind wirft sich gegen das Cottage. Es ist undenkbar, dass Perrin bei so einem Wetter draußen bleiben würde. Ich habe nur noch eine Möglichkeit.

An der Haustür ziehe ich meinen Mantel an, steige in meine Stiefel und suche hektisch nach einer Taschenlampe. Ich finde eine auf der Kommode und reiße die Tür auf, um mich kopfüber hinaus in die Nacht zu stürzen.

Ein dunkler Schatten steht mitten auf dem Weg wie ein riesiger Tintenklecks im weißen Schnee. Vor Schreck schreie ich auf, doch dann wird eine Kapuze nach hinten geschoben und Licht fällt auf leuchtend kastanienbraune Augen und ein von der Kälte gerötetes Gesicht.

»Jess«, sagt Jack, »ich …«

Ich laufe zu ihm und schlinge meine Arme um ihn. Ich kann nicht anders, nicht nach allem, was geschehen ist. Einen endlosen Augenblick lang rührt er sich nicht. Dann legen sich seine Arme um mich und unsere Lippen berühren sich beinahe instinktiv. Eine Woge des Glücks durchfährt mich, als er mich küsst und seine Hände über meinen Hals und mein Gesicht streichen und sich in meinen Haaren verfangen. Es ist mir völlig gleichgültig, dass seine Jacke nass und kalt vom Schnee ist, denn mein Körper brennt an jeder Stelle, an der wir uns berühren, während unsere Lippen nicht voneinander loskommen. Schließlich gelingt es mir, den Bann für einen Moment zu brechen, und ich drücke mein Gesicht an seine Schulter.

»Es tut mir leid, Jess«, höre ich ihn atemlos murmeln, »ich habe mich wie ein Idiot benommen. Aber als ich dich mit Alex sah, bin ich einfach …«

»Zwischen uns ist nichts«, stammele ich und sehe ihn an, »jedenfalls nicht mehr.«

»Ich weiß.« Er lacht leicht gequält und streicht mir sanft eine Strähne aus dem Gesicht. »Er hat mir eigenartigerweise eine Nachricht geschickt und erklärt, was passiert ist. Er meinte, er wolle nicht, dass du an Weihnachten unglücklich bist. Als ich sie bekommen habe, bin ich sofort hergefahren.« Er sieht mir in die Augen. »Verzeih mir. Ich hätte schon vor Tagen kommen sollen.«

Er küsst mich wieder, lang und innig. Ich würde mich so gern darin verlieren, aber es geht nicht – der Brief, meine Familie, das Glück und die Erleichterung, Jack wiederzusehen, und meine Angst um Perrin, das alles ist einfach zu viel für mich. Ich fühle die Tränen in mir aufsteigen und wie sich alles in mir zusammenzieht. Jack tritt einen Schritt zurück und sieht mich prüfend an.

»Was ist?«, fragt er mit bestürztem Gesichtsausdruck. »Jess, was ist los?«

»Es tut mir leid.« Ich wische mir mit dem Ärmel die Tränen weg. »Es ist … wegen Perrin. Ich kann sie nirgendwo finden. Es muss etwas passiert sein, ich weiß es.« Ich warte darauf, dass er mir sagt, dass ich mir keine Sorgen machen soll, dass mit Perrin schon alles in Ordnung sein wird. Doch er wird blass.

»Perrin ist weg?«, fragt er.

»Ja.« Ich packe seinen Arm. »Wieso? Weißt du etwas?«

»Nein, nichts.« Er schüttelt den Kopf. »Bloß alte Geschichten.«

»Ich muss los und sie suchen.« Ich mache einen Schritt auf die Gartenpforte zu, in der Erwartung, dass er versuchen wird, mir das auszureden. Stattdessen zieht er sich die Kapuze wieder über den Kopf.

»Es ist ganz furchtbares Wetter. Ich komme mit dir.«

Zusammen durchstreifen wir die Dunkelheit, der Wind treibt den Schnee gegen unsere Jacken und in unsere Gesichter, bis meine Augen brennen. Ich leuchte mit der Taschenlampe voran, während Jack den Boden absucht.

»Perrin!«, rufe ich immer wieder in die Nacht. Wenn meine Stimme in der Kälte bricht, übernimmt Jack. Er pfeift und ruft und wir horchen angestrengt, ob wir durch den Sturm etwas hören. Nach einer gefühlten Ewigkeit gelangen wir an die Furt im Bach. Sie ist zugefroren, von den Ufern her dehnt sich das Eis aus. Keine Spur von Perrin. Wir kämpfen uns weiter voran. Als sich der Weg abwärts in Richtung Stechpalmenhain windet, durchzuckt mich ein Gedanke wie ein Blitz, eine Vorahnung, und ich verfluche innerlich die Unausweichlichkeit dessen, was nun kommen mag … Ich fange an zu laufen, obwohl ich in dem wirbelnden Schnee und dem wackeligen Licht der Lampe kaum etwas sehe, ich stolpere über verborgene Baumwurzeln und Jack ruft meinen Namen, aber ich laufe immer weiter.

Vollkommen unvermittelt tauchen die Stechpalmen vor mir

auf. Ich bleibe keuchend stehen und leuchte verzweifelt den Boden mit der Taschenlampe ab. In ihrem Lichtschein entdecke ich einen undeutlichen Abdruck im Schnee, wie von einer Pfote, und dann noch einen … Ich folge den Spuren und weiß bereits, wo sie hinführen werden.

Im Schnee am Fuß des Steins liegt eine kleine schwarze Gestalt. Die Taschenlampe fällt mir aus der Hand und ich stürze zum Stein.

»Perrin!« Ich knie mich neben sie auf den kalten, harten Boden. Der Schnee bedeckt schon ihr Fell. Ich streiche ihn von ihrem kleinen Gesicht, ihren Ohren, und warte darauf, dass sie sich rührt, einen ihrer gurrenden Begrüßungslaute von sich gibt. Aber ihre Augen sind geschlossen, ihr Körper bewegungslos. Ich kann keinen Atemzug an ihrem Brustkorb ausmachen, sosehr ich mich auch bemühe. Ihre Pfoten hängen schlaff herunter, als ich sie auf den Arm nehme. Ich drücke sie dicht an mich, um sie zu wärmen, obwohl ich weiß, dass es zu spät ist.

Ihr Leben ist zu Ende.

Wo die Weihnachtsnacht am tiefsten ist, beginnen sich die Grenzen aufzulösen und ineinanderzufließen: Mitternacht geht in Morgen über, Land in Erinnerung, Stein in Seele. Alt und Neu vereinen sich in den Flammen der Feuerstelle. Zeit ist und war und wird sein – alles in einem. Doch das Bemerkenswerteste von allem – so flüchtig und fragil wie eine Welle, die am Strand bricht – ist das menschliche Herz, das weit genug ist, das alles zu erfassen.

Ich erinnere mich nur noch schwach, wie Jack mich hochgezogen hat, wie er mir den Arm um die Schulter gelegt und mich auf dem langen Weg zurück nach Enysyule gestützt hat. Im Cottage nimmt er mir Perrin sanft aus den Armen und hüllt sie in eine Decke. Als er sie auf den Boden der Spülküche neben ihre

Futterschüsseln legt, sieht es aus, als ob sie schläft. Meine Gedanken irren durch unbekannte Sphären und finden erst wieder in meinen Körper zurück, als ich fühle, wie sich eine Decke auf meine Schultern senkt. Ich blicke auf und sehe Jack, der mich sorgenvoll ansieht.

»Du musst jetzt nach Hause«, sage ich immer noch halb betäubt. »Es ist Heiligabend. Deine Familie wartet auf dich.«

Er grinst schief. »Eher nicht. In den letzten Tagen war ich ziemlich unausstehlich.« Er setzt sich neben mich. »Wo sind deine Leute? Sollten sie nicht längst hier sein?«

»Sie können nicht kommen.« Ich lasse meinen Kopf nach hinten fallen und schließe die Augen. »Ihr Zug konnte nicht weiterfahren wegen des Schnees.«

Nach einer Weile registriere ich, wie Jack sich bewegt, und als ich die Augen wieder öffne, sehe ich, wie er sich die Schnürsenkel aufknüpft.

»Was tust du da?«, höre ich mich fragen.

Er zieht eine durchnässte Socke vom Fuß. »Ich werde dich an Heiligabend auf keinen Fall allein lassen. Außerdem schneit es zu stark, um jetzt noch zu fahren.«

Tränen schießen mir in die Augen.

Er beugt sich zu mir und küsst mich, seine warme Hand an meiner Wange. »Ich bleibe, Jess«, sagt er nur.

Ich gehe nach oben und ziehe mir etwas Trockenes an. Die Truhe steht noch offen, Thomasinas Brief liegt immer noch auf dem Bett. Ich greife in die Truhe und hole den Quilt heraus, der zusammengefaltet darin liegt. Er ist schwer und fühlt sich kühl an. Er riecht nach Zedernholz. Ich nehme Brief und Decke mit nach unten.

»Den hier habe ich heute Nachmittag gefunden«, erzähle ich Jack leise und gebe ihm den Brief. »In der Truhe vor dem Bett. Vorher ist es mir nie gelungen, sie zu öffnen.«

Jack überfliegt die Zeilen des Briefs, und dann fällt sein Blick auf den Quilt in meinen Armen.

»Die Decke habe ich schon einmal gesehen«, murmelt er, »als ich noch ein Kind war. Es war Sommer und meine Eltern waren verreist. Amy war bei einer Freundin und ich blieb bei meinen Großeltern auf der Werft. Aber dann musste Grandpa Großmutter Phyllis ins Krankenhaus bringen und irgendjemand musste auf mich aufpassen.« Er nimmt sie mir aus den Armen. »Also kam ich hierher. Thomasina hat mir das Bett gemacht und mich hiermit zugedeckt …« Er breitet sie aus und legt sie flach auf den zerschlissenen Teppich.

Mit großen Augen starre ich sie an. Sie ist wunderschön, genäht aus vielen kleinen Flicken und Stoffresten in allen Schattierungen, die alle die Farben von Enysyule widerspiegeln: Grau, Grün und Ockergelb. Steinfarbener Satin, Leinen wie der Himmel über der Lichtung an einem Wintertag, altes Goldbrokat, das an die filigranen Flechten auf dem Strohdach erinnert. Ein Dutzend verschiedene Grüntöne, kühl und glatt wie Seegras, zart und hell wie junge Blätter, tiefdunkel und satt wie Stechpalmen. Die Stoffflecken breiten sich fächerförmig von der Mitte des Quilts aus, der aus zu sanften Bögen zusammengefügten Stücken schwarzen Samts besteht. Sie schmiegen sich um zwei gestickte Kreise, gelb wie Stechginster. Es ist klar und deutlich zu erkennen, was – oder wer – hier dargestellt wird.

Ich streiche über die Decke, die weich wie Perrins Ohren ist, und fange wieder an zu weinen – um Thomasina, um Perrin, um alles, was hätte sein können. Jack setzt sich, zieht mich an sich und legt die Arme um mich. Wäre ich nicht so niedergeschlagen, würde mein Herz jetzt vor Freude singen. Doch in diesem Moment liegen in meinem Inneren Glück und Trauer im Widerstreit.

Ich lasse meinen Kopf an seine Schulter sinken und flüstere: »Ich werde Enysyule verlassen müssen. Die Vereinbarung, die

Thomasina unterschrieben hat, gilt nur, solange Perrin …« Meine Stimme versagt, und ich drücke mich dichter an ihn.

»Alles wird gut«, sagt Jack in mein Ohr, seine Lippen in meinem Haar. »Ich verspreche es, Jess. Am Ende wird alles gut.«

Er breitet die Decke über uns. Enysyules Farben leuchten im Feuerschein und erinnern mich an den Tag, an dem ich das Tal zum ersten Mal gesehen habe. Es liegt wohl an der Aufregung, an der wohligen Wärme des Kamins nach der Kälte im Schnee, dass ich kurz darauf an den Ohrensessel gelehnt in Jacks Armen vom Schlaf übermannt werde.

Stechpalmenzweige erfüllen das Cottage mit dem Duft nach Winterwald. Eine grüne Weihnachtskugel aus Glas dreht sich sacht in der Zugluft des Kamins. Zwei junge Menschen schlafen, eingehüllt in den Traum einer anderen Frau. Sie wissen nichts von den Reitern, die nach ihrer wilden Jagd die entkräfteten Rösser zügeln, ahnen nicht, wie die hingesunkene Beute aufsteht, davonspringt und in einem Schneewirbel entschwindet, während – zwischen einem Atemzug und dem nächsten – die Weihnachtsnacht in den Weihnachtsmorgen übergeht.

Meine Beine sind ganz taub. Auch ein Arm ist völlig ohne Gefühl, ganz zu schweigen von meinem steifen Nacken. Stöhnend strecke ich meine Glieder und stelle fest, dass meine Beine mit anderen Beinen verschlungen sind. Ich blinzele und erkenne Jack, der sich die Augen reibt.

Sein dunkles Haar ist ganz zerzaust, und er lächelt mich schlaftrunken an. »Ich fühle meine Beine nicht mehr«, murmelt er.

»Ich meine auch nicht.«

Er lacht, dreht sich etwas und zieht den Quilt um uns etwas höher. Ich lege den Kopf an seine Schulter und fühle, wie er mein Haar küsst. Doch da war etwas, was mich geweckt hat. War da nicht ein Geräusch, überlege ich noch im Halbschlaf, etwas ganz Leises, wie zartes Getrappel. *Mäuse?*, denke ich. *Hier habe ich noch nie Mäuse gehört.* Ich döse gerade wieder ein, als es wieder anfängt, ein Kratzen, Schaben, dazu ein jämmerliches Jaulen … Mit einem Ruck setze ich mich kerzengerade auf, die Nacht ist auf einmal wieder ganz präsent.

»Perrin!«

»Jess!« Jack streckt den Arm nach mir aus, als ich mich aus der Decke arbeite. »Jess – warte!«

Ich kann nicht warten. Ohne mich um die Taubheit in meinen Beinen zu kümmern, renne ich durch das Zimmer und reiße die Haustür auf. Das grelle Tageslicht flutet herein und blendet mich. Das ganze Tal ist schneebedeckt – die Bäume, die Wiese und sogar der Weg zum Haus liegen unter einer makellosen und unberührten weißen Decke. Nur eine schmale Spur von winzigen Fußabdrücken führt vom Wald bis zur Stufe vor dem Haus.

Ich wage nicht zu atmen und sehe nach unten. Gelbe Augen blicken mich an, gelb wie Talg, gelb wie Mais, wild wie die eines Falken …

Etwas läuft durch das Tal, Schnee und Sonne, Morgenlicht und Abenddämmerung, ein Stein, der schon Tausende von Jahren lang über das Tal wacht und noch Tausende von Jahren wachen wird.

Das Kätzchen miaut ungnädig. Ich bücke mich, nehme es hoch und vergrabe mein Gesicht in seinem kalten, weichen Fell, wie ich es schon so oft getan habe. Es quiekt leise und krallt sich in meinen Pullover. Es ist schon recht groß und hat einen pechschwarzen Pelz. Es miaut über meine Schulter hinweg und ich drehe mich um. In der Tür zur Spülküche steht Jack, in der Hand die Decke, in die er Perrin gewickelt hat. Sie ist leer.

»Jess«, sagt er in eindringlichem Ton. Dann fällt sein Blick auf das Kätzchen und die kleinen Pfoten, die meinen Ärmel kneten, und sein Mund bleibt vor Verblüffung offen.

Mir laufen Freudentränen über das Gesicht und ich bekomme kein Wort heraus. Ich kann nur lachen, als er zur Tür kommt und vorsichtig die Hand hebt, um das Kätzchen zu streicheln. Einen Moment lang sieht es ihn feierlich an, dann drückt es sein Köpfchen gegen seine Hand.

»Wusste ich es doch«, sagt er kaum hörbar.

»Was wusstest du?«, krächze ich.

»Ach, nichts«, sagt er und grinst breit. »Alte Geschichten, weiter nichts.«

Wir tragen die kleine Katze zum Kamin hinüber, setzen sie auf den Quilt und sehen verwundert zu, wie sie die eingenähte schwarze Katze darauf beschnuppert, bevor sie sich auf den Ohrensessel hangelt. Nach einigen prüfenden Drehungen lässt sich das schwarze Fellknäuel mit einem kleinen, besitzergreifenden Plumps fallen, als hätte es immer schon dort gesessen.

»Wie sollen wir es nennen?«, frage ich leise, noch ganz durcheinander.

»Ich glaube, es hat bereits einen Namen. Ich glaube, es hatte immer schon einen Namen.«

»Stein und Seele«, flüstere ich und das Kätzchen sieht mich an.

»Was meinst du?«, fragt Jack.

»Ach, nichts.« Mein Lächeln wird breiter, als ich ihn ansehe und nach seiner Hand greife. »Nur Träume, nichts weiter.« Er lächelt zurück und zieht mich an sich. Nach kurzer Zeit bringt sich das Kätzchen mit einem energischen *Miau* in Erinnerung.

Einige Minuten später sitzen wir drei aneinandergekuschelt vor dem Feuer, Jack und ich in den Quilt gewickelt und mit Bechern voll dampfend heißer Schokolade neben uns. Ich atme tief den Duft des Cottage ein: Es duftet nach Gewürzen, grünen

Zweigen und Schnee. Perrin sitzt vor dem Kamin und macht sich vergnügt über ein Stück Weihnachtslachs her.

Ich hebe meinen Becher. »Frohe Weihnachten, Jack.«

Er hebt seinen Becher und lächelt mich mit leuchtend kastanienbraunen Augen an. »Frohe Weihnachten, Jess. Worauf sollen wir trinken?«

Ich sehe mich um, betrachte die ausgetretenen Steinfliesen und die Deckenbalken, den Kamin und den abgenutzten Holztisch, die mit Stechpalmenzweigen geschmückten Fenster, das Tal draußen, alles bewacht von einem Stein.

»Auf Enysyule«, schlage ich vor.

»Auf Roscarrow und Tremennor«, grinst Jack verschmitzt, »und Pike.«

»Auf den *Perranstone*.«

»Auf Weihnachten.«

»Auf Perrin«, füge ich hinzu und stoße mit ihm an, »weil es in Enysyule schon immer eine Katze gegeben hat.«

Und immer geben wird.

Dank

Dieses Buch hat den ganz erstaunlichen Ressourcen, die das Internet bietet, sehr viel zu verdanken. Unter den zahlreichen Quellen bin ich besonders dem *Internet Archive* dankbar, das seit vielen Jahren daran arbeitet, historische Texte wie Richard Carews faszinierende Schrift *A Survey of Cornwall* aus dem Jahr 1602 zugänglich zu machen. Die Archive *Cornwall Council's Archives* und *Cornish Studies Service* haben mir unschätzbar wertvolle Informationen zu historischen Streitfällen und Grundstücksregistern zur Verfügung gestellt, während das Internetportal *An Daras: The Cornish Folk Arts Project* für eine Fülle von Hintergrundwissen zu Kulturgeschichte und für Lokalkolorit gesorgt hat. Besonderer Dank gebührt Merv Davey dafür, dass ich eine Zeile aus seiner Übersetzung des kornischen Lieds »An Ula« (»Die Eule«) verwenden durfte. Ich danke meinem Agenten und dem ganzen Team bei meinem Verlag Hodder für die hervorragende Arbeit, die sie geleistet haben, um dieses Buch so in Form zu bringen, dass es veröffentlicht werden konnte. Ich danke meiner Familie für ihr offenes Ohr, als das Buch erst laufen lernen musste, und ihre Bereitschaft, die ersten wirren Entwürfe zu lesen. Ich danke meinem Lebensgefährten, dass er mich bei zahlreichen Abenteuern in Cornwall begleitet hat. Und natürlich danke ich meinen vierbeinigen Freunden: dass sie mich mitten in der Nacht wecken, auf meinem Computer sitzen wollen, mir Gesellschaft leisten und überhaupt die Welt ein bisschen schöner machen.